幸福拉萨文库

人物篇

米拉日巴传

从公子到奴仆，从复仇到苦修行善
纵千磨万难，矢志不移，终成大器

《幸福拉萨文库》编委会 编著

西藏人民出版社

图书在版编目（CIP）数据

米拉日巴传 / 《幸福拉萨文库》编委会编著 . -- 拉萨：西藏人民出版社，2019.6（2021.9 重印）
（幸福拉萨文库）
ISBN 978-7-223-06326-5

Ⅰ . ①米… Ⅱ . ①幸… Ⅲ . ①传记文学－中国－当代 Ⅳ . ① I25

中国版本图书馆 CIP 数据核字（2019）第 079542 号

米拉日巴传

编　　著	《幸福拉萨文库》编委会
责任编辑	计美旺扎
策　　划	计美旺扎
封面设计	颜　森
出版发行	西藏人民出版社（拉萨市林廓北路 20 号）
印　　刷	三河市东兴印刷有限公司
开　　本	710×1040　　1/16
印　　张	19
字　　数	280 千
版　　次	2020 年 6 月第 1 版
印　　次	2021 年 9 月第 2 次印刷
印　　数	10，001-12，000
书　　号	ISBN 978-7-223-06326-5
定　　价	48.00 元

发行部联系电话（传真）：0891-6826115

《幸福拉萨文库》编委会

一位苦行者的裂变与蜕变

11～12世纪，正值北宋王朝晚期，当时的西藏四分五裂，大小政权各自为政。在这片从来就与中原命运息息相关的高原土地上，佛教自吐蕃朗达玛灭佛后，一直处于低谷时期，而传统的苯教则在民间广为流传。对于当时的藏族人民来说，能够学得呼风唤雨、驱雹降雹的法力将是何等荣耀的事情！

米拉日巴起初就是基于这样的时代背景和社会契机走上修习之路的。

他出生于富农家庭，因着父亲的早逝、亲情悖逆所致的财产劫难而命运急转，被迫开启了一条崭新的路途；他自蒙昧的世俗纷争中寻求解决之道，因着年少的际遇、母亲授命所致的家庭责任而必须寻到人生的指向，开启了一段绝对有力的征程。他打一开始就积淀了实践者的形象基因，注定了其行动派的终生角色，然而，一旦曾经认定的唯一使命——复仇大计完成，内心逐渐成熟，力量日趋壮大，他就势必面临自我选择。

也许因为先前的历程夹杂了太多的懵懂无知与身不由己，因而，复仇成功的米拉日巴觉察不出任何喜悦，接踵而来的是不安与空虚、悔恨与自责以及痛不欲生之感。他似乎就是在那时下了决心改邪归正，借此踏上了从罪孽深重转向善法正道的旅途。咒术的蓝图业已失效，伟大之人的伟大开始就这样于冥冥之中产生了。

遇见玛尔巴上师时，他三十八岁，对于将至的不惑之年，能够顺利拜师继而修学正法无疑是最好的献礼。他在重复的修筑工程中，疏淡了虚妄，磨炼了身体意志；他在周折的苦行岁月中，接纳了苦难，培养了精神韧性；他在与玛尔巴的相处中，学会了隐忍，升华了灵魂境界……他对财富保持节制，对无常抱以淡然，对慈悲保持感念，对证悟抱以通达，亦几度经受咒法恶业的引诱和考验，由此明白了“痛苦是一个深度自然净化过程的一部分”这个道理。

见空性，发悲心，如此苦修七年消除业障以后，玛尔巴大师正式传授米拉日巴佛法，并为其慷慨提供种种助力，这位一贯严苛的师父展露出他慈悲的本性。四十五岁那年夏季，离开母亲、妹妹已经太久的米拉日巴终于回家探亲，骨肉团聚的美好设想陡然落空，只见到屋角一堆枯骨：母亲亡故八年，妹妹不知流落何方，未婚妻也不见踪影……生老病死的无常与虚幻使他产生了强烈的厌离心，由此，他远走阿里，隐居在深山洞窟之中，开始了漫长的苦行僧生涯。

苦修中的米拉日巴身裹白色单衣，而后布片破碎便赤身露体，他以采食荨麻为生，而后青筋暴露、骨瘦如柴，全身变成了绿色。人们视之如鬼，但他苦行的信念毫不动摇，最终证得最胜悉地。苦行，磨炼了一个瑜伽师的肉体，净化了一个修行者的心智。往后，深潜于雪域高原的崇山峻岭中，他又多了行吟诗人的身份。走出山洞，云游西藏，到处讲经说法，为了使更多的人了解佛法并从中受益，他采用民间诗歌的形式生动地表达深奥的佛理，以弘扬佛法，使广大信众能够更好地领会佛陀的教旨。

至此，米拉日巴是快乐的，既成就了悲智不二、圆融无碍的至高信仰，又留下了西藏最早的一本个人诗集，以至于西藏民歌对歌仪式中至今还有“你要唱歌吗，请把《十万歌集》带了来”的开场。值得铭记的是，在藏族诗歌史上，这种“道歌”创作可谓开了藏传佛教僧人诗歌创作的先河。而从藏传佛教史的角度来看，米拉日巴的佛教思想和苦修精神，无疑代表了藏族古代文化中最为殊胜的一种精神价值和文化理想。

本书着眼于米拉日巴由极恶到至善之裂变及蜕变的一生，主要选取其诸如家庭变故、少承母命、坚修正法、化度众生等重大事件为纲，以其不同阶段的内心历程为暗线，塑造和呈现了米拉日巴作为人格上的蜕变者、实践上的行动派的形象的发展历程，挖掘和展示了他内心修行境界的次第变化与逐步升华，并且一以贯之地注重其与现代视角与当下价值的联结，兼顾客观厚重史实的通俗化与人物精神能量的普世化，以期在还原这位密宗大德曲折艰苦又灿烂辉煌的一生的基础上，描摹和传播西藏瑰丽神秘的历史底蕴与风土人情。

需要说明的是，基于人物本身的宗教背景，书中个别几处涉及法会场景或咒术的内容，均出于对文化史实的尊重而写，不予任何评价，并且这也符合西藏位于“人神共处的高原上”[①]这一人文地理之事实，具体文本依据有《藏传佛教信仰与民俗》[②]及其他有关藏传佛教的专著和王沂暖、刘立千、张澄基等前辈所译的《米拉日巴（尊者）传》。而住山洞、吃荨麻这样的修行方式，在米拉日巴大师之后，却终究再无后继者，可见随着时代

①才让：《藏传佛教信仰与民俗》，北京：民族出版社，1999年版，第205页。

②关于祈愿大法会的文字有：“……示现大神变……使一切邪恶部类，皆为失败，所有魔幢，全部倒塌，而令信奉佛教的诸善士由尊胜之门，竖起正法之幢于十方。”参见才让：《藏传佛教信仰与民俗》，北京：民族出版社，1999年版，第232页。有关鬼怪及“咒”的文字有：“对危害人的鬼怪施食子是藏传佛教有关除灾仪式的主要内容之一，以示对鬼怪非人类的安抚和怜悯，但同时也要念诵严厉的咒语来驱逐，可谓是恩威并施。”参见才让：《藏传佛教信仰与民俗》，北京：民族出版社，1999年版，第206-207页。

的迁流、宗教文化的发展，这些都将卷入历史的波涛中，只在偶尔时才会翻起几朵带着陈迹的浪花——今天的我们都要辩证地认识。

因缘和合，一个动荡不安、分裂割据的苦难时代是他无从选择的历史，但与此同时，一个教派兴起、收徒弘法、著书立说的佛教复兴时代则造就了他的人生机遇。彼时，藏族人民心目中理想的英雄式人物，似乎已不完全是驰骋疆场、勇冠三军、善于征战的马背英雄，而是证得圣果、功德圆满的上师大德，是孜孜以求、潜心佛法的修行者。

身为藏传佛教噶举派第二代祖师，米拉日巴就是在这样的浩大序幕中，以其一生的坚忍意念和不懈的实修历程，成就为罪孽深重却即身成佛的典范和藏族人民最敬重的密宗大师之一，不仅承续和传播了藏传佛教的密宗教法，留下了藏族文学史上颇具影响的个人诗集《十万歌集》，还给后世藏族人民提供了无与伦比的精神慰藉和榜样力量。

目录

第三章

暂仇心：咒是心的保护者

第四章

胜利者：忧喜两重天

第五章

厌离心：一步长于一生

第六章

工匠人：在太阳下低头

第七章

提灯士：绵绵长夜尽期何在

第八章

慈悲母：扑进光的怀里

第九章

欢喜意：啜饮希望的酥油茶

第十章

大地歌：他承续了噶举派之光

第十一章
归乡情：把心带回家

第十二章
天人师：化度从亲人开始

第一章

寂静处：尘归尘，土归土

朝望西藏这片世人心中的圣土，临身这信仰弥漫的佛地，随处等身长头、五体投地的朝圣，可以说是最直观震撼的风景。要有多深的信念才甘于经年累月过此生活，要有多强的意志才执着于完成额头与大地的千万次碰触？那仪式之中，尽是沉默的精进与不休的耕耘，恰如米拉日巴所言："如来之藏遍住于一切有情众生之中，就像黄油周遍于乳奶中一样。"或许，他在传此言时饱含着对佛陀的无上虔敬，但后人每每听闻这一句，总会想起他为度人吃毒奶的最后光景。

当大师沦为“愚人”

在中国，对于寻常人来说，离天最近的地方就是西藏；而在西藏，对于修行者来说，探寻灵魂奥秘的先辈中必有米拉日巴。

米拉日巴的一生具有广泛而深远的意义。他的苦修事迹令人感动，说明至诚净信可以获取功德资粮；他的转变令人鼓舞，树起一个即使大罪之人也可立地成佛的榜样，甚至感化了施害于他的姑母和其他人，那些人最终都皈依佛门，成为瑜伽行者；他所体现的奇迹更是引人入胜，热爱并渴望奇迹本是人类天性，尽管佛门并不宣扬神通，但是普通信众皆心神俱往地仰视着，乐此不疲地传播着。

阿里冈底斯神山主峰上斗法，米拉日巴乘着初升朝阳的第一缕光线，以光速到达山顶从而获胜的形象在日月同辉的映衬下化作永恒的神祇；而他的座前大弟子热穹巴的故事也在千余年的漫长历程中自成体系，藏族谚语“羊子被逼急了也会长出上牙来”就是出自他的典故，至今仍为当地百姓所熟知……

然而，习于被瞻望、惯于被崇奉、徜徉于盛名之下的这位密宗大师，其人生亦是经历过由懵懂无知到凛然崛起、由蹉跎周折到寻求出口、由跌宕浮沉到百味体察、由罪障深重到硕果累累的蜕变和升华，可谓数度辛酸，好不容易。本以为劫难的接踵而来是因其修炼不足，却不想即便是在证见了多种修行境界后，那戏剧性的人生仍没有逃脱苦行的考验——而他只能逆流而上。

不过，高手与高手的较量与对决，从其立意上，就有不小的看头。

那是在镇地[①]的一次例行法会上，优游至此的米拉日巴碰到了当地有名的法师杂铺巴格西。此人因资产丰厚，势力极大，也有辩才，总为乡众推坐首席，自然傲气十足。他对米拉日巴有着自己的一套礼节：以素常的恭敬模样礼遇，慷慨对谈，眼神中却难掩内心深处的嫉妒。

教徒之间切磋证见向来是佛陀提倡的。如果说初期的多发质问，是他急于与米拉日巴交流心得才表现得过分热情的话，那么情势越往后发展，故意刁难的姿态就越发明显。米拉日巴对此笑而不语，如常应对。

及秋之孟月，八十三岁的米拉日巴受镇地僧众之邀参加一年中规模最大的法会。因其殊胜资历及嘉宾身份，自然被迎请坐于首席，杂铺巴格西则坐于下首。素来高傲的地方霸主自然心有不甘，勉强跟米拉日巴行了个礼，正等着对方也给他一个答礼，但米拉日巴只是微笑致意，随即便继续接受他人的顶礼了。隐藏的心思经这一刺激，当即迅速地转了起来，他想："我这样学问渊博的大师给他这一无所知的愚人行礼，他竟公然不回敬，真把自己当回事儿了！我得当众羞辱他一番！"

打定主意后，杂铺巴格西从《量论》[②]里抽出一些词句向米拉日巴发问道："尊者！请你为此加注解释，详细阐发，为我等去疑解惑。"

"为诸大论典的词句添注解释，足下已经知会。至于实际证验的要点，则只是舍弃世间八法，平等而住，调伏我执，而后坐山实修，如此才能生死涅槃，圆融一味。否则，若不讲实修，只拘泥于文字的辩难，说这句是这样的，那句的后面该加上怎样的一句等等，有什么意思呢？我没有学过，也不知道；纵然知道，也忘记了。是什么道理呢，且听我的歌吧！"接着米拉日巴作歌道：

……

我一心修习慈爱与悲悯，

自他的执着全然忘记；

①镇地：西藏自治区日喀则市聂拉木县和定日县南部一带，"镇"为其古名。

②《量论》：佛教中的逻辑学。

一心观修上师在我头顶，
把富贵和权贵全然忘记；
须臾不离观修本尊，
把凡庸的蕴界全然忘记；
专心勤修耳传教授，
把文字的典籍全然忘记；
时常保持淡泊的心性，
无明的迷网全然忘记；
时常观修自己具足三身，
顾虑的观修全然忘记；
时常把今生来世一起修，
生死的恐怖全然忘记；
时常保持孤独的觉受，
亲情的情面全然忘记；
时常让实证与法契合，
宗派的偏见全然忘记；
……
凡事听其自然而不矫饰，
矫揉造作的行为全然忘记；
身体与语言做到谦恭，
尊贵者的傲慢全然忘记；
不重文字而重实修，
文字的润饰全然忘记。
经论的注释有劳法师自己！①

①桑杰坚赞著，刘立千译：《米拉日巴传》，北京：民族出版社，2000年版，第163-164页。

历经苦行的米拉日巴，自是深谙实修的可贵，但并不完全蔑视以理论修为的一派，言辞中锋芒毕露，却也中肯。杂铺巴格西听后当即反驳："你们大成就者的口吻，当然是这个样子！但若以法相的正理来推断和衡量，就是不成东西的。我敬尊者是位顶好的大德，所以才向你顶礼的。"

他还在为刚才的礼数细节耿耿于怀，其他法师对其颇不以为然，几近同声对之开炮：

"格西法师，你对法知道多少？不过是些模糊的印象罢了。像你这样的法师，就是塞满大地，也顶不上尊者一根汗毛！"

"请你最好不要吱声！姑且坐于我们席位之前，去算计你的牛羊财产好了。"

"说不定你连法的气味都还未沾上哩！"

佛家向来教人淡去财物，而他富庶一方，想必被僧徒鄙夷也是正常。这下大家倒是借此机会，吐露了平日不便言语的见解。杂铺巴格西自然恼怒非常，但因局势难堪，不便争执，只好沉下脸忍着。但他怎么可能不动什么心思？

"米拉日巴，狂夫一个，乱发呓语，虚妄颠倒，却为教法领袖，欺骗众生，诈取财物！我学了一身本领，在本地又是顶有钱、顶体面的大户，但在佛法方面竟这样叫人瞧不起？我非想个办法不可！"

如此看来，佛法本无世俗与非世俗之分，纵然是在这法会圣坛之下，欲望的面目依然可憎，人心的修行依然可贵！

殊途而同归

杂铺巴的计谋从拟定到实施都是很快的。

他的策略并不需要亲自动手，而另有一个合适人选——他的情人。他答应给那妇人一颗贵重的松耳石，当然这并非一时兴起的慷慨赏赐，也非感情美好的心意表示，而是对她完成任务的报酬，和承诺相关，和交易也相关。根据他的指示，她要做的，是在米拉日巴进食的奶酪中放入毒药。究其名义，大概还需要说些为杂铺巴法会当日的莽撞而致歉赔罪的话。

妇人负命前去，不想却是米拉日巴先行开口："你这次送来的食物我不吃，以后再送来的我便吃。"

其时，米拉日巴早已知道自己化度有缘善根并引领其解脱的事业已经完成，即使这妇人不送毒食，涅槃的时候也到了。同时他还明了的一件事是：若这妇人得到松耳石以前事就办成的话，那事成之后，她就可能得不到她的报酬了。世间人心就在一点财物上算计和争夺，他觉得自己给她一点警示也好。

那妇人本就战战兢兢，听了这先见之言更加害怕起来，心想，莫不是面前的智者知道了？于是羞愧地把食物原样拿了回去，对杂铺巴说："尊者有预知未来的神通，他已经知道了，所以不肯吃。"

"假若有神通，绝不会说下一次拿来就吃的话——你现在就把这松耳石拿去，这次务必把食物送进他口中！"

"人们都相信而且肯定他有神通。因为有神通，所以上次才没有吃，再送去，保证也不会吃的。我不要松耳石了。我害怕得很，心里实在不安。这件事，我不能给你效劳了。”

“那些世俗之人都相信他有神通，是因为他们没有阅览经典，受了他狡诈的欺骗。我读的经书中说有神通的人不是他这样的，所以我敢担保他绝无什么神通。”格西的说服之词俨然在教她如何拆穿一个伪君子的面具，讲得正气满满，并且他对她还有嘉奖，“这次你要是能顺利让他把食物吃下，我就许你白头偕老。你我二人已经有过那样的关系，正如吃大蒜一样，不管你吃多吃少，气味是没有差别的。因此，今后我们干脆就结为夫妻。不单这松耳石送给你，就连我里外所有的财产也都交给你管理。我们同甘共苦。好吧！这是我们两个的秘密约定！这下你可以放心去做了。”

妇人听了这一番天花乱坠的说辞，甚是蠢蠢欲动，转念打算再干，于是又带上特殊的“敬物”去到米拉日巴住处。受到鼓励的她，这次行事果然顺利很多。当她款款递上奶酪，米拉日巴便面带笑容，用手接着，似乎并未显露其他的意思。她正为此暗喜，却听到米拉日巴的问话：

“你做这件事的报酬——那松耳石得到了没有？”

妇人登时色变，既羞愧又害怕，吓得浑身发抖，立刻跪下叩头，泪流满面地颤声回答说：“得……得到了。”她继而向他忏悔道：“这食物，请尊者莫吃，赏与我这个害人精吧！”

“你要做什么？”

“我这个造大罪的女人要吃。”

“我若让你吃了，不但于心不忍，也违背菩萨修为，犯密宗根本大戒。倒是我的化度事业行将圆满，去往他方净土的时机已到，所以你这食物，并无多大妨害，吃和不吃，于我没什么分别。

“不过若是前次吃了，你造罪的报酬便得不到了。我是考虑到这个才没有吃。现在你的松耳石既已到手，为满足他的心愿，为你得着想要的松耳石，我就可以吃下了。

“还有，你俩协定的以后结婚等很多打算，应该是不能如你所愿了……以后啊，你们二人必定有后悔的日子，到那时候便诚心忏悔，最好能终生修行；即便不能如此，像这样的大罪，从现在开始到死为止，都不要再做了。可以一心一意向我及我的传承弟子诚心祷告！

“你们二人总做舍乐求苦之事，自作自受啊。这次的罪孽，我看能不能给你们净除掉，唉……在我死之前，这些话切莫告诉他人，以后大家自然会明白的。我所说的话，你权且拭目以待好了，是真是假，届时你自己定有判断。”

说完，米拉日巴就将那有毒的奶酪自行吃下了，他着实感到圆满，表情始终笑着。

妇人这时不知做何举动，呆滞了良久，才慌忙着往回跑。她一副受到惊吓的样子，逻辑混乱，词不达意，把米拉日巴的话倒了很久才倒完个大概。杂铺巴格西听后，回应道：“不管他胡说了些什么。最要紧的，是那个东西进了他的口里。这就够了。现在你悄悄待着，放清醒点吧！”

和彼时花言巧语、信誓旦旦相较，妇人在事成之后得到的只有出于警告的冷言冷语，没有一丝感谢和安慰，至于白头偕老的承诺，更似从未存在过……她在此刻当然也无暇顾及这些虚妄之事，刚才经由自己的手，断送了一位密宗大德的性命终是将她吓得神经错乱，无法心安……而计划得逞的格西倒一时遂愿，沉浸在虚无的畅快之中。

所有的步步为营都不及顺其自然来得完满，所有的惊心动魄都不及平安喜乐来得舒怡。米拉日巴如是勘破。

生不过是死的表征

“以聂拉木和定日的人为主，与我有缘的施主和信众，请各带上赴会的用品来见我吧！与我无关的其他地方的人们，凡想见我的，也请前来吧。”

明月的光穿罅隙而入，静室里现出微明，米拉日巴大略一看，清宁的墙壁，壁上闪烁的亮点，熟识的经卷，供台上未尽的香火，还有外面进行着的夜……他对几个时辰前的奶酪事件丝毫没有挂心，更没有对外宣示的意向，只是悠悠地向弟子吐露了这两句指示，像是在表达好几个世纪以后如另一位勇士“无穷的远方，无数的人们，都和我有关”般的心意，又像是广发英雄帖似的要集会起来布告什么。

弟子们遵照师父的吩咐，只管往各处传达，不是号角，却一样不敢有丝毫懈怠。他们深知在践行米拉日巴每一个或大或小的指令时，都对自我的修行有着绝对的验证和潜在的影响。而听到消息的人，大都不相信这是他的教命，因为历来的传统皆为万千僧众和信民纷纷对上人顶礼膜拜，对之追随至极，反过来“招贤纳士”的布施虽有，但绝无如此隆重和盛大的阵势。大抵佛陀教导人先有主动的自我觉知，再去上人那里寻山问道最为相宜。

不过不管怎么说，当下对于千万众生都是一个机会，因缘适巧。很多以前与法缘有关的僧俗弟子和有善根欲求见的善男信女都赶来曲洼聚会，尊者如约为徒众开说权义①的因果道理和实义②的直指心要等法，一直延续了很多

①权义：即不了义，不究竟的义理，为劝诱他人而说的道理。
②实义：即了义，决定义，真实之道理。

天。在这期间，据具缘弟子们口述，有几位曾看见天空遍布听法的天神，有几位又看见听法的天神遍及虚空和大地，心中生起无量的欢喜，也大都看见了那极为殊胜的瑞相：

天幕晴朗无云，其下斑斓如虹霓的宫殿熠熠生辉，并由五色云霞的伞盖、宝幢等装点着布满其间。天降五色花雨，声乐优雅悦耳，一如天籁之音，还充盈着浓郁的前所未闻的芳香……浸身其中，令人欢欣鼓舞，如沐仙境。

精于修进的弟子问："此番殊胜景象，如祥瑞征兆，不知是何缘故？"

米拉日巴指点迷津道："你们这些听法的世间瑜伽弟子中，有些已经登地[①]，有些仅具善根福德，这都很好，但为数不多，善神——心向佛教的神灵的听法者布满虚空，他们以天上五妙乐[②]作为供品来供养我，同时也使你们能发欢喜之心。所以在你们的境界中出现了那些吉祥之相。"

"那么，我们未见到，是何道理？"另外几位求问。

"诸天神中，也有很多是不还果的，要见到他们，须得着天眼才行，至少必须对积聚二资粮[③]存有强烈的愿望，对二障[④]习气已减到极轻微的程度才行。诸登地者见了天神的首领，天神眷属也就随之见着了。所以要想看见诸天神，就请努力去集资净罪吧！若能这样努力去做，还可以见到天神中的至上者即自心本性哩！"

他细细释疑解惑，随后一支道歌响起，与会的听法大众之中，上品者正确无误地领会了自心即法身之义；中品者在自己的相续中生起殊胜的乐、明、无念之觉受——修最高密法的内证境界，获得道要；下品者亦无不发起可贵的菩提心。他欣慰着，似乎仍有话要说。

如果说先前偌大的集会是他最后的弘法传道之讲，那么接下来的话就让

①登地：修行的菩萨以地分阶位，是因地能生万物、能生诸功德，登地者即快要成佛了。

②五妙乐：指色、声、香、味、触。

③二资粮：福德资粮和智慧资粮，众生趋往佛道时必须备办的两种路资。

④二障：烦恼障和所知障，前者即扰乱身心使其不安的障碍，后者即昧于正法或对诸法不能正确认识的障碍。

信众们越发听出了些临别的意味："在此聚会的僧徒大众，我们前生都曾发了很好的誓愿，由那愿力牵引，今生才能相遇，是洁白圣法把我们结合在一起。现在，老朽我已上了年纪，今后不知还能不能再相见。不要辜负我对你们说过的法要，尽力去实修吧！这样你们就会投生在我成佛的佛土，成为上首眷属。你们应当非常欢喜啊！"

"尊者，您说这话，该不是要结束教化众生的事业了吧？"一位聂拉木的在俗徒子先觉着，战战兢兢地说，"若这样，就请您从我们聂拉木归往空行刹土吧；若不能，无论如何也请再去我的家乡一次啊！"言毕，他抱着尊者的脚，痛苦哀号，极力请求。紧接着，其他大众也出于敬爱和崇信之意，纷纷顶礼求请，言辞十分恳切，场面既壮观又令人酸涩，他们等待着米拉日巴的应答。

"我现在不能前往聂拉木、定日等地了，只住在镇地和曲洼等待死亡。你们回去都好好发愿，以后，我们在清净的空行刹土相会。"

米拉日巴冷静如常，心下忖度着自己从许久前证悟到依次照见内心，一步步修进的哲思：了解生命必死之后，我变得谦卑，我认识到自己惊人的心理力量，也重新发现自己，因为我必须在人生的跑道上停下来，重新衡量，然后再前进。他没有再直接训示什么，只愿留得更多证验给每一位具缘弟子，他着实相信佛法的机缘会带给每个人应有的果业。

"……那么，尊者就是不去，也恳请您发愿祈祷，为您曾踏足过的地方，祝福吉祥顺意，希冀喜乐安康；让凡是见过尊者的面、受过您的教导、听过您的盛名的人，都能得到摄受！"

"好！好！你们从来都对我具有信心，供养我食粮，我也以善心为你们讲说法要，也算恩德相报。我是修习真言的瑜伽行者，理应为大众发愿安乐，期许善德。"

当米拉日巴终于亲身靠近了"生不过是死的表征"的心得时，僧众弟子们挽留作罢、欢喜之余却不由得生出疑念：尊者不至于涅槃吧？

谁的心中都没有底……

最后的皈依人

好似日子仍如常进行。

徒众比以前更为殷切地向米拉日巴恳求加持，各自均发誓立愿，而后纷纷返乡散去。也是在这时候，天空中的斑斓彩虹和光明瑞相，慢慢地消失了。

米拉日巴依然会为镇地降伏龙蛇，同时也不时为施主们说法：“诸学法僧众，若对口诀抱有疑虑，从速提出，我能否长住，可不知道。”

听法僧众自是围聚了大集轮会供[①]，踊跃请传全部口诀，珍惜着将逝的因缘……机缘越是紧迫，则越是令人警醒。法席中，有人试图对那众所周知的疑义证问：“从上人的话来看，我等有些不敢相信师父很快就要圆寂——期望的寿限似乎还没有尽呀！”

终有声音率先触及了这一话题，米拉日巴的回应开诚布公：“我的寿限和教化缘分二者都已完满，并出现了往生的征兆。”

没过几天，米拉日巴便示现出疾相。众弟子紧张地围护在旁，而他自己看起来尤其平静。

“师父患病的事，我等弟子已在上师、本尊、空行、护法前上供施食，

①集轮会供：又称会供轮，是藏传佛教的特别聚会，也是密宗特有的修法。通常人数众多，所以有集轮会供之说。一般每月举行一次，以每月初十的莲花生大师会供及每月二十五的空行母会供最为普遍。

还要请尊者为自己能长驻法座而诵经修法和寻药施治才好。”弟子恩宗热巴像安慰一个常人似的，对上人进言。

谁说不是呢？在疾病和死亡面前，人都是一样的。他们于是通告施主，准备做些什么。但米拉日巴见状，说道：“本来瑜伽者生病，就是善功催促而成的。不须修法禳解，烦恼自有助缘相抵——这是噶举派特有的法理，要能病、能死才行。尤其是我米拉日巴，依大恩师玛尔巴的教规早已做了福寿法事，现在用不着援助者和中间人的帮助：外缘的仇敌，已转化为心的同伴了；臆想的魔鬼，也已修习成护法神了。

“那五毒的病，已以五妙乐显现，所以无须药物治疗。现在，我已经到了入灭的时候，生起次第的虚幻本尊身与圆满次第的光明自性合二为一，长住法席的修法没什么必要了。世间一切众生，因自己先造的恶业之果，今生要经受生、老、病、死等苦，虽然可以祈祷救赎，但终究没有彻底转圜的方法。任你有帝王的权势、勇士的武艺、美女的姿色、富豪的财富、神行者的飞毛腿、善说者的辩才抑或其他种种妙法，还是不能免除，肯定要自己承受这后果……”

澄明的话一说再说，可相对于上人的豁达态度，弟子们似乎仍跃跃欲试，希冀着可以再请米拉日巴多留驻些时日。米拉日巴再度衷心诚意地讲解道：“我若寿限未到，自然可以依你们所请。但若不因有利他之心而得到摄持，却专门延长自己的命数去修密咒的深奥仪轨，去迎请智慧天神，就如同请王者走下宝座来做拭尘扫垢的工作一样，是有罪过的。因此，你们也不要只为利己的今生而去修习密法的精深仪轨。作为凡夫，我并不吃亏。我为利益一切众生，于寂静处时常实修秘密真言之法，诵经不断，如此就可禳解诸般苦了。”

“如果尊者真的是完结了利他大业，涅槃以后，圆寂时的供养，灵骨的处理，造泥像和金塔的规格，谁继承法座，时节献供的仪则，以及我辈弟子闻思修等实际修行方法等事，应当怎么办？请赐指示。”

“我仰仗恩师玛尔巴的恩德，已了却一切生死轮回之事。三业解脱归于法性的瑜伽士，不一定会有尸体，用不着造泥像、建金塔。我没有执念拥有自己的寺庙，故亦无推谁继承法座之事。你们尽可前往那岩窟和雪山等无人寂静之处去住持，用慈悲去抚育有情大众。……总之，自己应当做到心无愧怍。”

心传弟子们虔敬地将事项细节一一请示，但米拉日巴始终回应得笼统简明，自然也直截了当。他的核心意旨是：我们一生的所作所为，造就了我们去世时的模样，而每一件事，绝对是每一件事，都很重要。

此后，米拉日巴表现出的病状更为严重了。此事自然满城皆知，而那与之结着宿缘的杂铺巴格西，正是在这时带了酒肉等礼物，前来探望。

“像尊者这样成就甚深的大德，本不该患这样的重病，如今却不幸染疾！若是有分解之法，可以转移些病给众弟子；假使有法转移，如我之辈也可以分担一些……可惜全然不是这样的道理，如何是好呢！”

他说了些客套的风凉话，米拉日巴听得明了，笑笑回应道：“生病之事，不由自主，大概你是明白的。不过凡夫的病与修行者的病是不尽相同的，于前者而言是不幸，于我这样的修行者却是一种庄严。”

杂铺巴听后，多了几分猜想：是否他在暗示什么，是否他对自己有所怀疑？怀着试探的心思，又进一步说：“若鄙人能了解尊者的病历就好了。按说，若因鬼魔缠身而致病，就该驱鬼；若因四风不调而致病，就该善加调治。恐怕找不到原因吧？——若能转移，请把病患转给我好了。”

格西话语中似乎充盈了无上的善意，叫人不好拒绝；又好像笃定了无转移之法，只透露出些许必要的无奈。倒是米拉日巴配合着，像得了启迪似的，郑重地说：“因一个有情心上‘我执’厉鬼作祟，使我生了这四风不调之疾。但这病若是分给你一些，恐怕你一刹那经受不住……还是不移的好。”

杂铺巴心想，这是转移不了才做这欺人之谈吧，于是更起劲地请求：“请无论如何将病转移到我身上来吧！”

“那么，先移到门上，你且看看吧！”

米拉日巴也来了兴致，说完，便将病魔移在静室门上，只听那扇门吱吱作响，几秒之内就抖抖闪闪地坍塌下来了。众人的注意力即时从门侧回到尊者的床榻上，只见方才躺卧着的上人已经精神抖擞地坐了起来。

杂铺巴当然也感到惊异，只是仍心存疑义，会不会是施幻术所为？于是假意赞赏道："实在稀奇！还是请移在我身上吧！"

"好吧，格西，就少给你一点！"

说时迟那时快，当米拉日巴让杂铺巴格西承担那病症时，后者马上疼痛得倒在地上，不能动弹，喘气非常不畅，几乎要昏过去了。

"我只把病转移了一半给你，受得住吗？"

米拉日巴见他难忍得直打滚，连喊疼的力气都没有，边问边将病症渐渐收回自身中。一度傲慢和偏执的格西，身心受了苦楚，待到身体稍许恢复点知觉，便急于向米拉日巴忏悔起来："尊者大宝！诚如尊者所知，您的病确实是我这个害人虫鬼迷心窍造成的。我愿将我的全部财产屋舍供养给您，伏望尊者悲悯鉴察，使我不受此果报。"

杂铺巴全身伏地，双手将米拉日巴的脚捧在自己头上，满面泪流，发出悲哀的声音。其中真诚有余，悔悟有余，放下有余，虔敬有余。

示寂之训

轮回是无法控制的生死流转，众生由于不善巧的行为和破坏性的情绪，反复地陷于痛苦之中。涅槃是解脱痛苦的境界，与绝对实相或佛性的体悟对应。怪不得后世的证果者说：当认证了心性，就叫涅槃；当它被迷惑蒙蔽了，就叫轮回。

米拉日巴修成正法，对心性自然确证无疑，所以不仅能预感自己即将暇满人身[①]，而且能笃定自身的回归是涅槃解脱。而面对诚心挚意及时忏悔的杂铺巴，他内心大悦，便不欲与之再计较什么，对其教言道："我平生从不要什么财产屋舍土地，现在临终，更用不着那些东西了，你还是自己留着吧。从今以后，哪怕生死攸关，哪怕舍身弃名，你也不要再做相类罪孽了！我已替你发愿，令你不受此次业果的报应。"

杂铺巴听后，无比欢喜，当即激动地立誓："今后，我必遵照尊者教诲，不造违反佛法之业，终生修行。从前的罪过，都是贪图土地、屋舍、财产之欲念在作怪，现在这些东西对我也无用了。尊者既然不收，那就敬请允许我捐出来作为众僧徒的修道资助吧。"他郑重要求，米拉日巴却仍是不肯接受，往后许久，其弟子们顺缘收取，作为米拉日巴逝世周年的供养资财，在曲洼建立法会……而杂铺巴格西从此完全放下世俗事务，成为一个很好的佛子，这是后话了。

由此，在后世关于米拉日巴的佳话中，也就有了他为度人吃毒奶的故

①暇满人身：具备修学佛法的自身条件和外部环境及师资等，此指一种境界。

事，为历代僧众和当地百姓所传颂。而他的态度仍是那般云淡风轻，只是如常做了修行之事。

当众弟子担心他的病况而千方百计想提供些助力时，他坚持自己在天地之间寻找墓地；当众弟子分兵几路护持和跟随他时，他却示现分身欢喜地遂了他们的心愿，以至于大家各执一词，为招待、供养过尊者的事宜争论不休，末了才知："你们说的都对，是我开了一下玩笑。"

再往后，病象越发深重，曲洼的天空、山顶和深谷中渐次出现了法要中所说的虹光等吉祥之迹。此时，大众无不明了，尊者要上升到他方净土了，他们寂静而哀默，只静待上人做最后的交代。

"若有所求，只要真诚启请，便可遂意。你们乐意何方就向何方启请即可。因为无论何方，只要一心求取，我就会出现，与你们同在。你们所熟悉的藤杖和布衣是我仅有的财产，热穹巴很快就要来了，把这两件遗物交给他！这是能修风息的缘起。在他未到以前，先不要动我的尸体。

"法主弥勒巴的这个头巾和沉香木手杖，是以上品见修来护持教法的缘起，无论如何要交给塔波拉杰；这个木碗，希瓦畏拿去；这个天灵盖碗，恩宗敦巴拿去；这火镰，斯般热巴拿去；这骨制汤匙，直贡热巴拿去。其余得于我指教的弟子们，把这布衣各撕一片。我的遗产虽不多，但每一件都是一种缘起。

"我死后赶来此处的僧俗弟子和善男信女，你们大家应分给他们的东西，是我米拉日巴一生所积的黄金，连同写明分配办法的文字，裹在一起，埋于灶火下。待我身故后取出来看，照之办理就好……"

再问利他之训诫，米拉日巴孜孜不倦，又是一番教诲："要做到没有私欲缠绕，是极不容易的。若一方面追求自己今生的欲望，另一方面又求利益众生，这不仅不能利他，连自利也是不可能的。就如那弱者自身无力，还说要拯救同样身陷囹圄的他人一样。在未证悟实相之前，不要急于去利他。盲人引盲人，将有在私欲中迷途的危险。反之，若能修证，那么能利于众生的时机自会到来。在此期间，你们大家都要有爱他胜于爱己之心，只有利益一切有情，才能成佛。因此行事要谦恭，衣着要简朴，在衣食名誉方面要不怕吃亏，身体顺其自然，心中怀抱大志，努力修持。这就是有利于众生的事了。即使是修持有道的人，也要把这些记在心上！

“——你们听我的话，照我的样子去做，继承我的事业。”

这是最后的训示，他在世间最后的气息。

是年十二月十四日，正值冬季。

那天，阳光明朗，盛况空前。诸天神和空行纷至沓来，会聚一堂。在清澄的天空中，虹霓似乎触手可得，交织成棋盘一样的网状格子。每个格子中央，有斑斓的八瓣莲花，又有四瓣莲花以各异的色彩标明并指示着四个方向，而其外，精美的曼陀罗图案幽幽隐动。而后五色伞盖、胜利幢、幔帐、帘幕、天衣璎珞、旌旗彩缯等不可胜计的供养器物也纷纷出现。各色花雨，缤纷降下，群峰顶上各式彩云宝塔，极其美丽，而云塔顶皆朝向曲洼。

美妙的天乐奏起赞颂的曲调，热烈的香火烘托着广袤的大地。民间的圣典是不自觉开始的。诵念声声，祷告绵绵，他们守护着尊者，就那样进入了一派祥和的仪式中。六天以后，僧徒与信众仍在等待米拉日巴心传大弟子热穹巴的到来，他们眼见着那遗体变成一个如八岁童子的天神形状，光明灿烂。

“尊者示寂多日，热穹巴未到，恐怕遗体不能久留，今以荼毗[①]为宜。”

“尊者曾说，热穹巴未到之前，不要触动灵骸。遗体固然可以存放，但是……这事真困难。”

“从尊者所示和尊骸不受火供的情况来看，热穹巴肯定会很快到来的。在此期间，我们还是发愿祈祷吧！”

……

虔敬的弟子们终究还是依从米拉日巴的训示原地等待。对已经做了准备和修行的人来说，死亡的来临不是失败而是胜利，是生命中最尊贵和最光荣之时刻。的确，他此刻已然沐浴并享受在这荣耀之中了。

①荼毗：佛教语，梵语音译，意为焚烧，指僧人死后火化、火葬。

切不完的糖与布

米拉日巴功德圆满了，当他以八十四岁的年纪融入光明时，天降花雨，大地银白，呈现出自然的供奉。他的终场，似乎与释迦牟尼临终故事有相类之处：举火不燃，只待心传大弟子的到来。他埋在灶火下的遗产后来也为人所揭晓了。

众弟子中，智者早有先见，说："就尊者一生的事迹来看，固然不会积什么黄金——但这是上师之命，必然得去看一看。"

他们甫一挖开灶台，几样物件清晰地印在视线里。一块迦西迦布[①]里面包着一把小刀，那刀尖可当锥子，刀背可作火镰，刀刃十分锋利，旁边一块蔗糖静静地守护着一封信。

自然，在米拉日巴身故后，他的信笺是弟子们与之接近并受之引导的最直接方式。众人审慎地打开，细读其上的旨意：

用小刀把这块糖和这块布割切，
愿它没有穷尽，
割开后让众生随便取用！
凡尝过这糖的和接触过这布的，
都将由恶道得到解脱！
米拉日巴的三昧食和衣，

①迦西迦布：印度迦尸城出产的一种透明纱。

都得上辈佛祖的加持，
只要听到一次我的名字即生正信的一切众生，
都能七世不投生恶道，
能记住过去七世的事，
这是上辈佛祖做过授记的。
……
我瑜伽者这三昧食，
一生中一直食之不弃，
它是产生两种悉地的大悲食。
凡能尝到此食的众生，
那投生变饿鬼的大门就对他关闭；
我这白布拙火般若[①]衣，
凡穿上身或披上肩的人，
投生寒热地狱的门就对他关闭。
得到加持的一切众生，
都能摆脱三恶趣；
一切与法有缘的众生，
今后再不会投生恶道，
并可逐步圆觉入佛地。
……[②]

依上人之意，弟子们用小刀把糖切成无数块，所得每一块又迅速地恢复成原来大小，如此往下分割，变魔术似的生出许多来。余后，再把那布裁开，同样也出现一片片方方正正的布。众人一一接了那糖块和布片，即时投入了默祷和顶礼之中，来不及惊叹，要不得玩笑，因为在他们心中，米拉日

①般若：梵语，意即智慧。
②桑杰坚赞著，刘立千译：《米拉日巴传》，北京：民族出版社，2000年版，第207–208页。

巴已是神祇一样的存在，毋庸置疑，只愿崇奉。据说众生受领后，有病的立即痊愈，苦恼的解除苦恼……那糖和布，世世代代相传下去，受用无穷。

米拉日巴的一生就这样圆满地完结了，他留下的是切割不完的糖与布，一如他人生之初家境的富庶丰足，本以为也享用无尽。他的人生经过了与财富种种或敌或友的关系，拥有、损失，换取、自足，受困、追寻……重获、舍弃，可以说经由这一遭，他回到了原地，境界却迥然不同：赤身露体却精神充盈；遗产寥寥却灵魂高贵；他虽独立于天地，但身后俨然跟随了太多的信众，亲人散去，而西藏的百姓都是他的佛子；他虽孤身行走多年，但大地生灵虫草之类都是他的伙伴，而远方的岩窟和雪山更是他终生的家园……

于是，借由他在佛道和人间的众多鲜活血脉——僧徒弟子和善男信女，西藏由来已久的神秘与美丽又多了重重含义，这里作为精神的休憩地将注定永恒而绵延地存在着。

往后经过各方机缘，藏传佛教的形式在称为“后弘期”之时锻造成型，哲学的层面和甚深的教义未必深入每一个心灵，但就如汉传佛教一样，善恶报应的因果观和生死流转的轮回观是深入了人心的。因果观是对社会公平正义的向往和追求——善恶终有报；轮回观则是令人满意地圆了一个梦——人类与生俱来的灵魂永生不死观念的梦想，缓解了人们对于死亡的恐惧。同时，向善和为善也是乱世中的秩序和道德约束。为信仰而献身的精神品格，理所当然地获得了后世的称颂、感佩，并且作为精神遗产被传承下来。但是也有米拉日巴不愿意看到的情景在此时初见端倪：新生的寺院正在逐渐积聚财力和权力，准备成为统治阶层；在他辞世的前后，卫地各部派正在跑马圈地，正为寺庙庄园的所有权展开旷日持久的争夺战，桑耶寺和大昭寺这样有名望的古寺因而又一次招致毁坏。从今而后的千年间，教派之争时骤时缓地进行着——更多的并非教理教法之争，而是多源于对于世俗权势的争夺……[①]

惨烈而冷酷的现实因袭矛盾的升级便扫荡而来，不知米拉日巴尊者对于

①马丽华：《风化成典：西藏文史故事十五讲》，北京：中国藏学出版社，2009年版，第162页。

自己先这场风暴而逝抱有怎样的态度？他或许也会自然而然地想到，藏传佛教经历的颠簸灾难，一如他人生历程之初：在某个契机以后，就突然陷落了，从此跌宕起伏，绵绵延延，无从复返……命途的局面一旦打破，便再无法轻易回归彼时的轨道。他的选择是，此去经年，推陈出新，跌倒重来，归于佛陀与心灵。而于藏传佛教的发展而言，亦只有在风浪中砥砺，将尚武好战的冲动渐渐平复，将追名逐利的世俗劣性悠悠澄清，将亲善平和的种子款款播撒……于此，米拉日巴也该是欣慰的吧。

学会怎样死亡的人，就学会了怎样不做奴隶。佛教把生和死看成一体，死亡只是生命另一章的开始。死亡是反映生命整体意义的一面镜子。于是米拉日巴如是说：“我的宗教是生——死——无悔。”①

他的人生终归完满落幕，众生的际遇流转才刚刚开始。每个人都是一样的，皆须如他般殷实走过，勤力而为。

①索甲仁波切著，郑振煌译：《西藏生死书》，杭州：浙江大学出版社，2011年版，第16页。

第二章

贡塘城：一半王子，一半奴仆

幅员辽阔的青藏高原承载着万物有灵的崇拜，雅鲁藏布江引带怒江、澜沧江和金沙江吞吐着奔腾不息的情怀，再加上世世代代叩首并盘踞在此的人们，构成了浑然如天成的永恒民族。他们依雪山的纯净而生，傍湖泊的无私而活，凭草原的绵延而长，借季风的残酷而养，米拉日巴天生也是这样的自然之子，注定了要接受一场顽强的风暴。只不过，他人生的剧目，是从伊始就由少爷降身为乞儿，由王子沦落为奴仆。无忧无惧的少年全然体验着这一切，却不知命运的大门正向他开启。

米拉的英名

对奔走于城市中的人来说，西藏意味着自然的天堂、纯净的仙境。效率在这里被缓慢染指，执着在这里被释然替代。

的确，相比外界对西藏的高山仰止，匍匐于这一栖息地的人民则显得平和安详：吮吸着它的气味，照映着它的模样，聆听着它的传说，守护着它的文明。他们更喜欢静静地待在一处，像陪伴自家的孩童一样，与之欢喜，与之嬉闹。

拉萨河，就是这样惬意而多情的好地方。

适逢周末或节假日，拉萨河的沿岸、河谷总是被各式的帐篷占据，当地人或钓鱼、或戏水、或沐浴，喝着酥油茶，吃着糌粑，别有一番闲情逸致，不放过一丝体验天人合一之传统境界的机会。

汉族也有类似的休闲方式——野餐，汉传佛教八大宗派之一——禅宗同样提倡这种真如本性、自然显现的天人关系：禅便如这老牛，渴来喝水，饥来吃草。

这大概是种极好的情趣，经世代传袭，联结着祖先的血脉，守望着文明的源头，承续着鲜活的生机。不过，在一千多年前西藏尚未经受金戈铁马抑或丝绸之路的洗礼时，这源源活水的驻扎地本为一片广袤无垠的草原，生成了一个个世代倚赖放牧业居养的部族人家，米拉日巴的远祖琼波族便是其一。

在此不得不先提的是，藏传佛教五大教派之一——宁玛派。

宁玛，本意为“古”或“旧”，所以宁玛派即古派或旧宗派，是藏传佛教历史上最悠久的一个教派，由莲花生大师入藏弘法时融本土苯教于印度佛教之中创立而成。因着9世纪中期灭佛之灾的降临，夹缝求生的佛教转变为以家庭传授的方式而传承，并由此延续为传统。

米拉日巴的先祖琼波觉赛，就来自这样一个宁玛派家庭，自幼学习宁玛派的教法，兢兢业业，成就卓著，称得上名副其实的喇嘛。除了牧场的打理，他还会治病，尤擅儿科，亦精咒术，可捉鬼，常为村民服务，家业便逐渐兴盛起来。身为瑜伽行者，朝山谒圣自然少不了，他周游到后藏拉堆绛（今日喀则地区），便随性停留了几年。

这的确是位诚善的修行者，他加持鬼魅数千，又因法力高、收效大，信徒众多，法缘十分兴旺。时日一久，外乡人立户落籍似乎变得容易，而地方上的人们也习于有“大神”保护的安定，凡遇病患和鬼祟灾害都要去请他。

日子平静而欢愉地过着，不希冀扬名，却在一个鬼怪事件后，被大力赞颂为“米拉”，以至于成了家族的名称。

那应该是一个聪明的鬼，它不敢在觉赛面前造次，但在别处作恶不断，别人着实害怕极了。适逢有一户不信仰宁玛派的人家，正遭此害，三番五次请喇嘛来收妖降魔，结果反被鬼魅捉弄和嘲笑。当时的情形真到了只能用一句藏谚来形容的地步：“为了治疮，狗油也算药啊。”于是，好意的朋友便把觉赛请了来。

觉赛喇嘛还没走近这家的帐篷，就瞧见了鬼魅的盘踞处，一个眼神投去，那鬼拔腿就跑。觉赛抖擞精神，神威顿发，大声喝道：“我琼波觉赛来了！要吃诸厉鬼的肉，喝诸厉鬼的血，等着吧！”

“厉害啊，厉害！米拉，米拉！”

觉赛飞驰而进，一股正气直逼得那鬼魅惊魂不定，口中开始不住地乱叫。待觉赛行至面前，未有声色显露，那鬼魅已颤巍巍缩作一团，恐怖的哀音继而变为直接的求饶：“您所到之处，我并未敢冒犯啊！这个地方，您从不来，所以我才来的。请您饶命啊！”

随即觉赛声令鬼魅发誓，自此不再害人，然后才把它放了。

据说，后来这鬼魅落停到专门供祀他的人家，口里还一个劲儿地嚷着：“米拉！米拉！这个人好厉害哟！我一辈子都没这样害怕过，好厉害啊！米拉！米拉！”

果然，觉赛喇嘛结束了鬼魅的祸乱，同时开启了拉堆绛地区的长久祥和。从此，觉赛的功德与威名成了无人不知无人不晓的美谈，“米拉”也就成了他的颂称，示为虔诚信仰之意。

对于一位深谙佛家慈悲的喇嘛来说，怕是再没有比信众的尊仰更高的褒赏与嘉惠了吧！年深日久，米拉的光辉便如圣礼般笼罩着这一荣耀的宗族，成为其钻石般的名字。

高天厚土的西藏地区，蕴养着正气浩然的子民和朴素坚定的灵魂，虽然花朵会开谢，草色会转变，牧场会轮换，但牛羊在驻守，星辰在闪烁，族人在传承……巨大的空间坐标系不可能永恒标示人们的每个停泊地，但精神记忆是他们共同的地址。

无数个疾驰而逝的日夜，苍穹和沃土都在低语着、传播着这一世的米拉的故事。

由一场豪赌开始的家业

才干与威望皆具的琼波觉赛所创的家业实在是富厚，且不论物质有多丰裕，单凭一点宁玛派的手艺和一颗虔诚勤进的心，就足以滋养家族，绵续香火了。兴盛的米拉家世系源流畅达，每代必有一子将家门护持得蓬勃如旧、风光至极。

到了第四代，掌家的叫米拉多杰森格，也很有本事，应该算是不错的守业人。但世事沧桑，正如希腊哲学家赫拉克利特所言：唯一不变的是变化。就连佛教本身，也信奉诸行无常：刹那抑或相续，都逃不过迁流不停、无常住性的法则。而米拉家的“无常”，发端于多杰森格的一个嗜好——赌。

多杰森格有着天性的执迷，精于赌技，往往每掷辄胜，并一度将之作为敛财方式。

那么，赌什么东西呢？藏语里叫作“枭（sho）”，即中原所称的“骰子”。

这是一段渊源颇长的故事。寻根溯源，华夏文明的供养赋予汉藏古人同质的智慧，千年以前，先祖们将这个棱角分明的骨质物作为打卦的卜辞之一。据敦煌文献记载，“藏族的占卜形式十分丰富，计有鸟卜、骰子卜、羊骨卜、梦卜、水卜等，这些卜术大多为原始文化之遗存，有些是进入阶级社会后，依据原始思想发展、创造、变通而来的”。另外，在新疆若羌地区出土的吐蕃时期古堡文物中，也发现了骰子，“形制与现代的骰子全同”。[①]如

①王尧：《枭（sho）、博（sbag）考源：西藏民间娱乐文化探讨之一》，载于《中国藏学》，1996年第2期，124页。

此，用梟来占卜，已有确凿的实证依据。

往后，历史洪流滚滚，原本与苯教有着千丝万缕联系的打卦工具，因佛苯矛盾激化而随吐蕃政权的崩溃一同进入尘埃的坟茔。分裂割据之际，它犹如一叶漂萍，由上层文化圈流落到底层竞技场，开始走向民间，进而演变为一种娱乐的赌具。梟，逢时代际遇而变了使命，实在像极了人。

再说多杰森格，他的赌徒命运又如何呢？

有一年，一个以赌为生的江湖“老千”行经此地，光身后一帮精壮人马就彰显了其霸道狡诈。棋逢对手，强强对决，一对嗜赌狂徒安营对阵，真是再酣畅淋漓不过。

一个是率性爽然的豪士，一个是诡计多端的谋士，输赢之局恐怕早有几分注定。

第一回，老千主动提议，先下小注，权当练手。他身态故作轻松，眼神及心思里却深藏侦察敌情般的审慎与敏锐，看多杰森格全身心投入在阵局上，每一次抓梟摇动时，都郑重地闭上双眼，口中喃喃念词，而后蓦地一掷，随点数安放子儿，认真有余……很快，这一番底细的试探以老千的自然骄傲宣告结束。然而，预设方案才刚刚开始，因着一点点的小赢，他佯装出的胜利者样子，激怒了面前的失意者。多杰森格当然不服气：“明晨要报仇！”

回答声泰然：“可以。”

次日，老千故作姿态，略施小计，再度得赢。一向无往不胜的多杰森格哪受过这样的耻辱，他负气撂言：“明天捞梢，再赌！”

“可以！”

下一日的情状，赌注加大了不少，多杰森格好似峰回路转，连掷三盘，全部得彩，心情快意了不少。这时，老千先是泄气如丧气狼，接着只决然一句便引对方入彀：“我也要捞回本！”

“可以呀！”

多杰森格兴味盎然，答应得干脆。殊不知，前前后后、输输赢赢，尽在老千的操控之中。他当然更不知道，明天，等待着他的将会是怎样的代价。

最后的较量终于来了。土地、房屋、珠宝等财物全部作押，村人为证，立约为凭。所有的安全防线都已构筑妥当，一场真正的交锋就此启动！帷幕拉开得浩浩荡荡，赛程却短促得足够惊人，仅一次掷枭之后，多杰森格就变得一无所有。

他不及看清骰子最终落停，不及觉察呼声四起，一片盈耳的欢笑与叫骂在鼻烟味、茶炊味、汗水味中混合散发，又将其包裹。

输——了——个——精——光！

一方对一个家族的产业的蓄意洗劫，顷刻间，化为另一方必须承付的债务。没有人记得他们或落魄或索然地举家搬迁的行途，没有任何资料可查看他们或艰辛或淡然地远走他乡的思绪。在西藏这样自然条件严酷的地方，尤其突显财富是生存之基本条件，但恰因为如此，藏族人民才更能够铭记古谚中的深深教诲：

“渴死不饮泥塘水，那是野牛的品格；饿死不吃泥滩草，那是野马的品格；至死不在敌人面前淌泪，那是英雄的品格。”

唱着流浪者之歌，米拉一家后来落居“芒域与贡塘”。时空的变迁让原本生生不息的土地上的烟火面目全非，然而幸亏有藏学家们的痴痴打探，曾经的繁华才不至于沦为一个模糊的地理名词，昔日的鲜活才不至于仅仅残留一堆静默的建筑遗址。藏学家刘立千先生就对它有过详细的记载：“芒域古时属阿里三围之一，范围在今从普兰宗北到后藏昂仁宗，南到吉隆宗及接近尼泊尔边界，贡塘属日喀则专区吉隆县治所在地的宗喀南面，原吉隆宗的西北，贡塘拉大山的南面。”①

而之所以有“芒域与贡塘”这个称呼，看起来是和它北面有座大雪山叫作“贡塘拉”有关。

你瞧，在西藏，无论在哪里落脚，雪域都如祖母的怀抱般，只要被需要，她便甘愿散尽其绵绵温柔。

---

①霍巍：《蕃尼边境的贡塘王城：吉隆考古行记之二》，载于《中国西藏》，2009年第6期，第7页。

“大家好好干，大家要学好，不要再胡来了。”

父亲多敦森格出山了。事实上，这一遭变故后的重振，是他充当了核心角色，发挥了实质作用。身为一个宁玛派喇嘛，对钱财的态度一贯疏朗，深知只要精进，便可收获。他为乡人念经诵道、消灾免难、超度亡灵，做施食、防雹、护儿等事宜，佛运亨通，得到不少报酬。这不正显证了当下流传的“内心仰望理想的人，都在低头干活”吗？

或是承于父辈的莫大宽容，或是耽于内心的郑重悔悟，多杰森格改邪归正，经商为业，放肆的赌性在他这里转为务实的耕耘，一夜之间，他便脱胎换骨。冬天，把羊毛运到南方去卖；夏天，到北方牧场上去买牛羊；此外又来往于芒域与贡塘之间，经营一些小本生意。如此勤实辛劳，居然又积聚了许多资产。于是，由一场豪赌开始的家业，回环而至。

多年之间，面对丰饶通天的牧场，多杰森格总保持着一种不变的习惯——在每天下午，置身绿原，遥望先祖，心中一遍遍回想起那晚苍月之下父亲对他的寄语：

“孩子，当你出生的时候，西藏的山原轻声唤出了你的名字：米拉多杰森格。孩子，我骄傲地看着你一天天长大，成为信仰的化身。你要记住，我们一直都是以智慧与勤进振兴这个家族的。我也相信你将发挥自己强大的正念。但，真正的胜利，是鼓舞你的内心永续的斗志。总有一天，我的生命将抵达终点，而你，将加冕为王。”

“我有儿子了！”

当你强壮而健康的时候，
从来不会想到疾病会降临；
但它就像闪电一般，
突然来到你身上。
当你与世间俗务纠缠不已的时候，
从来不会想到死亡会降临；
但它就像迅雷一般，
轰得你头昏眼花。[①]

历来死亡的来临悄无声息，倒是人心的回应与了悟才为其加注了种种郑重，好似仪式感真的必要。年月流转，世事变迁，当日后米拉日巴在其一生的修道之中数度唱起这首道歌时，他的心下蕴藉着安宁，口头咂摸的字句转化为与天地众生同等经历的宽广，他深知：我们只是旅客，暂时住在此生和此身。

镇定的况味总不自觉勾连起常人的揣想与臆测，万物不动声色，却都自有方圆。而这一系列亘古之理，在米拉家亦有实证，或说早有渊源。

多杰森格记得那么一天，独一无二的一天，容忍不了三心二意抑或悲泣

①索甲仁波切著，郑振煌译：《西藏生死书》，杭州：浙江大学出版社，2011年版，第24-25页。

惶然，在那一天，他必须成为一家之主，必须态度明确、行事利落，必须具备一锤定音的能力——命运的指针停在了某一刻，父亲的教诲一步步地在脚下撒种、生根、发芽，但这位惯于沉默的老人忽然就离开了，他把大半生交付给土地和劳动、乡亲和信仰，一切毫无停歇之兆，而今只一身亡故，静静地沦落成泥，归于天地之灵。

又至下午时分，亲切的男主人如常站立于自家的绿野，他的胸中翻腾着往年的默契，疏淡了长久的守望，来自父亲的叮嘱在这天和眼前的全部生命力量汇合在一起，变得自然而丰厚，他的身边多了美丽的女主人，还有刚成长起来的儿子，米拉喜饶坚赞。

《乾隆大藏经》有道："生死恒起，相续不断。"多杰森格或是庆幸的，家业卓盛，子嗣已存，精于商事，勤于致富，保持耕耘，兴旺血脉，便是最好的姿态。所以隆重的丧礼一过，他便接着投身到买卖中去了。

不错，他是一个地地道道的商人，是个后天成就的胜利者。他勤勉而耐着心力，昼夜营生，因而财产倍增，较以前更为富足。在送走父亲后不久，他以多年辛劳积蓄的黄金和从南北两地贩来的很多货物换得一块三角形良田，并友善地保留其原主署名，称为"俄玛三角地"。

说来很有意思，在主要聚居于云南的哈尼族的童话里，俄玛是最大的母神，因此，哈尼语中"俄玛"就有"最受尊敬的长辈"之义。这同样是一个勤劳勇敢的民族，并且他们的文化中因笃信万物皆有灵、人死魂不灭，而盛行自然崇拜和祖先崇拜。多杰森格所为恰好暗合此意，或者中国各民族本就殊途同归，或者父辈和家族的精神在他身上已映现得足够多，但任后人予以怎样美好的想象，他就那样殷实地做了，一心持家。

之后，俄玛家的另一幢旧房子也被他买了过来，地基重新修整，几层楼房推倒重来，先用泥土砌垒成壁，然后用木板间隔成若干房间。待工程初步落定时，俨然成了一所华丽的住宅。一切正朝着越发蓬勃的方向发展。

儿子米拉喜饶坚赞到了二十岁，适值娶亲，遂愿与一个娘姓姑娘结了婚。这位同样出身贵族之家的女子，容貌姣好，既贤且能，熟谙世事，爱憎分明，可说是绝好的，而大家更愿意亲切地唤她白庄严母。喜事接连而至，一家人其乐融融，美满又快乐。

接着，建筑之事行将继续。这三层小楼之上有四柱八梁的厅堂，侧面是储藏室，一角是厨房，相当齐备。多杰森格看着满意极了，眼中盈着光，爽朗地笑出声来，索性取名为“四柱八梁屋”。这时，他们生活很优裕，名声很大。

这一居停之地，时称“嘉俄泽”。

日子倏忽而过，当多杰森格叔父的儿子雍中坚赞，循着同门的名望远道而来时，不及企口求助，多杰森格父子便发出了诚意的邀请，不仅妥善安顿其妻小和妹妹琼察巴，还热情地教会他们经营商业，财富自然滚滚而来。而喜饶坚赞也是在这个阶段，一点点经受父亲的调教，踏上了从商之路。

作为下一代的当家人，他承续着父辈的足迹，专注而勤勉地在南北之间奔波，为着一个男人应有的责任担当，为着门户旺盛，为着细碎生活中一个又一个的好消息串联而成的幸福布景。

所有的经营皆成了等候，所有的耕耘都会补给为雨露和甘霖，直到那最振奋人心又急于爆发的一刻出现——

身处异地，手里攥着娇妻的家信，喜从中来，情绪越激动，身体越止不住地散播跳跃的讯号，他只端然坐在布茶花垫上，神色变化已过于急转，不及同伴察觉这一帧一帧的显意，他就霍然弹身起来，爆出一声狂放的号叫：

“我有儿子了！”

落空了父爱

藏历第一饶迥铁龙年，即1040年，孟秋月（阴历七月）二十五日。

真正的故事，就是从这一天开始的。

关于生，尼采曾过分直率甚至有些残酷地公示："生只不过是死的一种，而且是非常少有的一种。"冷静或镇定，已然是最浅层次的姿态了，他只一语便带领人类扑向了必然事实的结果。但大多时刻父母都把"生"认定为一场盛大的欢喜，进而更加苛求这过程中诸多庆祝的必要，欲图让一切尽量完美地开局。

"你赶快回来吧，现在秋收的时间到了，孩子也出生了，你给他取个名字吧。"

"这消息太好了！儿子的名字都是现成的，就叫'脱巴嘎'（thos-pa-dgav，意为闻喜）吧——听见就高兴。现在买卖亦结束，可以动身回去了。"

光阴在细密的打磨间过得极快，父亲的信件送到时，家中的乳儿已开始在母亲的温怀里一点点积蓄对这世界的好感。归途中，父亲一遍遍不厌其烦地让送信人详述新生小孩的情形，在至大完满与喜悦之间，脚下的步子越赶越紧。他这般匆匆回家，为的就是迎接他的小王子。

推门而入时，他们第一次见面，幼童咿呀作声，父亲怜爱地将那小小婴孩抱了过来，几度凝视，仿若在重复做着确认之事，接着，他开始从头到脚，对臂弯中的小身体细细打量，无须太久，反倒真的很快，因为目标实在过小。他蓦地发出一阵响亮的笑声，一如第一次接到有关孩子的通知时那样兴奋。

摇摇晃晃，在数次与父亲的亲密重逢之中，闻喜渐渐长大了。

闻喜四岁那年，家中又添了个小女孩，唤作白达。后来的闻喜依然记着母亲对此早做的功课：如果是个男孩，就取名为贡莫；如果是女孩就叫白达。

对于闻喜来说，开口唱歌似乎为再自然不过的事，心性的愉然和良善穿过胸膛和声道如泉涌般流出，有时即便不对着广袤的山野、素净的雪域也一样可以自我畅游，在和睦的家人中间，在熟悉的楼宇之上，在每一个灵性迸发的片刻。

生活的优越无疑是这一切的底色。他身上穿的是绸缎衣服，头上扎的辫子上饰有黄金和松耳石……在常人看来，兄妹俩总是盛装度日，境况富庶，成长安逸，家中往来出入的也多是本地的名门望族，仆人一大群也再正常不过。那时，嘉俄泽的乡人总围坐着，将这对兄妹的日子津津有味地咀嚼，或相互打探些道听途说的逸闻，也会私自发些议论："这些远方来的流浪汉，现在这样阔气，外面的马牛、田宅，里面的粮食财宝，吃不完，穿不尽，真是走运啊！"语气中大抵毁誉参半吧，羡慕和嫉妒并重，不知多深，但应该也不浅。

看似不着边际的打探，却着实凿开了一个豁口，嘉俄泽的人们探知，一场重大变故将米拉家的安宁打破——

喜饶坚赞突然得了重病！

佛法讲，人在受到重大打击时会对宗教发生感情。郑重算来，时年七岁、时名闻喜的米拉日巴，该是在这一或懵懂渐脱或智慧初蒙的阶段，冥冥中开始勾连起与佛的因缘。他自是对此无知无觉，只在洪荒过去以后，一次次、一帧帧思虑之际，才又恍悟了什么。

真是到了病入膏肓的绝境了！无论延医还是算卦，都断言没有生望而放弃救治。亲族等也大抵知晓喜饶坚赞将不久于人世，就连这位寡言而慈爱的父亲自己对活下去也绝望了。他微微示语，请了族人、乡邻来做见证，其中包括两边直亲：一个是雍中坚赞，闻喜当叫叔父；另一个则是姑母琼察巴；还有内兄，即闻喜的舅父。当众留下遗嘱，声明全部财产都由长子继承，如此交代，亦是一种周全的保护。

彼时，少年伫立在人群之中。至亲濒死的讯息在他周身扩张，他决然不知以后的命途会因这样一个充满警醒的时刻而必须彻底改变。他来不及明确什么，只是看着母亲啜泣不已，听着亲众唏嘘哀叹，心上席卷过一阵无以名状的沉痛，倏忽便蜷身于父亲、母亲旁边，连同妹妹环抱在一起。他有些抽咽，好像自己也感到只有这样才和此时凝重的氛围相符合。

这一定是最后的仪式，在泛着微光的人世，一个做惯了少爷的孩子，只能以如此一番自我摸索后所下的决心和所发出的行为来送别一位宠爱他的大树一样的人。

这一程深浓而短促的父爱，一下子就落空了——

那个叫作米拉喜饶坚赞的男人，只一须臾就从他的生命中抽身而去了。

亲情强盗团

父亲去世以后，他的生活发生了重大变化。

葬仪在他印象中竟然如幻觉一般，似无而有，反倒是之后的动静盘踞了全部视线，改写了一切。

闻喜记得，那些日子，自己总是随母亲跻身于集会中，人员杂多，好些面孔一时变得熟悉起来。这天，家中再度设招待席，大人们陆续进门围坐，三面木桌整齐有形，其上崭新的毛花氆氇托衬着琳琅的碗盘，里面糌粑、奶渣、酥油茶、青稞酒等应有尽有，来客十分热心，尝饮着佳品，很快就进入了正式的话题——处置财产，不多一会儿，商议决定便明朗化了：所有财产由母亲独自管理，需要帮忙时，大家可从旁竭力相助。

对此，白庄严母本是宽慰的。丈夫的离世对她而言意味着精神支柱的倒塌，从前她虽也贤惠能干，但总有丈夫的勤力张罗，四处奔忙，家业愈加发达，日子愈加美满，她才觉得安稳。如今，依赖于丈夫生前的悉心安顿，承蒙各亲友的诚挚扶持，她好似并没有想象中那样单薄无依。思虑至此，她的神情略微舒展，因流泪过多而肿胀的双眼也稍许恢复了光彩。她当然知道有必要答谢众人，并给予一定酬惠，正待向亲友郑重致谢，没想到，局面忽地被另外的声音打破了。

“没有比我们更近的亲族了。他们娘儿仨不会吃苦的，照遗嘱办，财产由我来监督好了！你们外人别管！”

“我们是本家人，我们来管！”

整个居室内，从某一处方向传出赫然霸道的决定，突如其来，却又因积蓄已久而在语调上无丝毫潦草。最先说话的是叔父雍中坚赞，他的样子早已和最初前来投奔求助之时迥然不同，这个跟喜饶坚赞几乎同时走上商道的男人，作为米拉家的亲眷定居了下来，并也持有一点财力。现在他总算抓到了机会！妹妹琼察巴毅然站进他的阵营，主动出击，占山为王。

余音尚未散尽，不及众人回应，雍中坚赞和琼察巴已开始召唤佣人搬动几个收纳黄金和珠宝的箱子。局促之间，闻喜的舅父赶紧上前辩驳、说服，白庄严母亦坦言争取，但局势似乎因发展过快而将他们甩于被动一方。此时唯一正义有力的证据，恐怕只有已故者的书面遗言记录——这可能是最奏效的依凭了：

“这一次，我的病大概是饶不了我了。我的儿子年纪尚小，所以特此托付叔父、姑母和其他亲友，分心照顾。我虽不是巨富，但也还有一笔相当厚的家财。在我的牧场上，牛、羊、马三种牲口都有；田产中主要就是这一块俄玛三角地，其他的小块地多得不胜枚举；楼下的畜棚中，有牛，有羊，有驴子；楼上房屋里是些金、银、铜、铁、玉石、绸缎衣服、家具和五谷杂粮的仓库……总之，我的产业足够自给，不必仰仗他人。这些财物中，拿一部分来安置我的后事，其余的，就请在座诸位亲族，尤其是叔父、姑母，帮助白庄严母他们母子暂管、照料一下。等到我儿子闻喜能够成家的时候，就请把从小定亲的泽色姑娘迎娶过来。结婚的费用应该和我们的身份相称。届时，所有财产，交还闻喜掌管，务必让儿子继承父业。

“日后，他们母子三人的幸福，请叔父、姑母加以照拂，劳烦各位关照，请不要让他们受苦。我死后，也会从墓道的缝隙看着你们啊！”

在藏族人民的价值追求中，有两个特别重要的关键词：一个是“英雄”，一个是“智慧”。而从当地谚语中诸如“英雄的胆量不为死亡所惧，智者的敏锐不为学识所窘”的流传便可体察从这份关键时刻出现的证明来看，喜饶坚赞无疑是英雄和智者的合体，他仅以此番留据几乎明确了关于身后事的全部纠纷，妥善给家庭最大的平静和安全，然而，他也有些微必然的失误，就是把自己的妻子儿女委托给本家幼弟。

讲来复杂，这和当时的社会关系和婚姻制度有关。

过去，“西藏的历史只是一部西藏男性的历史”，甚至在沿用了几百年的《十三法典》《十六法典》中，明文将妇女与铁匠、屠夫并属“下等下级”人。根深蒂固的渊源，随着文明脚步的推进已深埋于尘埃，痕迹难显，但兄弟集团在婚娶方面的连带性着实像一条冲撞的蟒蛇，恶劣地纠缠着、摆布着藏族女性人生的独立与自由，具体表现尤以兄弟共妻制习俗为盛，俗称转房，即在长兄死亡时，幼弟续娶其妻。若问何故，史料表明是家族要保持财产的不外流：既可以避免财产的分散，又可以减轻家庭的负担……

雍中坚赞攫取财产背后的真相即与此相关——白庄严母抵拒了雍中坚赞的“转房”要求。

往后，情势发展没有扭转，叔父霸占了一些“男子的财产”如田宅等，而姑母则夺取“女子的财产”，如珍贵器皿和用具。

喧嚣和静寂时而切换、分离，时而接续、融合。射进窗户的夕阳把白庄严母从无助中惊醒。骤然浸身于陌生的温度，使她有些恍惚。她下意识地用手迅疾地往两旁摸索，是要确定她的一双儿女都还在。她急不可耐地寻找着参照物——远处的苍茫雪域和脚下的羌塘草原，只有依靠它们，才能重建内心的坐标。

极尽所有的盛宴

高原的天气变化得格外迅猛，日照又高又烫，让人觉着西藏有两个太阳，可是只一个瞬间便突发急转，狂风裹挟着自由拔地而起，乌云像山后的伏兵扑了过来，混杂着特种气味的尘烟，开始预告空气幕布的顷刻纷乱与后续的沉重，接着，刺眼的闪电、炸裂的雷、带雹的雨连番上阵，好像真的蓄意而来，要向谁展开进攻。

这样的西藏，闻喜闭着眼睛，嗅一嗅就再熟稔不过，有时他还带着妹妹玩人工预报的游戏，看谁猜得更准。就这样，苍穹之下，苦中作乐，生活似乎盈动着微光，如此也给了母亲一丝安慰。

彼时，少年心上的弦，因着以天地为伴而拨弄成曲，可是，锄头日月，织事繁冗，到底在他的记忆中生出了丑硬的茧子。良久以后，当他应弟子之问再度回念起那段时光，字句表达十分清晰，只有语气异常疏淡：

“暑夏之时，叔父要我们做农活；寒冬之际，姑母要我们捻毛线。吃食如狗粮，干活似牛马；穿着褴褛不堪，腰带也由草绳拴接而成。从早到晚，一点空闲都没有。过度的工作使手脚都破裂了，血液从皮肤的开口淌出来……穿不暖，吃不饱，面色灰暗憔悴，人也枯瘦如柴、皮包骨头。

“想当年，我的发辫上装饰着黄金和松耳石，披散下垂，清朗极了，可后来饰物都没有了，头发蓬乱不说，连虱子都在里面扎了窝！但凡看见或听说我们境遇的人，悲心暗生，无不垂怜落泪的，所以对叔父、姑母的责骂也渐趋激烈。但他们非但不曾悔改，反而变本加厉地让我们母子受苦，全无廉耻之心。

“我母亲的性子原本非常宽忍，但那时经受着深重折磨，会把姑母叫作折母道登——鬼母老虎，这名字后来就在村人口中流行起来了……”

关于西藏人的生活方式，人们最终认为“西藏经济主要由粮食农业和饲养牧畜的结构派生而来”。古代典籍中也证实了吐蕃农业与饲养业——放牧与家庭饲养并存的双重形态。

经济活动和生态学的性质决定了西藏人民的居停生活具有季节性，即冬夏时期生活状态根本不同：夏季田间劳动，冬季羊毛加工。如此定居与迁徙生活交替的局面，倒是勤劳智慧的十足体现，但落在闻喜母子身上，便都是沉重的压力。

听闻这一番苦情，任谁都不能不动容吧。民谚说“接管他财，扫主出门”，实在残酷极了，乡里间或议论：天下真有这种不平的事啊！

不过，浊浊俗世，终究只能自保，怜悯会被强势吞没，助力会被天灾降伏，就是回想喜饶坚赞在世时，也多见识到谄媚交往。追随金钱的凡夫啊，灵魂都悬吊在财富的诱饵之上，苟且偷安，他们以为金钱是世界上最重要的东西。有钱便是王，如今，人们多是决定看着雍中坚赞之辈的脸色行事了。

“常言说，上好之毛料，细毛始能做；丈夫有钱时，其妻方灵巧。这话果然说得不错！你看！往常有精明的丈夫撑腰时，白庄严母大胆能干，乐善好施，现在呢，靠山一倒，是贤是愚，可就判若两人了。”

“人倒一次霉，十方传是非”，人生际遇的哲学，好似在西藏俗语里都有据可查。世间冷暖，运数起伏，总要体验过才领悟得深彻。同情越淡薄，嘲笑越密集，任凭恶言恶语为伍，希冀尚存。

这一时间，与闻喜有婚约的泽色的父母，不时送来衣物，关照有加，并一再开解道：“闻喜，只要人没有差池就好。常言金钱乃无常之物，犹如草尖露水。不要忧愁自己没有钱财，过去你的父祖们不也是逐渐努力才发迹的吗？你们早晚也会有那一天的！”

辛苦，闲话，劝慰，自重与感激。那几年光景，一个突然成了奴仆的孩子，陡然脱下王子的外衣；一个恍然被迫为乞儿的少年，接受了命运的捶打，他慢慢地长大，全然不知母亲心中早做了盘算，隐忍的等待终于就要结束——儿子十五岁了。

白庄严母除了一对儿女，其实并非一无所有。她有一块陪嫁的田可以租给别人，然后收租积累起来。并且，事实上，这是块很好的耕地，几年里一直没荒废，由其弟耕种，精心打理，适时割收，到现在本利积聚了不少。这自然是极有利的条件。

马克思主义哲学正言：人的本质不是单个人所固有的抽象物，在其现实性上，它是一切社会关系的总和。想来人的社会属性端然如一把双刃剑，一面是公共环境的恩惠利益，一面是关系制度的捆缚约束。对于白庄严母而言，她曾在婚姻习俗中受困挣扎，现下却得抓着这救命稻草一样的、同样脱胎于那生硬规定的土地，试图再奋力一搏。

历史的进程，浓烟滚滚，纵然文明的号角始终嘹亮高阔，但那些一年年、一次次推陈出新前的雏形，如今还是以喑哑的面目现世，消匿于改革的浪潮，以至于在陈腐的条文记载中，残剩下诸如“夫人们都有一些动产，与族长的不动产形成了对照”的只言片语。但不管怎样，艰苦的岁月正在一天一天过去。

有人说，白庄严母母子准备收回财产了。

这一消息流传开来，一场极尽所有的盛宴即正式拉开了帷幕。

耕地所得的钱物郑重派上用场了。购置大量肉食，拿白青稞磨作糌粑，以黑麦子酿制成酒，从各处借来很多坐垫和碗杯，一排排地摆置起来，石头为桌，当然不会有华丽氆氇和任何鲜亮光彩的饰品。这几年，“四柱八梁屋”真的空剩寂寥而坚定的四柱八梁了，姑且挡雨屈身，而现下还算可当宴席之所——时间兴冲冲地往前赶着，那一日终于猛烈地来了。

久违的集会，俨然像挤进生命裂缝中的阳光，不知之后阴晴如何？

“诸位，今天我备了一点薄酒简食请各位来，只是表示我的一点心意。”

当众亲友先后融身于眼下的场面时，讨论声禁不住泛起，那神情与言语大概充满了太多疑义、惊叹抑或掺杂了别的更为复杂的意味。当雍中坚赞和琼察巴望着面前丰盛的肉品，不自觉拿起瓷杯一饮而尽时，两人相视沉默。正在这时，白庄严母站在席位正中发话了。她语气慈和，声腔用力，像是从心底掏出，并在即将爆破成音时临时添加了镇定：

“生子要取名字，敬酒要有说辞，我还有些话要说。米拉喜饶坚赞临终时立有遗嘱，以叔父和姑母为首的各位长辈都很清楚。现在我想请列席的诸位再听一遍。”

闻喜的舅父于是从内侧口袋里掏出那张遗嘱，当众大声朗读了起来。所有客人一语不发，空气中只有那一字一句的宣读与确认，像被赋予了新的顽强的生命力般，通过声线的重申，想要迸射出与往日不一样的能量。

母亲紧接着说：“这份遗嘱的意思，在座亲友心中都很明白，也就不必详细申说了。过去几年，叔父和姑母对我们母子照顾有加，我们的财产也管理得很好，我心里十分感激。现在，我的儿子闻喜长大了，要成家了，遵照他父亲米拉喜饶坚赞的遗嘱，我们该用合乎我们身份的礼，将泽色姑娘迎娶过来，闻喜也是时候继承遗产了……”

“呵！你们还有财产！”叔父和姑母同声大喝，“你们的财产在哪里？”

平常，这一对兄妹老在计较着、争要着什么，无论什么事，意见总难一致，各自养育着几个儿女，负担怕是如何都轻不了吧。但是在吞吃别人财物时，二人绝对臭味相投，这不，马上就默契地当场联合起来了嘛！

“哼！当初，喜饶坚赞在世时，那些房屋田地、金银财帛、牛羊牲畜，都是我们借给他的。他死了以后，东西当然得归还原主！你们哪有财产？就是连一厘金子、一把青稞、一两酥油、一件破衣裳还是一条老牲口，我都没看见过，现在竟然还要来说这样的梦话？你们那遗嘱是谁给写的？养着你们穷娘仨儿，没被饿死，可都是我们的恩德！俗话道，给恶人灌顶，如鞭抽空风，说的就是你们这些东西！”

两人你一唱我一和地一顿诳言，像预先排演过似的发挥得淋漓！说罢，嗤之以鼻，愤愤然起座，完全掩不住内心的张皇。尤其是叔父，更是暴跳如雷，咬牙切齿，跺脚顿足，好似他才受了莫大的耻辱，欲图卖力地宣泄、夸张地回驳、过分地捍卫……

第三章

誓仇心：咒是心的保护者

对于米拉日巴少时学习苯教咒术的经历，《西藏生死书》大概给出了最正义的辩词：咒的定义是心的保护者。或许西藏地区宗教的神秘渊源远非局外人的微薄了解所能抵及，但观照一位背负母命的童子，因身陷亲情的囹圄而在仇恨的道路上走至如此地步，想必任谁看来都深觉战栗，继而惋惜，又生出同情。值得庆幸的是，在这一程惘途中，米拉日巴显现出了他身上纯粹与坚执的特质，为自己目标的实现“步步为营”。

里程碑式的决策会

“喂！你们听明白了没？连这个房子也是我们的！你们母子，给我滚出去！”

“孩子他爸，米拉喜饶坚赞啊！看看我们母子的苦难命运吧！你说你死后会从墓道里看着，今天就正是时候啊！”

恶劣的人，陡然逞着蛮横，攥着独理，肆意叫嚣，硬生生将一场盛大的以诚意起头的和谈，扭变为一次激烈的纷争，他接着还会大动干戈：一面说着，一面从腰间抽出马鞭向白庄严母挥打过去。通身的暴戾狠狠地从他的臂膀发力，经由那无情武器的传送，在“啪”的一声急响之后，已变得分外恐怖。受动的妇人，立即发出了痛苦的哀号，那是一种集结着对先夫的怨怼、对命运的无望、对希望的渴求和对人性的无处控诉等多重情感的拷问。她问天问地，兜转彷徨，最后仍决心或只能向故去者讨要一点公道，哪怕是微茫的信心。

闻喜和妹妹白达，自然和母亲抱在一处，出于本能地保护着母亲，毫无悬念地也被他们凌辱，好在精力的耗费让叔父有些疲乏，后来转以衣袖相袭……局面渐渐平静了下来，人们的眼中，只有寡妇哭倒在地，小叔子霸道不饶人，两个孩子除了跟着哭，也的确什么都做不了。

这个时候，一定有人想问，难道就没有一个正义或者合法的解决渠道？难道那么多亲族友人的几次见证就不起一点作用？浩繁典籍中，藏学研究大家王尧简洁明确地写道：“因为当时西藏已没有行政领导，只能靠约定俗成的村子里的公共裁判。”①

①王尧：《走近藏传佛教》，北京：中华书局，2013年版，第88-89页。

是的，我们触及的是一个复兴和更新的时代，同时从更深根源处也标示着分裂和动荡。与这片雪域高地的沉默无言截然相反，周围的世界仍在水深火热之中。中原地区早已改朝换代，一个赵氏皇帝建立起了宋朝。及至11世纪，广大北方，游牧半游牧民族的政权在轮番登场的割据游戏中，落到了西夏人的权掌之中，而西藏内部，则在吐蕃政权崩溃后更早地进入了分裂割据的旋涡。对此，藏文史籍《智者喜宴》中这样记载："吐蕃本土历经彼此火并内讧，日趋支离破碎，于是境内各处每每分割为二，诸如大政权与小政权，众多部与微弱部，金枝与玉叶，肉食者与谷食者，各自为政，不相统属。"①

喧嚷的三四百年间，青藏高原的万众子民一直耽于流离，未能体会统一的和谐。昔日的宫殿轰然倒塌，部落制度随之瓦解，迫于基本生存的需要，百姓中一度出现过自耕农和广大农牧民，米拉家当然正是这样的典型。时局浩浩荡荡、不由自主地往前推进，历史的随机性一下子占了主导，不管是公共裁判还是部族平民，好似都沦于扁舟渡海的境遇，在巨大的风暴面前，确实没有真正的抵抗之力。

显然，身陷亲情盘剥窘境的母子，最后一点据理力争的努力终以失败告终。

前一时段对那份遗嘱还怀有希冀的舅父，看着对手光是儿女就已成群结队，这会儿也未做什么触犯。来客中无力的同情窸窸窣窣："唉，他们母子真是可怜啊！"伤心的泪儿流了下来，可只能悄悄地唏嘘长叹。不幸的人，终究还是不幸，翻身何其困难！

众人的沉默无力，似乎像中场休停一样，让对阵的主动方在恢复精力后，再度掀起一股自以为是的狂潮。

"哼！向我们要财产？财产你们自己就有嘛！酒肉招待，可以再邀请左邻右舍来糟蹋！我没有你们的财产，即便有也不给！你们有本事的话，就找人来打一仗，把财产抢回去——没本事的话，那就去放咒好了！"

---

①陈柏萍：《分裂割据时期的西藏社会》，载于《青海民族学院学报（社会科学版）》2000年，第26卷，第1期，第46页。

最后通牒式的号令一旦发出，便坚信胜券在握。就这样，叔父和姑母一行人得意地离开了。

顿时，阔大的屋内，又回归了喧嚣后的宁静，其中浸泡着缠缠绕绕的哭声。

“用不着再哭了，哭也没益处。可以向今天席上的客人募化，我们也会资助一些的。或许……叔父、姑母也会给点吧。”

“对了，就这样办！把这个儿子送去学点本领，你们母女就住在我家，干点农活，尽力朝好的方向努力吧！无论如何，都不能叫叔父和姑母看扁了！”

泽色的父兄和闻喜的舅父先后真心地劝慰了起来，杯中的余酒在分秒之间倒入几个正直男人的体内。他的母亲渐渐止住了呜咽，受足了激励：

“我既然无力取回自己的财产，绝不能靠他人的施舍来养活自己的儿女，现在就算叔父和姑母交还一部分财物，我也不会接受。但闻喜，定是要学一点手艺的。我们母子在报得此仇之前，定像往日一样——比鼓点还快，比炊烟还早——忙里忙外，当牛做马，在所不辞，就是要给他俩看看！就干农活吧！”

就这样，一场纷扰的浩劫，在漫长的过程和迅疾收束的结尾以后，变成了闻喜前程的决策会。不知是殊途同归，还是宿命使然，在十五岁这年，少年走上了求学的历程。彼时，这片今天全民信教的土地已初现端倪，将佛教与教育相勾连，念书就是念经。

一如古往今来在读书这条道路上中国父母对子女的莫大执念与期许，白庄严母加注在儿子身上的指望就是：学点本领，不要再受气了。几十年后，一个叫朱熹的理学家也提出同类观点：百学须先立志。而对于闻喜来说，能够饱尝知识的甘露，毕竟是他人生道途的一个重要里程碑，从此以后，他的自我意识开始萌芽，次第开花。

当地有一位密咒宁玛巴，很受人推崇，常被请去念经作法。如是，一经母亲审慎择定，闻喜便感到，自己离踏进私塾之门的日子不远了。其实，这样的选择与米拉家的先祖渊源如何不是同出一辙？因而也算得上一个上好的开端。

他在虚妄的成长中顿然拥抱了一颗希望的种子，正像佛教在风雨飘摇的西藏地区再次复兴一样，拔节而上。他不知道，往后，他的命运紧紧地和那绛红色的僧袍联结在了一起，他的身体就是一座流动的寺庙，如此便是一生。

成长有时只是瞬间的事

如果说，三百年后铁桥活佛汤东杰布主要走的是寺院教育之路，那么比其更早在西藏噶举派历史上声名煊赫的米拉日巴接受的就是另一种截然不同的私塾教育。

穿过岁月的沧海桑田，在一本本落满尘埃的沉厚辞典中，关于吐蕃时期私塾教育的直观踪迹几乎成了无可摸索的谜题，于是敦煌的大量藏文写卷晋升为最鲜活的第一证据。经过考察、研究等孜孜不倦又小心翼翼的环节后，史学家们终于推断说，“当时的吐蕃，特别是在其中后期，恐怕已经有比较成熟的私塾教育模式”[①]。

史料的隧道，明明灭灭，迷离极了。就是学养再渊博、姿态再审慎的探究者们，多数情形下也会是深一脚、浅一脚的境遇。其时，相较于盛极而衰的唐朝，大刀阔斧地与远离汉族地区的卫藏等地展开交往，宋朝更青睐于量力而行的做法，与邻近的甘、青、川、滇藏族各部联系密切，所以在经济、政治、文化方面，藏汉结合自然不言而喻。不过，至于藏汉两族的教育方式是否相互影响，虽然没有确凿的文字证明，但在办学理念和教育方式上太多的相似性，使人不得不相信西藏私塾与宋朝蒙童教育之间存在一种必然的联系。

具体说来，与后者呈现专为皇室贵族或普通百姓服务的双轨制，即官、

①索穷：《论近代西藏私塾教育》，载于《中国藏学》，2011年第4期，第107页。

私学教育系统一致的是，西藏的私塾也分两种机制：俗官培训系统的“预科班”和以贵族、商人子弟为主的“识字班”——而到了近代，私塾学校又以封闭式的家塾和开放式的私人学馆形式继续存在……

于是，在千回百转的追探过后，少年闻喜求学之面纱缓缓揭开了。并且，准确地讲，“以贵族、商人子弟为主的‘识字班’”——只这一行字就可以是完全的解释。

西藏的“私塾学校是家庭、宗族或老师自行设立的教学场所”，并非政府的公共行为，因而“存在着较多的不确定性也是显而易见的”。[①]

利弊相生，好在入学程序至为简单：不必经过考试，一般只需要征得先生同意，并以全身的谦卑与虔敬磕头行礼后，即取得了入学资格。私塾规模一般不大，收学生多则二十余人，少则数人。私塾对学生的入学年龄、学习内容及教学水平等，均无统一的要求和规定。

究竟是在什么时候、什么地方，领悟到学习的必要和重大的？当经年以后，闻喜思考着这一问题时，似乎认为只有一个阶段的可能性值得认真考虑，就是这段初入私塾的日子。

在这里，他从先前一个寄人篱下的人，很快变身为一名快乐的畅游学海的书童。经本上的一字一句，在师父的悉心指教下，开始长了熟悉的棱角，渐渐成为欢喜的朋友，他自然兴味更加盎然。每日清晨，朗朗早课，诵读声悦耳；到了黄昏，新的知识列队似的完成了一天的演练，这时他的小脑瓜又是丰盈的，喜形于色。

也许在家庭里的塾馆模式下，一对一的师承教育带来的效果，到底还是区别于所谓的“团学”。越发发掘出学习乐趣的闻喜，在感激母亲予他坚决的引导之余，或者更应该知道眼下自己所能体验到的完满，与最初献上的无上供养有关——那真的是全家竭尽全力才能有的成果。

在后来的光景里，他的脑际总浮现着母亲隐忍的表情，想象着妹妹替人跑腿、打鼓、打扫时的样子。他的身边常常多了泽色的身影，她不仅看望

①索穷：《论近代西藏私塾教育》，载于《中国藏学》，2011年第4期，第108页。

他，而且每次都会带些干粮、酥油、肉类等吃食，甚至连烧的柴和油都会送来——小小的年纪，尚未懂得牵系两人的姻亲究竟意味着什么，但他至少知道她是对他一直都很好的姑娘。同时，他当然毫无觉察，命运始终从未真正给过他与之携伴终生的机会。

他的生命，在某一刻或某几个势必串联的时间点之中，发生了无以回逆的突变。而接下来，这进程将会踩着更快的节奏到来，频率一下子就要飞翔。

艳阳浓烈，整片乡土因着一户人家结婚的大喜之事，掀动了一切天时地利人和的吉祥要素。而闻喜之所以有如此的敏感，大概是因为这一天他可以跟着师父同去做客。师父为上宾，坐首席，他作为侍者也受到了一定的礼待。尤其是席间的酒品，味道格外醇美，他更觉沾了师父的光，一杯一杯饮下去，痛快极了。不一会儿，酩酊大醉，身心感到分外欢愉和自在。师父的兴致也极高，在杯盏之间，声音爽然，顺便向弟子交代了句："你把人家送给我的粮食扛回我家里去。"

闻喜听后，欣然领命。他醉意已深，倒也还能想到，返回师父家的路上，正好要经过自己的家，于是，肩上背起一个大布袋，踉踉跄跄行于山间。尽兴后的舒畅，即将回家的开心，以及之前吃酒时歌者好听的调子，在他的身体里汇合作用，让他不自觉地手舞足蹈起来，口中也慢慢哼唱着什么，到了家门口，也还兴味盎然。

恰好这时，母亲正在楼上炒青稞，听到歌声，熟悉至极的音色，令她心中生疑："这不是我的儿子吧？世界上再没有比我们娘仨儿更悲惨的了！他怎会唱得这样快活？"再一听，果然是儿子。她推开窗子看到儿子背着口袋，一路晃晃荡荡地唱过来了。几乎就是定睛凝视的同一秒，母亲便从楼梯上蹿跳下来，一手拿着拨火棍，一手拿着炒勺，劈头盖脸地朝儿子一顿打。

闻喜一阵闷，方才的高兴这下才有了消退的趋势，满脸茫然，全然不明白怎么回事。不及他恼问，母亲已开始声嘶力竭："他爸，米拉喜饶坚赞啊！你看看你的这个儿子！你要绝后了！快看看我们母子的苦难命运哪！"哭着叫着，气昏在地。妹妹白达即刻也闻声从屋里赶了出来，搀扶起母亲，一面抽噎，一面说道："哥哥！你好好地想想吧！你看母亲成了什么样子啊！"

这一阵暴风般的袭扰，突然扭结成紧张、凛冽、堂皇、震动，令闻喜从迷糊中霍地清醒过来。妹妹的话音未落，他的脸上泛起深彻的羞愧，内心痛疚不已，泪珠亦止不住地往外流。他下意识地紧握着母亲的手，摇晃着母亲的身体，用力将之呼唤，呼唤——半晌，母亲才渐渐睁开眼皮，苏醒了过来。她的面色显露着忧愁，说话的音量更是微薄而空虚："儿呀！比我们母子更苦的人，这世上怕是没有了吧！你还有心思唱歌？母亲我只要一回想……就实在心寒啊……除了哭，没有别的法子！"说着，母子三人，抱成一团，呜咽声声，再度溺身于处境的绝望之中。之后，荡然意识到闯祸的闻喜，悔意连连，抑住了悲痛，毅然怀着将功补过之心对母亲陈言："母亲，请您不要太悲伤了。您老人家说得不错，我现在下了决心：母亲若有什么心愿，不论要我做什么，我一定遵命做到！"

一生之中，那扇訇然打开的慧门，像从天而降的旨意一样，挺立在闻喜眼前。他好似凝望到了命运的门阀，那是有如蝴蝶的翅膀所承载的不朽的启示：

"一切生命活动都只能在最近的距离内观察。如果你站在难以看到生活细节的地方，就会感到生活本身是如此荒谬，甚至是滑稽的。你渐渐走近它，就发现它原来是那样严肃，痛苦或幸福都是那样真实，每一个事件都似乎具有不可思议的重大意义。"[①]

他知道，他的时机来了。

---

①张锐锋：《蝴蝶的翅膀》，北京：解放军文艺出版社，1999年版，第65页。

别了，母亲

对于幡然醒悟的初生牛犊来说，母亲代表着一种不可违逆的力量。先前的稚嫩、懵懂、莽撞与沉默，在那个突然获得成长的瞬间，都碾压成脚下的泥土，只要给予新的灌溉便会及时重生。后来，每当闻喜回想，自己接收母亲心愿和期望的那一时刻，就深深感到这是他第一次触摸一种疑似仪式感的东西——它像罩在彼此中间的一个玻璃容器，里面一簇火焰在跳动。许久以后，他明白了它的意义：

“每个人来到世间都有他要完成和学习的东西，譬如分享更多的爱，彼此更加慈爱，发现人生最宝贵的是人与人的关系与爱，而不是物质；同时了解生命中所做的每一件事都被记录下来了，即使当时不经意地擦身而过，但后来还是会出现。

“回顾生命的同时，有时候会有庄严的‘光的生命’出现。在与‘光的生命’相会时，各种见证突显了人生唯一重要的目标：学习爱别人和获得知识。”①

澄明的知觉自是前行路上的馈赠，但当时，视线中充盈着母亲的容颜，苍老而凄凉，他的心执拗并郑重地确认了什么。万事，从这会儿开始，又是一个不一样的开局。

“我希望你拥大衣、披毛裘，跨大马、踏长镫，从我们所憎恨的仇人脖

①索甲仁波切著，郑振煌译：《西藏生死书》，杭州：浙江大学出版社，2011年版，第26页。

子上越过去！但这似乎已经无望了。恶人的手段会更狡猾起来的，因此，只想让你彻底地学习密咒——阿（sngags，意为‘黑咒’）。”

母亲的言辞再坚定不过，她的眼神连带那几秒钟的面色，闻喜似乎在此前从未有见识的机会，而接下来她要说的，更是令人有些大开眼界，甚至瞠目结舌。

“你彻底地修学咒诅、厌胜、降雹三法，把以叔父和姑母为首苛待我们母子的乡邻都斩尽杀绝，让他们断子灭孙！这是我的唯一心愿，你能做到吗？”

在命运锁链的捆缚下，自庄严母直到现在仍窘迫不已。她的心中漫涨着复仇的烈焰，此刻，终于要将火把交到儿子手中了。她胸有成竹，并且笃定了黑咒术是能成就大事情的，其中咒诅即是通过诵咒以打击和伤害别人；厌胜即埋压敌人衣物等于地下的一种巫术——这一点，汉族的民间信仰中也曾发挥过类似的作用，由之前的一种巫术行为，转化为对禁忌事物的克制方法；而降雹，自然是通天地之神力，施降冰雹，狂乱喧动，有万劫不复之势。

其实，咒或巫术，作为宗教的内容之一，自古便大有施展，并非中国独有。法国著名的藏学家石泰安在其著作中说，印度人“把天神和具有才能，尤其是具有巫术的一种超人——持明的居住地确定在印度以北的喜马拉雅山雪地。似乎正是由于这种观念，所以才派生出了行秘术者们的传说和在欧洲流传得很广的一种对西藏的看法，即认为那里是掌握有最高秘诀的神仙圣人之地。吐蕃人自己也经常把他们这种复杂的地理和宗教形式运用到他们自己的栖身地以北，如于阗，同时也含糊不清地运用到了突厥”。[①]

相较于此番宏观、神秘，抑或兼有艰深的讲述，《西藏生死书》大概给出了最正义的辩词，亦更为直截了当：“咒的定义是心的保护者。凡是保护人心免于堕入负面心态或不受凡夫心控制的，都称为咒。”[②]

---

①［法］石泰安著，耿昇译：《西藏的文明》，北京：中国藏学出版社，2012年版，第25页。

②索甲仁波切著，郑振煌译：《西藏生死书》，杭州：浙江大学出版社，2011年版，第64页。

原来他的母亲早是深知这本原的。一切清朗，那么，就看闻喜的态度了。

“好。就按母亲所说的，我一定做到。请母亲即刻替我准备上路的口粮和上师的供养！”

他几乎是不动声色地承接了这使命，不但丝毫没有过早地质疑或忧虑那旨意的艰难程度、自己能否圆满完成及其他，而且直接告知母亲可以进行下一步的准备了。

白庄严母无比顺遂，将自己私有的那块耕田，折卖了一半，换得一块硕大晶亮的松耳石；又买来一匹白马，它是这一带最好的马种，名叫“无辔之狮”；外加黄糖和茜草：前者是为应付急需、补充能量而备，而后者则更为特别，意义也相对重大些。

这是一种生长于海拔三千六百米处河滩砾石上的草本植物，根红茎白，古称茹蘆、地血，早在商周的时候就已经是主要的红色染料。它似乎骄傲于自身的这种潜质，将素洁的丝绸施与着染，便得到了非常漂亮的红色，而历代文献中的诸多记载也对之赞不绝口。此外，还值得炫耀的是，在出土的大量丝织品文物中，茜草染色占了相当大的比重。

于是，今人知晓母亲为闻喜准备茜草，是为呈送上师，浆染僧衣。这如何不是虔敬心意下的上乘佳品？

一切准备就绪，战士就要启程了。

他走出嘉俄泽，走向贡塘。适巧在一旅店歇脚时，寻到了同路人——这是五个青年，从阿里堆（今吉隆县西一地区）来，要去卫藏地方学习佛法与咒术。这下，一位母亲在顾虑自己从未离开过的孩子时，便稍许安心了，于是，热忱款待也不是没有必要。

“我这个儿子，怕是没有什么上进心，你们这些朋友要多多鞭策鼓励他。务必让他把咒术精通，等归来时，我一定好好地酬答各位！”

母亲的盛情并非虚假，但命运压在她身上的负荷和耻辱，让她一度隐忧不已。所以暗中再寻助力，一番叮嘱与拜托，好似这样才更放心一点。几个青年自然友善地答应随时照拂闻喜，回复恳切是对一位母亲的体恤。

终于到了真正分别的时候。

装有茜草和黄糖的两只大袋，被驮上马，行李一并吊挂妥帖，贵重的松耳石随身保管。母亲看着儿子收置好东西，开始拉着马匹向前走。她的目光就这一小会儿便已储蓄了太多牵挂，一直盯着，脚步不自觉跟着往前送。绵绵密密的凝望里，饱含了深沉的爱意和不舍，就这样宁静地持续着，持续着，送出很远的一段路。

沿路遇着露天小馆，她便给吃饯行酒，又对几个同伴再三殷勤嘱托，给予自己少不知事的儿子照料。后来，她终于下了决心，把闻喜叫到一旁，紧紧地抓着他的手。别离的滋味充塞于母子的心头，窒息了两人的呼吸。两双眼眸相互对视，与其说默默无言，不如说千言万语，想要在这一刹那间道出，却反不知该说哪一桩。一定是费了很大的心劲，母亲才打破了眼下难忍的静默，同时禁不住泪眼婆娑："儿啊！你要记住我们母子的命运呀！到外地去务必要学会灵验的咒术，好在家乡出现一个咒之验兆！你的同伴学咒术和我们不同：他们是富家公子哥，目的不过为了取乐，至多也是保持名誉地位；而我们母子，实在是被逼无奈才去学的！因此，你更得精进啊！儿呀！你要是不能咒倒这个村子就回来，老母我就死在你面前！"

"母亲，若学不成功，我是决不会回来的！请您放心好了！"

他毅然决然地发誓，胸中更笃定了信念——学无所成，决不还乡！最后的片刻，他将被母亲紧攥着的手缓缓抽了出来，回到同伴中间，就跟母亲道别了。

搁浅着不舍，每向前走几步，就回头看看，母亲还站在路口向他招手，再走几步，又回头看看，母亲的长发在风里飘着。有一瞬间，他很想跑回去，再看看母亲，可到底还是止住了——流连越深，决心越重。

就这样越走越远，哪里知道从此再也没有见到母亲。

一别竟是一辈子……

走向卫藏

在佛光普照的青藏高原上，羌塘腹地滋润和供养了自然野性的安多藏区，使得翱翔于天空、奔走于荒野、游动于湖泊的生灵及徒步于大地的人们，都成了天生虔诚的信徒。在这里，释迦牟尼佛陀更像一位遥远的谛听圣者，而西藏地区本土的喇嘛则是教徒们顶礼膜拜的直接信仰。

承载着米拉家几代变迁的羌塘草原，从来是一幅天然巨大的唐卡，蕴藉着西藏地区生命的绵延不断，而此时，它以宽阔的臂膀给予这一行年轻人以拥抱，将他们送到心之所向的地方，祝愿着谦卑的子民，在那里，寻获灵魂的豁达与安然。

莽莽的草原，装饰着饱满浓郁的色彩，使得绿成为其中最稀疏平常的一种背景——通红的石头、湛蓝的湖泊、深紫的植物、净白的雪山，交织错落成神异的线条和色块，坦荡地陈列于太阳的聚光灯下，呼吸怡然，款款地低语：

我们的生命，就是以不断出发的姿势得到重生。为某些只有自己才能感知的来自内心的召唤，走在路上，无法停息。

对于熟稔闻喜成长细节的乡邻来说，他的行迹已随其家变的周折成为公共新闻的一部分。没过几天，大家便纷纷传开了：白庄严母的儿子学咒术去了。

在众人各异的神色和语调中，那位幸福的小王子早已消失得无影无踪，那个苦命的少年身影也渐行渐远了……

他正走在去往卫藏的大道上。

卫藏又称藏卫，顾名思义，即卫和藏两地的合称。前者，又称前藏，东起怛达拉山，西到岗巴拉山，以拉萨河谷为圆点向周边辐射，吐蕃政权起家的山南雅砻河谷地区就在其中；后者，又称后藏，由岗巴拉以西，直到尼泊尔交界，大致相当于今天日喀则以西以北的广大地区。如此看来，卫藏就是西藏传统意义上的一个属地，经地理学家考证，其地域范围大致相当于现今西藏自治区除去昌都以外的大部分地区，以及不丹、锡金（曾是独立王国，1975年全民投票加入印度，成为印度的一个内陆邦）的部分邻近地区，与吐蕃政权后来向东、向北征服的康和安多有所不同。

时间的指针和历史的脚步，在地图上的重重勾画颇为纷乱又明目张胆，但语言是文明的宝石，有着难以变更的质地。直至今日，藏族聚居区仍按方言分为卫藏、康区、安多三区，并且，从古至今流传有一种说法最能说明这三地的不同——“虔诚信佛的卫藏人、强悍勇敢的康巴人、勤奋精进的安多人”，又简称为法域“卫藏”、人域“康巴”、马域“安多”。

要知道，在西藏，海拔五千米以上的地区接近一半，而拉萨海拔却只有三千六百多米，因而正是得天独厚的地理条件——（相对）低海拔、多平原、多河流、多湿地，造就了卫藏在历史、宗教、政治与经济上的核心位置。相应的，这里当然是藏文化的大本营。

于是，世人了解了闻喜动向的因缘。在他眼中，脚下的道路，氤氲着未知而染上了一层神秘感，沿途的风光，藏匿着既陌生又熟悉的韵味，一程程尽收心间。他知道自己将看到更广大的世界，擎举起更深邃的信仰。

事实证明，一旦只身在外，自立等能力就来得顺理成章。

藏绒、雅德，是他短暂停留的地方。翻阅西藏地名资料，“仁布宗藏绒（宋）”清晰如映，霍然给人以明确的定位，对应日喀则行署仁布县曼曲河沿岸，而关于雅德，藏学界的老前辈刘立千再次提供了翔实的注解：“在曼曲河东雅鲁藏布江南，今为仁布县的一个区。”在这里，闻喜先天遗传的商人头脑得以展现，他把马和茜草卖给一个大财主，兑换了黄金，揣在身上。

翻滚的雅鲁藏布江，宽仁地渡他而过，直向卫地前进。进入屯陆饶喀，即在今尼木县吞巴乡境内，出家人一下子变得随处可见，闻喜和同伴便欣喜着上前，打听询问，卫地精通咒诅、厌胜、降雹等法之人。

一位谦和的出家人给了他们最想要的答案："在雅砻觉波（今山南乃东县境内）的村落里，住着一位聂·云丹措杰喇嘛。他是得了咒术诛法成就的真言行者。"

在这里，有必要一提的是，世俗之人多爱笼统地把出家人唤作僧人。实际上，僧，梵文音译"僧伽"的简称，意译为"和合众"，就是众多的出家人和合相处在一起。所以，僧，实际上是一种集体称呼，一名出家人不能称为僧，由四个以上信奉佛法、遵守戒律的人所组成的组织才能称为"僧"。

与此类同的还有，和尚，也称"和上"。在我国，"和尚"的称呼最为常见。其实，和尚本来是对有相当地位、学问并堪为僧师的男性佛教徒的尊称，在古印度曾有班智达之称，不是任何一个普通的僧人都能使用这个称呼的。具体来说，正确的称呼是：出家的男人，受十戒的称沙弥，受具足戒的称比丘①；出家的女人，受十戒的称沙弥尼，受具足戒的称比丘尼。

漫长的行途，终于迎来了第一个完满的驿站。欢欣之余，几个年轻人趁势径直去寻访云丹措杰喇嘛去了，好似非即刻见到真师不可。

莲花生大师曾说：虽然我的"见"可以像天空那么广阔，但我的"行"和我对因果的尊敬却必须像面粉粒那么细密。

或许跋山涉水的弟子，在这高天厚土的孕养下，已于冥冥中暗得佛光的慈悲，濡染佛陀的点化，他们的姿态向着至大光明处执着而去。

①比丘：梵语bhiksu的音译，一般意译为"乞士"。

宫殿外的心情

他是心的探险者，越往深处行，离目标地越近。

如果说，卫藏已是藏文化的大本营，那么，史称雅砻的山南更是藏民族的发祥地。

对于这一肥腴宝地来说，世人极尽可能的想象恐怕仍是不足够的，这个时候，文献记录、民间传说以及大量考古发现竞相踊跃，倒成了最触手可得的便捷之径。大抵回溯到四百万年以前，藏族先民就繁衍生息于雅砻河地域。隐匿于古文字、老文物之中的太多故事，丰富了藏族人民的精神源头，单是从猴子变人传说的原版到神猴同罗刹女联合之改编就得花上好一番心思才琢磨得清楚，收藏得过瘾，而后恍然发现并惊叹其中的智慧。

“这一传之久远的神话，解释了人种的起源，暗合了人类演化的科学史观。所以，当一百年前有人在拉萨宣讲达尔文进化论，讲到从猿到人的过程时，听众接受起来一无障碍，大家说，本来就是这样的嘛！”①

从一个故事开始，所有的故事都开始了。

公元前200年，雅砻部落崛起，在这里诞生了第一位赞普——聂赤赞普，第一座宫殿——雍布拉康，第一块农田——今山南首府泽当附近萨热村有片叫“索当”的地皮……时间的履历让这挺立于神山、圣湖之间的第一王都，昭

①马丽华：《风化成典：西藏文史故事十五讲》，北京：中国藏学出版社，2009年版，第18页。

示了西藏的魂灵所在，此后，轰轰烈烈，威武雄浑：佛教的传入，“天竺”和尚带来“宁布桑娃”（藏语意为“密要”）——这是西藏经籍法器的开端，连同史乘上众多卓越人物的名字都在不断提示着你，这里是藏民族的摇篮和文化的来源之地。

7世纪后，雍布拉康也逐渐演变成了一座佛殿。据《西藏文物见闻记》记载：“殿的后部，中塑三世佛，北壁塑松赞干布、赤松德赞两吐蕃王坐像，南壁则塑文成公主与尼泊尔公主坐像。在两边塑像之外，北塑吞米·桑保扎立像，南塑禄东赞立像。在桑保扎之侧，还塑有文殊像及长寿三尊像，而在禄东赞之侧，则有一木制神舆。……造型极精美，塑法浑厚朴素。如释迦像面部宽而短，眼较狭长，两耳偏上，这是西藏早期雕塑的手法特点……”①

短短几百年间，西藏的潜能一发而不可收地施展起来，传达着历史人物与神灵一样崇高的天意，张扬着宗教与权力凝成综合体的圣明。他们经过世代人的瞻仰，幻化作不可抵拒的精神图腾，于是心怀敬畏的西藏民众又勤实地打造起了塑像。它们担负着与今天的明星画像类似的功能，只不过后者更倾向于审美，而前者更像是意识形态的替身。从此，领袖的身体以高高在上的方式深入到民众中去，完成了政治意图与民间冲动的完美结合。

时空的印记翻江倒海，劈风斩浪的驾帆人势必拥着一颗王者之心勇敢出海。许是前人的创造太过慷慨与豪迈，到了闻喜这里，无须披荆斩棘，只要心意执着就能遂愿抵达。

数代英明的血脉传承至此，当闻喜和同伴兴冲冲地奔向雅砻河谷时，这里果真有一位真师等待着他们。

一见到深谙慈悲为怀的上师，几个同伴先后各奉上一件礼物，而他几乎是迫不及待地掏出了一己之身的全部真诚，黄金、松耳石及剩余口粮一并献上，并开口直言：“我不但把这一切物质呈作供养，连身、语、意三业都一齐供与上师。我因遭受亲族多次迫害，所以特来恳求上师，悲悯于我，传我

①王毅：《西藏文物见闻记（五）：山南之行》，载于《文物》，1961年第3期，第41页。其中，“吞米·桑保扎”又译为“吞弥·桑布扎”，是藏文字创制者。

一个施在家乡能够应验的最有效的咒术，以便报仇。另外，在此学法期间的一切衣食，也请上师恩赐于我啊！”

藏传佛教信众口上常念及的“三宝”，指佛教圣坛上的中央供物——佛、法、僧，它们分别代表着一切佛的身、语、意，即指得道者净化后的行为、言语和思想。

而说到供养及承事上师，相应的方式也有三种：分别是以修行供养，以身、语、意做供养，以财物供养，就其品级而言，依次为上、中、下。

在时代的演变中，假借供养之名来诈骗钱财，或以其多寡来分辨弟子优劣的情形不乏存在，以至于有些信众将累积资粮的殊胜供养，变成避之唯恐不及的行为，实在有违佛家箴言：不忘初心，方得始终。

在古时，能够供养佛，依止真正的善知识，是很大的福报——单这一点，就足以引起万千信徒的虔敬心。藏传佛教也认为对上师最好的供养，就是按其指导去修持，去实践。但是对于大多数信众而言，通过内在的参悟、修炼而接近最高的目标并非易事，所以抚恤苍生的佛法铺设了直接而有序的阶梯，即通过一般的修行方法，笨拙地、殷勤地积累功德，希求福泽。其中主要内容便包括礼敬、供养和诵经，于是，藏传佛教信徒日常生活中对佛的信仰崇拜习俗也就生成了。

闻喜上过私塾，从经本与老师的指示中习得这一切自然合乎寻常，更加难能可贵的是他身上一股子认真劲儿。那一席诚请之辞后，上师笑了一笑，只说道：“我要慢慢地看你所说的是不是真话！”

诚如言辞是行动的影子。智者从来明晓：行动，只有行动，才能决定价值。

接下来，云丹措杰喇嘛向几个年轻人传授了一点基本咒，大概犹如夸口说话便致天翻地覆的恶咒和另外一些有益的实修诀窍。个中细则，上师一一给予教导，一行初学者虽勤力修习，却也花了一年有余才算功成圆满。

是时候回去了，他的朋友们如是决定。

上师亦为每位弟子缝制了一件上好的氆氇。临行前，云丹措杰喇嘛面容慈和、仪态安然地为各弟子整衣，目送他们走出家门，踏上归程。

局面或是皆大欢喜的吧，可唯独有一个人，迟迟犹疑，拖着脚步，虽身子尾随队伍出来了，但样子却满腹心事，没有一点自信。

“闻喜，还不走吗？”

“虽是想回去……可，咒还没有学到手。”

“我们每个人，都已经可以载誉而归了。这些口诀，也够深奥的啦！剩下的，只有靠个人自己努力去修持。上人也说，没有比此更精深的口诀了。我们对于咒术，已把握十足，不过你要是愿意再学下去，就得看他教不教你别的咒法了。”

他的心中一遍遍揣度着有关母命的疑虑，脑中回旋着母亲的话：“你要是不能咒倒这个村子就回来，老母我就死在你面前。”他不能确定自己所学是否已具有那样大的威力，更不敢想象一旦咒之验兆未应，母亲自杀……当下，他的惶惑占了绝对上风，所以只是送了朋友一程后，就与他们告别了。

脚下的风轻盈而沉静，好像山间在吹唱着鹰鸟的和弦，生命的况味尤在这厚实的沃土与深泓的江水的相衬之下散漫出来。他随即转身，踏着出来时的路程稳稳地返回。一边行步，一边拾拣些驴马粪、牛粪，不知不觉整整一衣兜。及至上师家门外的田边时，他快而有序地挖了几个深坑，将兜中物埋进了土里，施作肥料，再用耙子将土地各处弄平整，像平日一样，像以前在家时一样。

机会来了

“到我这里来学法的弟子很多，但像下面的闻喜那样真诚的，是从未见过的。今后恐怕也不容易找到吧。他今早未向我告别辞行，就表示他还要回来。他初来时，便对我说明了亲戚如何迫害他家的情况，要求传授咒术，并愿意把身、语、意都供养给我：倒真是一个直心肠的人哪！如若他说的话全是真的，那么，不传他咒术未免太可怜了。”

云丹措杰喇嘛说这些话的时候，像给身边的弟子授意，又有些自言自语的样子。他站在卧房的窗口，看着院子里那憨厚的弟子一下一下地刨坑，再一耙一耙地将粪蛋填埋平整，滋养着土地和庄稼。许是上师的解说，打动了同辈师兄，后者便极其友善地将这好消息转告给了那个正心怀期待的青年——此时，心志转盘一圈一圈地往成熟之处旋转着上升，或许从他决定承受母命、离家求法开始，成长之势就加速迅猛起来，他被一种一以贯之的动念推举着，无论好恶，总之生命的翅膀就要带领他飞翔了。

得讯后的闻喜，几经琢磨，心想肯定可以学到另外的特别的咒术了，便欢喜地跑到上师面前。

“闻喜，你为什么不回去？”

“他们只为得温饱而来学咒诅，我则有坚定的使命——不学得密法到手，我决不走。”

他把上师前几个时辰赐予的羊毛氆氇脱了下来，双臂恭敬呈上，静置于前，随后以右手摸自己的额头，再俯身去触上师的脚，是为顶礼师足之举。

这同样是来源于印度的仪程。

在这个由恒河孕养起来的宗教王国中，流行了一千多年的佛教好似是前世往事，而商羯罗，汇合佛教和之前婆罗门教的观点，创立的崇尚多神的印度教，才是现在圣河之滨的主要信仰。每每进入印度教的庙里，一般的印度人往往先摸一下自己的额头，再摸一下门槛，或者门边地面。外人看来，定会这般生疑：不知道他们是不是在顶礼大神呢？因为凡间的长者或者尊者都需要顶礼的话，更别说尊贵的神了。

于是，我们明白：在宗教的世界里，“顶礼上师足”，不是一种突兀，而是一种常态。梵藏文化的渊源，由此可见一斑。

眼前弟子仍真诚不减，上师思量着，该细细再做一番证问才行，便问道：“闻喜啊，你还有什么想向我陈说的？”

“上师！我的叔父、姑母，以不正当手段占据了父亲留给我们母子三人的财产，让我们受了种种痛苦。乡人也大多仗势欺人。想报仇，又苦于没有其他办法，于是母亲就叫我来学咒术；假如我咒术不精就回家去，母亲是会在我面前自杀的。所以我不能也不敢回去。还请上师您传给我最殊胜的咒术吧！”

说着，童年的苦涩、思母的难过、眼下的忧伤一起从眼眶流泻而出，心口的沉重随上师的追问而有所轻释，他一句一句详细地叙说，上师听着，也忍不住流下泪来。

“这些如果属实，那真是太没有道理了！咒术嘛，我传也是可以的，但不会随随便便就教授。本来，求我咒法的人，打各处来的都有：从上区阿里三围①来的，供养百千黄金和松耳石；从中区卫藏四茹②来的，供养百千氆氇、酥油

①阿里三围：有芒域一围、布商一围、古格一围，分别系指今阿里普兰县至后藏昂仁、吉隆等县与尼泊尔接壤一带，普兰县境内，今扎达县。桑杰坚赞著，刘立千译：《米拉日巴传》，北京：民族出版社，2000年版，第41页。

②卫藏四茹：是松赞干布在吐蕃民族本土设置的军政区域，即拉萨周边的伍茹、约茹两翼，和日喀则周边的叶茹、茹拉两翼；有研究还称五大翼，另加附属苏毗茹，其“界限为东至聂域布那，南至麦底曲那，西至耶夏当布切，北至那雪素昌，以嘉雪达巴蔡为中心”。恰白·次旦平措、诺章·吴坚、平措次仁著，陈庆英等译：《西藏简明通史》，北京：五洲传播出版社，2012年版，第20-21页。

和青稞；从下区多康三岗[①]来的，供养顶好的茶叶和绸缎；从甲尔、达波、工布[②]三处来的，供养绝好的牛马羊群。但是，以身、语、意三业来做供养的，只有你一个。等我尽快地调查清楚你所说情况的虚实再说吧。”

云丹措杰算得上一个名实相副的喇嘛。单从他所教弟子的幅员之广，令人稍做考量便了然于心了，并且还能对古代西藏的地区划分有一个基本还原。

“据藏文史料记载，古时藏族将他们所居住的区域按地形和自然条件的差异划分为三个部分，即：上区阿里三围，宛如池塘，高耸着著名的雪山和山脉；中区卫藏四茹，犹如灌溉渠道，拥有广阔的草原和岩石；下区多康六岗，恰似无垠的田野，分布着森林和植物。其中下区多康六岗，即指今青海、甘肃南部、四川甘孜和西藏昌都地区。青海、甘南、川西北在藏语中称为‘安多’，简称为‘多’。而甘孜地区和昌都地区则称为‘康’。‘康’在藏语中有外地之意，是相对于卫藏中心地区而言。”[③]

进一步讲，“多康”是“康”（khams）与“安多”（a-mdo）的合称，“岗”（sgang）是藏语对两水之间的高原的称呼，据《安多政教史》记载，六岗[④]指的是色莫岗、擦瓦岗、马康岗、绷波岗、玛扎岗和木雅热岗。

历史的风云变幻留给后代人不少深邃的谜题，而学者们饶有兴致地担负起了这一个个使命，任脚步所行、典籍所言、文物所指……都势必探寻到底。轮廓与脉络在于梳理，但细节更在于甄别，而在其中，诸多的模糊当然

①多康三岗：多康、多麦、宗喀三地区的总名，分别对应今西藏昌都及四川甘孜州一带，青海安多藏族聚居区和东部黄河流域一带，也就是说，涵盖了下区甘南之外的全部地方。桑杰坚赞著，刘立千译：《米拉日巴传》，北京：民族出版社，2000年版，第42页。

②甲尔、达波、工布：甲尔即今山南隆子县的加玉区；达波即今山南加查县、朗县一带；工布即今天林芝地区工布江达县一带。桑杰坚赞著，刘立千译：《米拉日巴传》，北京：民族出版社，2000年版，第42页。

③杨俊：《隋唐时期巴蜀藏传佛教之发展》，载于《中华文化论坛》，2009年第3期，第86页。

④六岗：六岗之说与前述的三岗为两种划分方式，即原多康区域，被称为玛尔康，多麦被称为野摩塘，宗喀被称为吉塘。智观巴·贡却乎丹巴绕吉著，吴均、毛继祖、马世林译：《安多政教史》，兰州：甘肃民族出版社，1989年版，第3-4页。

是本能的禁忌。

在蒙藏地区，喇嘛是对藏传佛教僧侣特有的尊称。“嘛”是对待一切众生犹如母亲呵护自己的孩子一般慈悲的意思，有至高无上慈爱之敬意。因此，不是所有出家人都可以叫喇嘛，就如同汉传佛教的和尚，只有一些有知识的、有转世等级的，方够得上这一称号。

恭敬谨慎的上师，言出必行，果然派了一个有神通①的速逾奔马，力过巨象的弟子，到闻喜的家乡去核查真相。

没过几天，那弟子就回来了，呈报上师说：“上师大宝！闻喜所说的全是实情，就请您传他一个咒术吧！”

“当初没有草率传咒，是担心你这样的憨直之人，易生后悔。现在知晓一切并无虚假，就可以传咒给你了。但学习咒术，要到旁的地方去。藏绒鲁库隆的库隆巴云登嘉措喇嘛，和我是非常要好的朋友，我们曾有咒诅术与降雹术互换之约，即来我这里学咒诅的可以派送到他那边去学；在他那边学降雹的也可以推荐到我这里来学。因此，你就到云登嘉措那里去学吧！”

上师一边语重心长地说着，一边将上路的资具拿给闻喜，氆氇和毯子，干粮和高原之舟驮牛，最后递到他手上的是一封书信，其中写着：

“我有个可怜的门徒，请你传授他一种真实不虚的咒诅命他学习。”

只一个契机打开，上师就将莫大的慈悲恩赐于他。这位前一会儿脸上还挂满迷茫和忧伤的青年，终于迎来了他学徒生涯的第一个宝贵机会。

更重要的是，这是他为自己的人生勤勉努力，主动争取的第一道法门。

①神通：指天眼通、天耳通、神足通、宿世通、他心通。

第四章

胜利者：忧喜两重天

不知米拉日巴在佛堂内修了七天法，又向上师提请再修七天时，是否深深执念着叔父不绝于耳的讥笑声，“你们有本事的话，就找人来打一仗，把财产抢回去——没本事的话，那就去放咒好了”，是否依然垂听着母亲缠缠绕绕的哭诉声？可他的咒力到底应验了：叔父帮儿子娶亲的喜宴，顷刻间被屋倒瓦碎的狂乱所洗礼，漫天蒙尘，兽惊人亡。原本以为这一击必中的魄力，会让自己展露些许的松懈与喜悦，可甜果尚不及品尝，新的浩劫就又席卷了来……

贡塘在说什么

从前藏到后藏，从山南到日喀则，心性谦惠的弟子只顾按照上师的旨意，执着地往前赶路，任周身的耕地慢慢变为草场，任劳动的农人不觉间转为牛马，这穹顶之下的自然气息令他体察着生命的灵性，汲取着无穷的营养。

当见到云登嘉措喇嘛时，他一如既往地恭敬，先将所携物品及上师的礼物悉数奉上，又详细述说来意。举止言谈镇定而有威仪，一个修道者的潜在风姿，表露无遗。

"我的朋友如此严守誓约，真是太重情义了。他送你来一定是有理由的，我自应传授你秘密诛法。不过，你先得在山脚下修建一间人力不能捣毁的静室。"

云登嘉措上师开诚布公，直入主题。闻喜自然听从师示，开始垒石筑基，下有三层、上有一层。择取上等长短梁，稳稳竖起，椽子鳞次栉比，周围再砌上如牦牛般大小的石头，无有间隙。静室的门打造得既隐蔽又坚固，他人不会知道，亦无法投机毁坏。

就在这自筑的密室法堂内，上师诚意地传授给他咒术的秘密口诀。

"现在你应该闭关而修。"

"好。"

过了七天，上师来了，说道："从前的时候，这法修七天就够了；现在七天也可以！"

"——弟子施咒的地方很远，请再让我修七天吧！"

其时，从筑室到静修，闻喜的身心日渐得到启发。咒是声音的精华，以声音的形式来表现真理，每一个音都涵摄精神力，浓缩了真理，散发出诸佛语加持的光辉。在呼吸的微细能量间，他的身体犹如一个精密的容器开始运作。可即便这样，尚未见识过念咒之效果的弟子，还是心存疑义。母亲的期望盘旋在他心底，已经幻化为最平衡的念力，总之，现在他笃定了要再修七日。

"那么，修吧。"

上师酌定后，慈悲地应允了，与此同时，还召了几个朋友来帮他，敲着鼓念咒，并诚请护法神相助。

与春秋战国时期发源于中国本土的道教有着同质的崇拜，藏传佛教也重视护法神的作用。马头明王、吉祥天女、六臂护法、法王以及乃穹神等，皆肩负着护持佛教、降妖除魔的重任，是藏传佛教中最为庞大亦为数最多的一类神明。并且，在民间，密宗护法神也世俗化了，每家或者同一家族者，几乎都有各自所尊崇的主神，供奉祈求保佑之余，人们更为关心能否通过护法神来实现自己的愿望。

就这样，待到第十四天的夜里，正确的咒诅征象出现，上师即郑重地提点闻喜："今天晚上，在神坛周围，显现了咒的验兆。"

"你们叫我办的就是这些吧？"果然，当晚，神将手里提着三十五颗人头和心胆前来确证，声音利落而豪气，且甫一说完，便把它们堆积在神坛四周。

第二日晨时，上师又驾临，说道："该杀的人，还有两个逃脱的，留不留生路？"

"让他们留在世上做个见证，看着自己的报应，就饶了吧。"

在修习过程中，他安静下来，专注地念着咒，让自己的呼吸、咒语和觉察慢慢合而为一，一遍一遍重复的精进之下，把心安住在念咒后的深度寂静中。此时，他的身体第一次体会到异常的丰盈，便也心满意足地给予饶恕与宽谅了。

大抵世人难以想象密宗如何践行着咒语的集大成者之路。在千万次的诵念之中，感到精力充沛，周遭的气氛会改变，灵魂也会变得神采奕奕而迷人，如此循环往复，不停进修。

其实，从起源看，人类，尤其印度人，过早地成为语言的崇拜者，因着对音符魔力的格外信仰，而认定语言具有神秘功用：下可庇佑苍生，上可解脱成佛，防灾避难、积累功德更是最基本的效果。若非亲身信念之人，怕是无法获悉其中的能量影响。

咒语，又称明言、真言，佛教密宗经典中对之赋予了多种神奇的功能，因而也称其为“真言乘”。在这个距今一千多年的故事中，光阴的流转或许多以与日俱增的神话色彩与你我照面，试想，若念黑咒能把人咒死，必要时就不用打仗了吧？

那么，事实究竟是怎样的呢？

恰逢叔父雍中坚赞为儿子娶亲，婚宴颇为隆重，名利之流纷纷到场贺喜，真是满堂喝彩。

藏族人家草原农区的房子一般是这样的结构：最下层饲养牲口和堆集草料、牛粪等物，马自然就是拴在这里的；中间的一层是生活区，住、睡、炊饭、放置家具等都集中在此，有火塘，其上经常放着铜锅，烧开水或熬煮食物，一旁会有一个铜制火盆，随时擦得很亮，火盆边缘放置茶碗，夏天当茶几使，冬天则用以烤火，人们席地围火而坐，喝茶、进餐或闲谈；再上一层是装粮食的，再上有佛堂。

显然，当天，中间这一层坐满了客人，叔父和姑母在外面商量，精算着如何分置酒肉才更经济，张罗着以什么作为酬谢的回礼。同时，另有乡邻在赴宴途中，大家闲谈说：“俗语说，客人变主，主人变狗，这话真是不错！这些可恶的人，就算闻喜念的咒制不住，迟早也逃不了三宝法力的报应！”

命运自己造，善恶自有报。见证那一场震天撼地灾难的目击者，是一个微不足道的女佣。

她正下楼梯去背水，走到楼下脚边已略感不适。只见院子里满地的蝎子、蜘蛛、蛇、蛙等活物乱挤乱动，其中一只有角的大蝎，以巨钳抱住柱子一拉，将之大力掀倒。她惊恐至极，魂飞魄散地逃跑出来。

很多宾客是骑马来的，并且母马居多，唯有一匹种马。种马在马群里很不规矩，要欺侮母马，但母马不理它，不停地用蹄子踢，最后蹬倒了中心柱子。说时迟那时快，整个房子“哗”的一声就塌了，哭叫声、求救声四处传开，可仍是徒劳——包括叔父的儿子、儿媳在内的三十五个人都被压死了。

顷刻间，残碎的房屋依稀可见，断木破瓦像布阵似的高高低低堆叠起来，灰尘尽散，陈列在幸存者面前的俨然是一幕突袭的闹剧，但结局着实迅疾而残酷。叔父和姑母，眼睁睁望着一场筵席在片刻间就天翻地覆，万般惊慌失措，而后才是悲从中来……

计划未来就像在干枯的深渊里钓鱼；
再怎么努力都不能尽合你意，
还是放下一切计谋野心吧！
如果你要思考些什么的话——
请想想漂浮不定的死期……①

藏谚有言：明天或来世何者先到，我们不会知道。对于藏族人民来说，时常以匍匐之姿叩问大地、景仰自然的习惯，让他们对死亡保有一种先天上的敬意与平和，好多大师甚至常人，晚上就寝时会把杯子倒空，杯口朝下放在床边。他们从来不确定隔天是否还用得着这杯子，他们时时刻刻都想到可能会死。

但芸芸众生之中，贪恋世俗的人终究还是太多，执迷不浅，虚妄尤深，以至于死亡之灾到来时只感到惶恐，像栽了跟头一样。

①索甲仁波切著，郑振煌译：《西藏生死书》，杭州：浙江大学出版社，2011年版，第25页。

为了提防暗害，把门紧紧关上吧

贡塘城的天是分裂的，一半如暴风雨般将黑暗彻头彻尾地放恣，一半却拨云见日，附着否极泰来的虹彩。

女佣颤颤巍巍跑去向自己昔日的主人白庄严母传报途中，撞见了循声张望的白达，便趁势赶紧轻卸积压在身的慌张。而白达听后，瞬时瞠目结舌，停顿了一秒，即意识到得立即告诉母亲。她亲昵的呼唤声当场响起，抢着步子往回奔："母亲！母亲！叔父的房子倒了，死了很多人！快看呀！"

这位曾经近乎积怨成疾的寡妇，依旧衣衫褴褛，在火钳或犁耙的常年陪伴下，只有粗长的发辫和深印的皱纹较为显目地表明她的女性特征。她或是一直等待着的，自从与儿相别，便只能度日如年地期待着，有时也会燃起或多或少的希望的星点，毕竟闻喜曾那样决然而郑重地立下誓仇心。倏忽之间，她的耳畔响起了女儿少有的嘶叫，那是一种包裹着意外喜讯和重大通知的声音，她或许此后永远也不想忘记那一刻心中隐约升起的愉快。但此时，她首先要做的是对消息加以确认。

她立即冲下楼梯，站在大门围栏处看个明白：屋倒瓦碎，尘埃飞扬，哭声不时呼天抢地般地传出，而那两个罪恶的亲戚，形单影只，有如幽魂……似乎在这一当儿，眼见为实极为重要。她高兴地跳了起来，又从身上的衣衫一角随便扯下一块布条来，急急地系在一条长棍上面，一面摇晃着这面破布旗子，一面飞跑出去，高声喝道：

"天啊！神圣的上师三宝啊！请接受供养！

“喂！乡亲四邻们，米拉喜饶坚赞不是有个好儿子嘛！我白庄严母穿破衣、吃粗食，为儿子备口粮求学，看看，是不是成功啦？当初叔父和姑母不是对我们母子说‘人多就打一仗，人少就去放咒’吗？现在，闻喜只放了一点小小的咒术，却比打一场大仗还要厉害。你们看啊！看看楼上的人们，看看地下的牲口，看看房中的财宝吧！我留着这条老命不死，才等到今天这个时机，看我儿子施展本领导演这样一场好戏。看呀！

“哈！哈！哈！哈！我白庄严母此生还有比今天更高兴的事吗！各位看看啊！”

院子俨然成了庆祝场地，她径自欢欣舞蹈起来，痛快着，炫耀着，心满意足地数落着，真是快活极了。

如此喧天动地一喊，整个村子在刚刚观览完一幕悲剧之后，紧接着又必须转换频道，接纳当下同样疯狂的喜剧，起伏周折，众人的评议声也错落难平。

“这个女人做得对，终于解了气，快熬出头了哇！”

“对是对的，但这太过分了。”

“是她掀起了这场大祸，现在还不称心，幸灾乐祸，实在太不应该了！把这婆娘折磨个够，然后，挖心示众！”

“……就是杀了这个女人，又有什么用呢？万一她的儿子对我们也照样来一次……还是先杀她儿子闻喜，然后再杀她本人就容易多了。”

自私是永远存在的，并且进一步说，很多聪明人都是自私的。

然而，人性可悲的特点之一，是对自己的痛苦敏感，而对别人的痛苦麻木不仁。所以，当众人看似洞若观火般地勘探事实时，言语的背后不过是对自身利害安危的辨析。于是，一次无须专门组织的决议就这样有了定论。

雍中坚赞于不远处听闻后，情绪中的惶然渐趋削减，激烈不断聚积，这时开口愤然，一个父亲的本色有所显露：“我的儿子死了，姑娘也死了，我也跟她拼了，不要活了！”说着，举着棍棒就要向白庄严母冲来。

身边一堆人拖拽着将他拦下，好一顿劝说：“从前，都是因为你的豪夺，才招致此祸；我们也是依了你的话，才惹上这件事。现在，闻喜还在，如果你把他的母亲杀死，他会再放咒的，你我都活不了！你如果执意这么做，那么我们之间先干一仗！”

局面可算是越来越乱，不知此刻仍在外求法的闻喜，又正跟上师修习什么内容？他应母亲之愿施咒复仇，眼下却也让母亲置身于水深火热之中，于此情形下，舅父的出现显得相当及时：“你昨日的所作所为，赫然惹恼了乡邻。现在大伙都想着怎么把你们娘儿俩弄死，你们自己能有什么防备？……咒应验了不就可以了？何必再引起公愤！”

“道理我都懂，可事情没有落到你头上……你还不了解我们吗？财产被霸占不说，还得忍受他们的雪压霜欺，三分像人七分像鬼，实在太可恨了！”

“你的话当然也对。那这样吧，为了提防暗害，就把门紧紧关上吧！”

伤心事一度重提，母亲不再吱声，只掩面啜泣。舅父开始是有些着急，进而责怪，最后只得叮嘱万分，给这对母女敲响警钟。

白庄严母顿然觉醒到什么，送走弟弟后，着实将门死死地关紧。她几度思忖，脸上的神情不时变换着，终于眉头一锁，微微颔首，打定了主意——对，她一定得筹划一个计策。

“咚咚咚——”

忽然，急促的敲门声毫无征兆地朝屋里袭来。母女二人一时心都提到了嗓子眼儿……

又一个信使

柔情的诗人说，生命的可爱正在于它的脆弱。朴素的政治家说，生命不仅可以用年月计算，有时事件也是最好的日历。对于世代饱受西藏自然之神护佑和点拨的人们来说，或许严酷环境和绚丽风光形成的极大反差，使心灵看到了痛苦与幸福之间可以穿越的距离，从而更习惯在人生的悲喜剧之间自如切换。

上一秒才刚满怀开心，下一秒就要猝不及防地领受磨炼。

白庄严母心头一怵，全身立即进入异常的沉静与戒备状态中，她的左右脚谨小慎微地藏起任何一丝可能泄露的声响，只能用眼神和手势安抚身边的女儿。脑海中翻腾着纷乱的思绪，做着各种可能性的猜测，她才决定发音试问门外何人，对方倒凑巧先暴露了身份："……他们现在不想害您，只是少爷要担心生命危险啊……"

一场虚惊落定。女佣被接进门里来，她细述从那边听来的雍中坚赞等人商量如何取命于闻喜——她亦不忍弑亲之事再有发生，更不愿这母子仨再遭劫难。不过，白庄严母听完敌情后着实镇定下来了。正如她所料，预想的策略可以实施了。

一颗谋略心，对于女人，应该说是内在的铠甲。在失掉传统意义上男人的保护以后，她必须独立地勇敢。这一次，她赌上了自己最后的私有财产，将那剩下的另一半耕田，完全卖出，得了黄金七两——这同样是要交到儿子手上的，这是命运的基金。

但问题来了：如何递送？派谁当信使？

当前危急情形下，乡人是万万不可靠的，而其他可行的带信渠道，白庄严母也甚难信任。

彼时，颇具创造力的吐蕃政权，于两百多年的风云岁月中，在通讯事业上也做出了贡献——建立了“驿站”。专门的“驿人”——“坡聂”和“莫聂”成为青藏高原上勤劳而美丽的白鸽。而邮差一般被称为“阿仲”，他们作为公职人员，乘骑快马，扬鞭疾驰，身背黄氇氇公文包，急件以箭令——即写有“文告”“命令”的布条缠在箭杆外头为标志，一站接一站，换马不换人，一直送达收件人手中。

当然，这说的都是官方渠道。所以，不管是荒野草原还是崎岖山道，虽早有身先士卒者穿梭而过，胜任起信使一职，但对于民间信件的传递或者就不这么优先发达了。漫长的时代动荡期才发作了几十年，百姓的一切安全感均是时隐时现的泡沫。更何况，此前，一位坚韧的母亲在做着与命运紧密相关的决策，她必然格外小心。

“也许因为藏地景物的巨大尺度使人感到无助，使人们精神上的欲望远盛于其他，只有永恒的宗教可以对抗无限的空间……也许因为高原是离天堂最近的地方，是人世间最理想的模拟天堂，它将深奥的教义体现为简明的视觉画面呈现出来，因而成为最适宜宗教的土壤……”①

无枉于藏族人民对宗教的至上崇奉，正在这时，一位从尼泊尔朝圣归来的瑜伽士出现了。

关于瑜伽，不同于今天作为一系列修身养性运动的存在，在古代，它是一种自性的能量知识修炼方法。《佛陀》中写明：“有证据显示，瑜伽在雅利安人入侵前的印度次大陆，就可能有人习练了。公元2000年前的图案显示出瑜伽坐姿。直到佛灭以后很久，才有关于瑜伽的文字说明。……（瑜伽的）目的是要使瑜伽士的心和他的自我相应，并且约束心灵的所有力量和冲动，以便意识达到人类通常无法达到的唯一境性。”②

①祝勇：《西藏·远方的上方》，沈阳：辽宁教育出版社，2006年版，第38页。

②［英］凯伦·阿姆斯特朗著，贤祥译：《佛陀》，生活·读书·新知三联书店，2014年版，第51-53页。

所以，如果说佛教是对灵魂的关注与探讨，那么瑜伽就是对自我智性的直接训练与唤醒。

与西藏接壤的邻国尼泊尔——佛陀的降生地、佛教最早流行的地区之一，它和藏密的传播与发展有着千丝万缕的联系，对此，白庄严母自是熟知的，她的心下生出隆隆的敬意，将行者的空钵以食物充满，并礼貌地询问他的来历与去向。当她得知瑜伽士亦是卫藏之人，便欣喜地提请了自己的愿望："请你在这里住几天。我的儿子也在卫藏，我想写封信给他，要烦你帮忙转送。"

宽仁的瑜伽士笑着默许了。他本就是在家人，在此期间，既可以歇脚，每日的修行也照常无误，得到很好的招待，心中升起感念与欢喜。是夜，白庄严母点了一盏灯，跪在神前发愿说："我的心愿如能实现，这盏灯就长明；假若不能如愿，请立刻熄灭。祈念闻喜的祖先，护法神，显示威灵！"

接着念诵真言，反复数遍。那盏灯果然亮了整整一个昼夜，她这才终于放下心来。又另对行者施献恩泽："瑜伽士行脚天下，衣履是很紧要的。因此衣服要补缀，鞋子要掌底。"

说着，把钉鞋的皮线等交给行者自行料理，而那件着实又旧又破的衲衣则拿来亲自为他缝补。她的行为自有方圆。

在衲衣里子背心正中，她暗暗将七两黄金藏进去，上面加缝一块四方形黑色补丁，补丁中间又盘以白线条纹状，织成昴星即六星促聚之形，再用布缎遮盖着不露痕迹。

她送予重酬供养了瑜伽士，还将一封隐语信密封后托他捎走。

计划的第一步总算圆满收官。她的心里，又接着顾虑：不知乡邻们对自己有何计策？思前想后，还是决定以儿子的咒力来恐吓他们一番，于是对女儿白达说："昨天那位瑜伽行者，带来了你哥哥的一封信。信上是这样写的：'母亲！妹妹！我知道你们身体尚且康健有力，这很好。咒术的效力，你们都看在眼里了吧！假使乡人还有欺负、苛待你们二人的，可将他们的姓名写明寄来，我依仗所学，取人性命，易如反掌，诛其九族，断其根苗，犹探囊取物。若所有乡人都仇恨我们母子，你们尽可以离开本乡，到我这里来。届时我大可将之人迹灭绝，夷为平地。我现今生活衣食无愁，受用无忧，修法渐进，请勿挂念。儿闻喜敬上。’”

白达对母亲信赖万分，于是不再害怕了，见人就宣说哥哥信中之言，她不知道这是母亲一手造假所为，但真切地见识到了乡邻们一张张惊恐的脸，表露出了太直观的生之渴望。

“都说你们女人聪明”

道德和宗教，同属于价值观的渊源河流中。

在前者引导的现实世界中，“好人”或“坏人”的定义是很模糊的，就算再仔细考量，大抵也只有善行和恶行；而在后者架构的秩序领域，会造成伤害的行为即是恶的，比如杀生等，即便是曾经或后来行善的人造作了恶行，伤害和损失一旦发生，在因缘成熟的时候也得感受相应的苦报。所以佛教是严格恪守善有善报、恶有恶报的因果法则的。

如此，闻喜和母亲终究都逃不过果报。

但平凡如人，在得到真正的证悟前，总是过分安守当下，边走边看，就像《诗经·小雅·小旻》中所载：“战战兢兢，如临深渊，如履薄冰。”

既然是造假，就一定得做到“假作真时真亦假，无为有处有还无”的地步才行。白庄严母在模仿儿子拟写家信之余，连密封、盖印一并做足了功夫。接下来，该是让“实证”正式出场了。

她先是把这封威力无比的信递交给叔父、姑母等敌对一派看个切实，再传散给其他前来围观的乡亲，最后将之保留在弟弟手中。众人神情各异，多生惧意，只小一会儿合计，就被迫改变计策，畏怯着放弃了杀心。他们眼前的这母子，又重新厉害了起来，很快，局面有了更进一步的发展——俄玛三角地被退还回来。

这场旷日持久的财产纠纷引起的亲情大战终于向着同往常不一样的趋势去了。

白庄严母这一方转危为安，那么再说闻喜，他的处境是否如母亲所假想的那般优越？

习于长途跋涉的瑜伽士，一路打听，寻到了藏绒鲁库隆，即仁布县西北地区，像一位忠诚的使者一样直接来到闻喜面前，对他大致叙说了家人及乡中情形，当然最重要的信也完好地交给了这位游子。

久别来讯，他接过信来，下意识地跑到一旁启封，又赶忙默读了起来：“闻喜！想你身体一定很好！母亲生下你这个儿子，甚为遂心。你父亲米拉喜饶坚赞的心愿，也圆满成就啦！咒术在家乡已得应验，三十五人死于塌屋之下。为此，乡邻们对我们母子仍不怀好意，所以还要多多地降下冰雹才行。那样，我就是死也无悔恨啦！

“乡邻们已派人去找你了，预谋着杀你后，再对我下手。为了我们母子的安全，你要严加提防生命危险。

“你供养所需的口粮怕是将尽了吧？在那朝北的地方，天上黑云密布，并有昴星闪现。在那星宿下面，住着七户我们的至亲好友。想要多少口粮便可以取用多少。若实在找不到，只需要向这位瑜伽士请教，千万不要去问别人啊。母白庄严母亲笔。”

这封充满着欣慰、指令、疑惑及关心的信件，无不勾起了闻喜的思念之情，他几番复读，对后半部分内容仍然不知所云——确实，眼下口粮之问题迫在眉睫啊。他越发焦愁，急得流下泪来，一转身刚想开口讨问，却发现那行者已走出一段距离的路了。他顿感惶然而无助，前几分钟从母亲来信中所获的幸福和欢喜之意被突袭的困境冲得四散全无，末了，只想到听从母亲的诫言，紧紧向那行者追去——

“您知道我的亲戚居住的山庄在哪里吗？”

“阿里贡塘。”

“再不知道别的地方了吗？您自己的家乡在哪里？”

“除此之外，我熟悉的地方固然很多，但有你至亲的地方，却实在不知。我自己是前藏人。”

“那么，请您在这儿稍坐一会儿，我马上就来。”

他当机立断，跑回住处把信呈给云登嘉措上师看，并说明事情原委。上师将信上内容细看了一遍，说道："闻喜，你母亲嗔心不小啊！已经死了那么多人了，还要降雹！……你的亲戚在北边什么地方呢？"

"我以前从来没听说过北方有什么亲戚，但我母亲信中说得明了。我问过瑜伽行者，他也全然不知。"

正当二人迷惘之时，上师的妻子走过来将桌上食饮添置完备，便也拿起信看了起来。这是一位具有空行母德相的女性。闻喜的眼神随信跟至师母身上，心中满怀期待。

说来，在藏传佛教的密宗中，空行母是代表智慧与慈悲的女神，因梵音"荼吉尼"（Dakini），意为在空中行走之人而得名。佛典《了义炬》中说："空行母是女性菩萨，常常担任凡夫和佛菩萨之间的信差。"

对此，张澄基先生在《密勒日巴道歌集》（即《米拉日巴道歌集》，藏译汉音取字不同）中的解释或较为详细："空行母，即护持密乘行人及教法之女性护法，亦为对一切修密乘的女人之尊称；就更广义而言，女性之佛陀皆为空行母，如二十四度母、尊胜佛母皆是。……总之，空行母是密乘之护法、行者伴侣及指导者，代表空性及慈悲，以女性之姿态而出现，大概指化身所出之天女相，行于天空，故名空行。男性之空行则称为勇父，因此空行母亦称为勇母。"

同时，这里还涉及另一个复杂的问题，即僧人娶妻。

自古以来，僧侣就有"出家人"的别称，这是因为过去佛界认为，僧人如果娶妻近酒色，不守戒规，则难以修成正果，即便修成了，也要耗费很长时间。在这种说法潜移默化的影响下，立志得道成佛的僧人便自觉选择抛妻别子，甚至终身不娶，净身出家修行。宋代张商英《护法论》中所谓"不畜妻子者，使其事简累轻，道业易成也"，说的就是这回事。所以，僧人"打光棍"是出于修行的需要。渐渐地，这种自觉自愿的、出于"六根清净"的要求而不近女色的行为，演变成了佛教的一条"戒律"。

追本溯源，要求出家人不娶妻室，并非佛祖的本意，他也没有明确规定僧伽不能近女色。正因如此，才出现了不同宗派对佛教教义的不同理解。细说起来，目前全世界的八个主要宗派中，有三支是允许僧人结婚生子、喝酒吃肉、正常过性生活的。一支是藏族聚居区的密宗，一支是中原的禅宗[①]，另外一支是日本的净土宗[②]。实际上，藏传佛教各派都有僧俗两种弟子：僧人受沙弥和比丘戒，不允许结婚；在家弟子中有结婚和不结婚两种。

不管怎么说，当师母发话时，虔敬的弟子等到了明朗化的答案。

“去把那位瑜伽士请进来吧！”

闻喜察觉到了一丝平和的喜悦，但他的举动已有些按捺不住，略带匆忙地冲出门，将瑜伽行者迎请回来。那信中的隐语像一个谜团一样正静静地等待揭晓。

师母烧起温暖的火盆，请行者烤火饮酒。对谈之间，顺其自然地到瑜伽士背后，帮忙退去衲衣，披在自己身上，并说：“穿着这样的衲衣去行脚朝拜，福气一定会来的。”

她一面左右顾盼着，打量着，似乎真的在从中汲取喜乐，一面在房中来回转步，东走西走就上楼去了。她的心中早有主意，现下只是做个证实的工作。

一双灵巧的手，把金子取出来，又把补丁照原样缝好，仍旧把衣服还给瑜伽士。请他用过晚饭后，礼貌地差人把他送回住处。

这之后，智慧的空行母才将来龙去脉、个中因由道说了个清楚。她招呼闻喜到跟前，突兀地将七两黄金放进他的掌心。

“师母——金子是哪里来的？”

“在瑜伽士的衲衣中。闻喜呀！你有一个很聪明的母亲。在行者的身上竟然把这七两黄金藏得这样好！信里所说的，北向的地方，就是太阳找不

---

①随着禅宗世俗化、儒家化进程的不断深化，“宋代禅宗极力赞誉推崇儒家的‘孝道’，促进了宋代和尚娶妻”。方如金、季必平：《佛教的儒家化与和尚娶妻》，载于《晋阳学刊》，1992年第4期，第112页。

②源空（1133—1212）等和尚创立了日本的净土宗，其“净土教义不排斥女人，他与弟子在传教中也积极吸收女子入伙，甚至鼓动一些宫女妃子跟他们出家入教。源空在流放土佐的途中都还不忘向游女（妓女）说教，劝她们出家”。胡友兰：《日本和尚为什么能食肉娶妻》，载于《群文天地》，2012年第9期，第84页。

到之处，行者衣裳的里层，不正是如此吗？黑云就是黑布缝着的意思；说昴星闪现，是指补丁上粗粗的白线条纹；底下的七家亲戚，就是这七两黄金。若找不到的话，用不着找别人，就是说黄金就在瑜伽士身上，不必往别处去寻！”

“都说你们女人聪明，这话真不错啊！哈哈！”师母话音刚落，上师就仰天大笑起来，且在听闻一番精彩绝伦的解说后，忍不住大加褒奖。

这时，闻喜的心中也升起了片刻的欢喜意。

乔扮云游客

和世俗间共通的是，佛界也善用金钱来表达对人的酬谢。只不过资财的供养，是他们信手拈来的习惯。因了对精神世界单纯而坚韧的探索，他们甘愿在道路上痴痴追随，对所承受的每一份恩泽都充满敬意。

不曾想求道学法的路途有多漫长，所以不会提前规划金钱的支用；不曾想一封家信后竟藏着七两黄金，所以更认定是意外之喜。闻喜送一钱金子给瑜伽士，再献七钱给智慧的师母，最后郑重地供养上师三两——他随心呈奉，个中诚意自是毋庸置疑的。

古时度量衡十钱为一两，至此，他已交付过半。而紧接着，他知道自己得办正经事了。

“我的母亲还要我放雹。因此，还请上师垂怜，传授一个最秘密的降雹法！”

“若要学降冰雹的法术，那么，你到云丹措杰那边去吧。”

一切倒也简明至极，即日，闻喜便带着云登嘉措喇嘛的亲笔函及土产之类的东西启程，回到雅砻觉波村。恭敬拜见云丹措杰上师后，供养了三两金子当见面礼，又呈上信与礼品，再翔实禀明求学降雹之法的原因，语气仍旧平和却有力。

“咒术成功了吗？”

“成功了，已死三十五人。现在母亲又来信说，还需要施降冰雹，请上人垂悯。”

“可以！满足你的心愿吧。”

对于这一好感十足、信赖有加的弟子，上师果断而慷慨地将降雹的秘诀传给他，并交代其在静室中专心修炼。七天后，室外忽然浓云密布，电光闪闪，巨雷发声，漫天大风暴要降临的样子。

这下，雹主、闪电、地方神、风神都请动了，闻喜知道自己一弹指就可以驱遣冰雹了。与此同时，上师也说："你现在能够放雹了。你家乡的麦子有多高了？"

"到除草的高度了。"

"那么，还稍早一点。"

上师渐次发问，弟子也渐次回答。过了不久，再度确认时机，闻喜应声道："现在是正要长穗的时候了！"

"那么，你应该回去施雹了！"

是否，又一场灾难的洗礼将要来临……

淳朴的普通民众，固然是无一丝防备的，但其实无论是咒术的要诀，还是作法过程中的种种对话，都来自他们共同的超乎寻常的语言崇拜。

"在原始人的心中，在无数情况下所体验的语词的社会力量，成了一种自然的甚至超自然的力量。"[①]世界上大多数民族的原始初民对语言魔力的认识和体会相当深刻，藏族先祖也不例外，自古就保有喜盟誓、崇语言的习俗。

就连藏族土生土长的苯教的"苯"字，原也是"念诵""默诵""赞祝"或"呼喊"等意思。这与作为原始宗教的巫师完成神圣的事业，沟通神界与人界的主要手段靠语言的神奇力量有关。借此，巫咒之术便由苯教上升为宗教伦理，并一度形成系统。

人们相信咒语不仅可以制伏自然力，而且还可以祈求自然力按人的要求运转，这种种观念都证明了"野蛮人用他们对自然的幼稚观念想着可以控制

① [德] 恩斯特·卡西尔著，甘阳译：《人论》，上海：上海译文出版社，1985年版，第142页。

自然力，像控制自己的肢体一样，他们想靠魔术的语言就能停止太阳，就可以呼风唤雨”①。

现下，闻喜就要展示这种威力了。

和他同行的是那位有神通的师兄，这实在是至好的安排。俩人乔扮成行脚僧的模样，启程一步步向那座才恢复宁静不久的村庄进发。

那一年，嘉俄泽的麦子长得异常的好，枝干茂盛，颗粒饱满。感念自然之眷顾的百姓们，便在老辈的建议下立了一个秋收之约，商定不能各自任意收割，要在大家庆祝以后，才同时动手。

好事果然多磨。当乡人们沉浸在丰收的喜悦中时，闻喜的脚步也要临近了。

适逢明后天集体收麦，这一晚间，俩人在村中许多田土上，预行设置冰雹法，继而择一山谷处，结了一个法坛，养息打坐，开始作法，唱诵咒语。起先空中只散布着如雀身般大小的云，甚难聚合。于是，闻喜大呼几声护法神的名字，请求助力，并陈述乡邻迫害自家的情况，祈求善恶报应定要分明，一时捶胸揽衣，哭号起来。

真是不可思议啊。空中骤然起了一团黑云，一层连卷着一层，霎时一道闪电一声惊雷，俨然是盛怒般的动静——大冰雹纷纷降下了，实有三层墙壁之厚，轰天震地。这架势一阵又一阵地愤然来袭，结果毋庸置疑：所有的庄稼被打落得一粒不剩，山岭变成了涧谷，眼见着要收的粮食损失殆尽，可怜的农人顿足号哭，无不悲伤。

蓦地，空中一阵风暴卷起，闻喜二人身上也感到冷簌簌的，便跑到北边的岩洞里，以多枝柽柳生起火来。身体刚有暖意，却听到男人的声音越来越明显，细听判断，才知道村中的人，为着庆祝丰年摆庆祝宴而准备肉食，专门派了一伙人出来打猎。洞口外，有一人经过时，说道：“闻喜这家伙，把本地害得这么惨，从前可是谁都没有做过的。之前杀那么多人还不甘心，又

①［法］拉法格著，王子野译：《思想起源论》，北京：生活·读书·新知三联书店，1963年版，第24页。

把今年的好收成给摧毁了！就是捉到他，活活把心挖出来，把血挤干，把肉一块一块地割下来，也难解心头之恨！”

“嘘！嘘！小声一点！你看那个岩洞里在冒烟，是谁在里头啊？”

“准是闻喜！那个坏蛋没有发现我们……”

“招集援兵，杀死他！不然他还会让我们遭殃受罪的。”

讨论声渐起，乡人的语气中无不充斥着怨怼和愤懑，他们不觉间已意见合拢而一致，说着说着，足迹也匆忙起来，往回去的方向急急冲刺去了。

自从再受母命，闻喜的意念中坚执而单一地只想着降雹之事，全然没了再多的思虑，他好像从未对之再做分辨抑或酌定，就那么一股脑儿去做了。专注地修习，认真地行动，内心清素。

但这一刻，当他如此迫近地听到自己正被确定为杀伤之目标，且局面毫无改变的意思时，他第一次迎来了一种叫作害怕的东西。

他微微地感到一种自身在本能上无从招架、无从应对的胆怯。

一路走一路跛

因着万物有灵的原始信仰，西藏人的全部宗教生活受一种持久的防御态度的支配，即一种对他们感到害怕的神灵长期实行平息和赎罪的努力。这些神灵可以居住在任何地方，并且人类自身、房宅、财产和畜群，都有多种不同的保护神。

虔诚有为的藏族人民，素来注重对神的供奉和对灵魂的安顿，这几乎成了他们天生的使命，因而在经年累月的伦常生活中，享受过太多的寂静与平安。

但佛说因果存在，那么造业就一定会受报。

“你先回去吧！我装着你的样子，跟他们玩一玩！”

正当闻喜焦虑无措时，师兄一句镇定之语摆平了一切。二人约好，第四天晚上在日喀则定日的旅店会合。在此之前，他先独自赶路，而师兄法力勇猛，无所畏惧，对情况亦了如指掌，闻喜自然很是放心。

一路上，闻喜琢磨着想和母亲见上一面，但又怕碰到对自己杀意正浓的乡人，几番思量还是作罢了。他特意绕道聂拉木，却没能逃脱这个汉语意为“地狱之路”地方的意外献礼。

突遇一只野狗，避之不及，连咬几口，腿上到处都是伤。

他只得一路走一路跛——也算安全吧。而师兄那里的局面，真可谓是如这位神力之徒所愿，过了把瘾！

刚把闻喜送走，村中的大队人马就包围了整个岩洞。他鼓足士气，奋然朝外冲了出去，果然人和马纷纷倒向两边。接着他随机应变，对方逼近时就紧步逃离，对方远追时就阔步悠然，若对方使用石子等武器，他就丢掷更大的石头予以回击，并大声狂喝："谁存心加害于我，我就不客气地用咒术诛死他！前次我杀了那么多人，你们还不怕吗？今年庄稼长得这样好，还不是一场冰雹毁于一旦，你们还嫌不够吗？从现在起，若不好好地对待我的母亲和妹妹，我就在这村子一头厌胜，一头放咒，不让这里变成横尸遍野的蛮荒之地，决不罢休！等着吧！"

一番咆哮过后，师兄旋即往前赶路。留给乡人们的是苦恼的相互责怪声和纷扰的争吵计较声，像是败下阵来的真的懦夫……

师兄如约抵达定日，这座辖属"茹拉"的小城，地处喜马拉雅山脉中段北麓珠峰脚下，西接聂拉木，东北靠拉孜县，南与尼泊尔接壤，相较于之前的战场，当然更显清丽和静谧。他边打手势形容，边向店家打听闻喜的踪影："老板，你这店里有没有一个行脚僧？"

"没有……不过你所说的行脚僧，好像在那边举行宴会的村子里，像是受了些伤。你往那儿去吧！没有盛器，我可以借给你。"

说罢，便递来一只大碗，底子很深，颜色灰白，好似阎罗王的面孔。他表示了谢意，即往那人群中走去，果然找到了闻喜。

"你昨天怎么没有来呢？"

"前几天，我在路上行乞时，让野狗咬了几口，耽搁了行程，现在伤口已无大碍。"

他略带苦相向师兄倾吐了一路见闻，而师兄也自豪地把与乡人斗争的现场过程讲述了一遍。两人不知不觉回到了觉波，回到了上师跟前。

"你们俩运气不错啊，又闹出一件大事！"

"在我们回来之前，是谁告诉您老人家的呢？"

"护法神等来过，面容如十五时的圆月一般。我还特意向他们致谢了！"

师徒几人都露出欢喜的样子。于闻喜而言，这又何尝不是一个妥善的中局。

他人生的前期，受惯了母亲的指引，家庭变故在他心上隆起了一座坚硬的石山，他必须背着它到处行走，或更准确地说他一直在为它而活。复仇，在他这里像极了一个目标——母亲是谋略者，自己是执行者。他似一名任务型选手一样，一级一级地完成进而闯关。如今，这个阶段终于告一段落了。

如果生命是一场比赛，那么现在的他便处于中场休息阶段。

也曾坚执，也曾惘然，但毕竟他的自我在闪动着能量，就像从一根烛芯跳到另一根烛芯的火焰。

“火焰不会是恒常的；夜里燃烧的火，既是到清晨还在燃烧的火，也不是到清晨还在燃烧的火。”①

佛陀认为这是人类生命不可避免的事实，我们总是试着要有所不同，渴望新的存在模式，的确无法长久维持在某个状态里。每个“行”都会引来下一个“行”，每个状态都只是另一个状态的前奏。因此，人应该被视为历程，而不是不变的实体。②

日常生活由起伏跌宕缓和至平铺直叙，他的心念意志也从单调的坚持松懈到丰富的随喜，在侍候上师的一段日子里，他竟感到百无聊赖。虽然早经照念，午祷照行，晚上阅读一些佛典，饮食上师母自制的酥油茶、糌粑，或施主布施的茶粥都是充盈而满足的——至少生活看起来十分有秩序。

或许恰是因为这种与往常截然不同的秩序与安适，当往事如潮般拍打过记忆的沙滩时，这位磨难的王子、誓仇的儿子、执着的弟子才在“万法皆空”的智慧里，止不住地思省，以至于探听到了什么……

①［英］凯伦·阿姆斯特朗著，贤祥译：《佛陀》，北京：生活·读书·新知三联书店，2014年版，第116页。

②同上，第117页。

第五章

厌离心：一步长于一生

是血脉中先祖觉赛喇嘛的正道召唤，还是内心里罪恶之流的绝地反击？从后来米拉日巴缔造的人性典范与煊赫成就中，我们很容易确信，他的命运的峰回路转更在于后者。他有那样沉默而隐忍的性子，有那样执着而坚韧的意念，更有那样智性而深沉的佛缘，以至于摸到了佛教这棵大树的枝丫——顿悟，这是难能可贵的。广利有情的佛陀，自然慈悲地接纳了这位颇有根性的弟子，他师承藏传佛教噶举派创始人玛尔巴大师，开始了自己曲折艰苦而又灿烂辉煌的一生。谁又能说这不是米拉日巴命中早有的安排呢？

那一刹那，有什么可骄傲的

光阴一定是有血脉的，否则它不会每一秒都是新的样子。

《寂静之道》中如是证言："由于认知能力有限，我们只能看到有限因果相续中的某个片段。当事情的来龙去脉在空间或时间的跨度上超越了当前的认知范围时，我们会习惯性地怀疑是否凡事真的有因有果。可是要知道，想细说从头，就连神通广大的阿罗汉也不能完全知晓，只有成就了佛果才有遍知的能力。"①

那是一段昼不能安、夜不能寐的岁月。位于骨头之中的灵魂，开始强烈地苏醒，他的身体好似在几个混沌难忍的日子以后，像因高温受热而突然爆炸的引擎，"轰"的一声开辟出新的领地。昔日，放咒和降雹的恶行，历历在目，是他摆脱不掉的噩梦，悔悟之意生发，出离心升起。——传统上，出离心解释为厌离轮回痛苦、追求解脱安乐的心。

他的确陷入了深度的痛苦，继而满心惶惑，像双手鲜血淋漓的屠士急于寻求佛祖的告慰。他开始萌生追求正法的想法——初初涌上心头便激烈难挡。他当然第一个就想到了云丹措杰喇嘛，但转而又不敢突兀地提说想修正法的话，总是自己嘀咕："上师这里，有没有修正法的机会呢？怎么办才好呢？"

急切的念头通身蹿跳，他坐立不安，因而在诵经礼佛之中，更为专注，欲图镇压这一切的骚乱。

彼时，云丹措杰喇嘛一个顶大的檀越，即施主，忽然得了重病，请上师

①希阿荣博堪布：《寂静之道》，北京：世界图书出版公司，2012年版，第26页。

前去为他加持祈祷。这确是位慷慨的信众，他家产富足，又敬信佛法，对上师的信心很好，常年以来恭敬承事不遗余力。如今突遭病魔缠身，大概也是想求得些许庇佑和宽解吧。

上师回来，已经是三天后的事了。脸色青白，伴着沉重与苦笑。闻喜关心地上前询问缘何如此，上师款款地说："一切有为，皆是无常。我最好的施主，昨晚已经去世了。唉！想想这轮回世间，就升起哀婉之心。我，从白齿少年到白发老叟，念咒、厌胜、降冰雹……积了许多罪孽，你这个弟子，从年轻时便放咒施雹，跟我一样，也造了罪孽，这笔账将来恐怕也是要算到我头上的！"

不错，在藏传佛教中，"最高的权力属于大师（即藏文中的喇嘛），唯有他才可以使经文教义被众生接受并使它行之有效"。并且，"连接师徒之间的纽带是一种特殊性质的父子关系（心传弟子），比血统关系还要重要，师徒自称是父子。对于这种把师徒联系起来的精神上的继承关系，在印度叫'口碑'，在西藏叫'居、传承'"。[①]二者如同一条链子上的链环而联结在一起，在保证了教义和神秘感不间断地延续下去的同时，却也有一种祸福共倚的因果之缘。

"上师，我们所杀的那些有情，上师难道不能度他们升天或解脱吗？"

"有情的自性就是法性。引度他们升天或解脱的道理，我是知道的，其中的仪轨修法，我也懂得，但这都停留在认知和文字上，大限将至时，还是没有什么把握可以挡得住！所以，从现在起，我要修持能转变业力的有效之法。你来看护我的徒众好了，以后，我做你升天或解脱的引导；或者，你去修正法，引导我升天或得解脱道的法门，我供养你一切所需。"

本是绵绵絮絮和上师谈经论道之际，闻喜断然不敢想更实在想不到，自己朝思暮楚的愿事竟要实现了。他的心里顿然炸开了锅，连忙对上师说："让我去修正法！"

---

①［意］图齐著，耿昇译：《西藏宗教之旅》，北京：中国藏学出版社，2012年版，第57页。

“你年纪轻，精进心和信心也很大，那么就请你去修个清净的正法吧！”

修行是为解脱，不为求福报，但福报自然伴生。至此，虽然苯教已随吐蕃政权的远去一齐蒙上厚重的尘埃，但在日后以“米拉日巴”之名扬名于世的闻喜这里，从这一刻开始，他才真正地卸掉这一原始宗教价值观的包袱，投身佛教的怀抱，他自觉身体中的罪孽，如某种具体有形的事物，占据了灵魂——一种要消亡的黑色物质，应该使用仪轨行为从灵魂中排除罪孽，以使灵魂从此重新具有其固有的白色①。

他满怀希望地体察并迎接着这一切的到来。

上师把雅砻出产的一条氆氇和一头犏牛一并送给了闻喜，并示以指引：在藏绒的拉尔（今西藏仁布县境内）地方，有一位通达大圆满②大师，叫荣敦拉迦喇嘛，去向他切切实实地求教，以潜修正法。

作为一个以修行为重的有志青年，闻喜已在前方树立起下一面旗帜，漫漫行途的艰难和枯燥只会加深他内心对正法的渴望及早日到达的信念，就这样一一应证过去，一路向西，从山南走到日喀则，从觉波走到藏绒。

拉尔到了吗？大师会在那里吗？

依循百姓的指引，闻喜见到了大师的妻子及门徒，不承想扑了个空。

“这里是本寺，上人现在不在此地，在娘堆③的日浪寺中。”

“我是云丹措杰喇嘛介绍来修学正法的。事情是这样的……请指派一个人带我去见上人吧。”他本打算问路寻去，又想及倒不如先说明来意与原委，后来索性直接提出请求。慈悲的师母满足了他的心愿。

接着，闻喜便往西南向走，犏牛驮着偌大的氆氇，跟着引路的师兄，一起奔着大师去了。

“弟子是个罪大恶极之人，因此从贡塘慕名而来，求上师传授一个今生便可超脱轮回的法门。”

---

①［意］图齐著，耿昇译：《西藏宗教之旅》，北京：中国藏学出版社，2012年版，第220页。

②大圆满：宁玛派密教中一种最高、最精要的法门。

③娘堆：即今西藏江孜县，日浪在该县境内东北处。

“我的无上妙法大圆满：根，是本性殊胜；枝，是获得殊胜；果，是使用殊胜。昼修则昼成佛，夜修则夜成佛。若是有缘的善根，无须修行，只要耳中听得，便可解脱。但是，要最上等的根器和与法有缘的人，方可传授此法。”

闻喜边听边在心下坚定信心，他虽接受过宁玛巴的早期教导，但比起这项相传由莲花生大师为主所传的宁玛派最主要的秘密法门，却只是略知一二。

据《土观宗派源流》记载：“现前无有染着之觉性，明空赤露，为大圆满。若释其字义，说现有世界，生死涅槃，所包含的一切诸法，悉在此觉性空寂之内，圆满无缺，故名圆满，再无较此更胜的解脱生死方便，故名为大。”①

这就是说，众生由于迷失自身的清净心性而流转生死，若能觉悟到这种原理就等于证得涅槃，通向极乐世界。换句话说，若能按照大圆满法修行，就能摆脱现实社会中的各种迷惑和欲望，即远离一切世俗的不健康的杂念。这样，大圆满的功法便有了成果，也就是所谓的“即身成佛”。

荣敦拉迦喇嘛自然没有如此详述它的具体要义，但令闻喜不由得惊喜的是，上人竟无限慈悲又极其轻易地就将此圣法恩赐给他，为他灌顶②，传他口诀。

他原本设想着打动上师如何不易，抑或勤勉地为其做些侍候之事，这下全然没有了必要，反而因了得到的过于容易，暗自寻思了起来：“从前我修咒术的时候，只用了十四天就有了效应；降雹法也只修了七天就得了成就。现在，此法比咒术和降雹法还要容易：‘昼修则昼成佛，夜修则夜成佛。若是有缘的善根，只要耳中听得，无须修行。’今天我能够遇此大法，看来，我也是有善根的人哪！”

因着这样的念头，闻喜产生了骄傲之心，丝毫无往常的精修之态，浑浑噩噩，竟也学会了嗜睡……

---

①土观·罗桑却吉尼玛著，刘立千译注：《土观宗派源流》，北京：民族出版社，2000年版，第40页。

②灌顶：指举行圣职授任仪式。

瞻仰大德之光

如果纵观米拉日巴波澜壮阔一生的话，偷懒可能会被定义为一种调皮的行径。

因着对这位密宗大师的无限瞻望与敬仰，加之千百年来民间传说的流传与佐证，他的身上已积聚了太多神圣光辉，于是世人宁愿与他同普通大众一样庸常的个性面相亲近，以便于在对之膜拜的同时，从中洞察更为平实、伸手即触的修行玄机。

英国名言说，懒惰是愚者的休暇；爱尔兰剧作家萧伯纳说，真正的闲暇，是为所欲为的自由，可不是一事不做，无聊偷懒。而在中国，汉乐府诗《长歌行》中也早已明示了“少壮不努力，老大徒伤悲”的哲理。

无论怎么讲，此时的闻喜正过着他伟大一生中少有的散淡日子——甚至是极其混沌的。相较于此前二十多年日日与道法为伴的辛勤与经营，他大概也觉着既然大功已经告成，乘机轻松地歇息几天应该也无妨。于是，才习得的大法，就被搁置在了一边，渐渐与他两相隔离。

宽仁的上师看在眼里，不禁摇头哀叹，终于对他下了“驱逐令”：“你说你是远道而来的大罪人，这话真不假。我的法，也稍许夸大了一点，我引导不了你。现在你立刻前往洛扎秋切的卓窝隆·牌萨村，那里有一位印度大成就者那若巴的亲传弟子，译经王，大德玛尔巴。他是新派密教的得道大师，在天、地和地下这三界都无人能敌。他与你前生有缘，你去他那儿吧！”

闻喜一听到玛尔巴译师的名号，心中就有说不出的欢喜，浑身充满了力量，非常舒适，眼泪如潮水般涌出，无量的敬意升腾而满足。

像是一道天光打进了闻喜的内心，他的灵魂在那一刻产生震颤，似乎还来不及告别旧日的不安，或向荣敦拉迦喇嘛致歉忏悔，他就又准备踏上新的求法之路。

不知荣敦拉迦上师有无担心近来不思进取的弟子是否真的可以借此修得正法，还是认定了只有这条决胜之途才能制服如此狂放的门徒？

也许只有时间了然一切。

带着行途的口粮，他再度向雅砻文明的所在地进发。

洛扎秋切，即今西藏山南地区洛扎县，在吐蕃时期为约茹的千户之一。历史信息途经时代海洋的浮沉跌宕，变换了太多次面貌，所以这般明晰如旧的地理符号，显得更像是古人对后代的馈赠，它或者还愿意被假想为文明进程中的疏漏。卓窝隆，在洛扎僧格宗西，属于该县色区管辖。今人必须翻阅地图才可能找到它的位置，彼时，闻喜从日喀则往山南复返，像极了一种归程。他心无旁骛，只一门心思求见那位殊胜的大师！

玛尔巴，师承于那若巴——这位和佛祖乔达摩·悉达多一样出身高贵的密教成就者，在西印度（今克什米尔）也是著名的瑜伽修行大师。玛尔巴曾三赴印度，在那若巴尊者的指引下，还先后求教于益喜宁保、古古热巴、麦哲巴等多位上师，总计时二十一年，最后成就为藏传佛教新派密宗大师、噶举派的创始人。

关于藏传密宗的新旧之说，土观·罗桑却吉尼玛指出：“在显教方面，无新旧之分；新旧二派之说，乃是纯粹以密教弘传情形来划分的。”①从时间上大致可以如此划分，“在藏传佛教‘前弘期’内翻译的所有密宗经典为旧密法；而在‘后弘期’内翻译的密宗经典则作为新密法”。②而前、后弘期的

①土观·罗桑却吉尼玛著，刘立千译注：《土观宗派源流》，北京：民族出版社，2000年版，第32页。

②尕藏加：《密宗：藏传佛教神秘文化》，北京：中国藏学出版社，2012年版，第50页。

定论，史家以佛教在青藏高原上出现的“百年黑暗”时期为界线。

让人惊讶的是，这一复杂问题的答案，竟然精确到了比玛尔巴早出生五十余年的一位叫作仁青桑布大译师的身上——从他开始翻译的密教经典，被归入“新密法”；他以前翻译的，均称为“旧密法”。这样一来，在藏密诸派的传承中，古老的宁玛派捷足先登，成为了唯一传承“旧密法”的宗派。此后相继产生的其他派别，包括噶举派，全部属于“新密法”范畴。

玛尔巴大师原本是一名居士。当他第二次赴印回来，即四十二岁那年，在家乡娶妻，生有七子。他一生追求佛法，尤其在实修的密法方面颇具道行，并为此付出了大量的精力和财力。据说，他除了授徒传法，还从事经商、种田等活动，从未脱离世俗社会，因而这一藏族人民世代传颂的噶举派祖师，不仅度过了丰富而壮阔的宗教人生，还以普通人的方式享尽了人间的万千美好。

如此，在僧俗两条轨道上都行走得格外畅通之人，在西藏历史上着实屈指可数。阔大的青藏高原、巍峨的珠穆朗玛峰和丰沛的雅鲁藏布江，成为玛尔巴步入史册的背景和见证，正仰赖着民族的光辉，记录着传承的行迹。

精神的蓝图需要一种持续学习和净化的热念来实践。此间，那朴直的弟子，一秉虔诚，正向大师急急赶来。他对后事毫无感知，但大师已经有所准备。

关于两场梦境

梦境是人类自身的产物，却也一直困扰着人类。

在藏族传统文化中，先民们无法对梦境进行科学解读，再加上这些神奇的梦境往往同现实生活中的某些现象偶然巧合，人们便很自然地把二者结合起来，通过占卜、巫术等活动进行认知和解释。

“苯教认为，梦是人们灵魂的活动，人们进入睡眠状态的时候，便是人与天神、龙神、提让、赞神、念神等鬼神发生关系的时候。梦中显现的各种征兆就是未卜先知的神灵和鬼神，事先把将要发生的事，告诉处于睡眠状态之中的人的灵魂。”①

藏族先民的梦兆只能由苯教巫师——苯波来解释。据《西藏王统记》记载，苯波不但能“为生者除灾，死者安厝，幼保关煞，上觇星相，下收地鬼”，还可以“招泰迎祥，求神乞医，增益福运，兴旺人才”。②这位“神的代言人”依靠自己显赫的地位，极力渲染梦中情景就是神灵意志的预示，并强调只有严加遵守，才会逢凶化吉。事实证明，他果然成功了。“先民们对巫师关于梦兆的解释，千百年来不仅深信不疑，而且十分虔诚。随着时间的推移，这种梦兆在青藏高原上逐渐地大众化，演变成了民间的一种习俗。”③

---

①平措：《〈格萨尔〉的宗教文化研究》，北京：西藏人民出版社，2009年版，第80页。

②索南坚赞著，刘立千译注：《西藏王统记》，北京：民族出版社，2000年版，第35页。

③周锡银、望潮：《藏族原始宗教》，成都：四川人民出版社，1999年版，第211-212页。

密宗对梦也有着独特的揭示和认识，自成体系，可称为藏传佛教梦文化。信徒们“坚信当一位转世灵童或杰出人物（高僧）之类降生时，父母或其他人必有吉祥之梦。……诸如梦见吹响海螺、日月升起、家中有光、僧人借宿、怀坐神子、佛菩萨等，皆是非凡人物要降临的梦兆”。[①]所以，不管梦卜还是梦兆，都是文化财富的象征符号，具有传授奥义的真正作用。

这正是玛尔巴迎接新弟子的方式。

梦中正值一日深暮以后，玛尔巴进入自己的静室修定，正契合了这曲径通幽之处，灯盏如薄雾般笼罩，模糊却安详，他的静寂之心愈来愈沉，似安身于一段方向明朗、路基紧实锃亮的古道。迎面那若巴大师走来给他灌顶，随之惠赐一个略染尘垢的五股金刚杵和盛满甘露的金色宝瓶，说道：“以宝瓶水洗涤此金刚杵的尘垢，将其悬挂于胜利幢顶上，可使诸佛欢喜，众生满足。这样，既可自利，又可利他。”

有道是，信仰是人们所必需的，什么也不信的人很多不会有幸福。在西藏，深谙于对佛陀的信仰，崇尚于对幸福的经营，人们格外注重细节，器物、符号文化更臻于至善。

八瑞相是佛教符号中最著名的一组，其传统排列如下：宝伞、一对金鱼、宝瓶、妙莲、右旋白螺、吉祥结、胜利幢、金轮。与汉传佛教中八大象征物代表佛陀的八大器官类似的是，藏族传统将之看成佛陀身体的组成部分，分别代表：头部、双眼、颈部、舌头、语、身、意、双足。

宝瓶，又叫不朽花瓶。佛教将它作为财富之吉祥物，内装宝石或圣水（甘露）。“在西藏，瓶中还插孔雀羽毛或如意树（大都以一种有香味的柏树代替）。藏传佛教认为，宝瓶象征着阿弥陀佛或花密，因而也象征着灵魂永生不死。”[②]

胜利幢，或称宝幢、金幢，最初是古印度战争中的军旗，后来佛教用

---

①才让：《藏传佛教信仰与民俗》，北京：民族出版社，1999年版，第177页。

②尕藏加：《密宗：藏传佛教神秘文化》，北京：中国藏学出版社，2012年版，第269页。

它来对治烦恼，得解脱的胜利。“在藏族传说中，十一种形状各异的胜利幢代表着十一种制欲的具体方法。”[①]所以，藏传佛教认为，它象征修成正果的胜利。

与之类似的，金刚杵，原为古印度武器，因其质地坚硬而得名。在佛教密宗中，它象征着所向无敌、无坚不摧的智慧，即佛性的圆满。相较于单股、三股、九股等其他形式，五股金刚杵最常使用。

那若巴授意完毕，即腾空而去。玛尔巴遵照尊者之命，谦谨地洗净金刚杵，确保其锃亮无比，再放到宝幢顶上。瞬时，金刚杵放出光明，照亮大千世界，亦为六道众生消除哀苦，带来安乐。众生无不欢喜，踊跃着向玛尔巴大师和宝幢恭敬顶礼，供养颂辞。诸佛也为宝幢开光加持，如此迎得神灵安住其中，才能给信徒带来实际而有力的福泽。

一番仪式郑重完成以后，玛尔巴渐渐醒来，心境颇为自得、欢喜。妻子达梅玛（意为“无我女”）一如往常，及时送来了酥油茶。闲谈之间，她讲起了自己梦境：“昨晚，我在梦中，见到了从乌仗那来的两位天女，拿着一个水晶宝塔，外侧沾了少许污垢，还吩咐：‘这是那若巴上师的意旨，请玛尔巴将之开光并置于山顶。’于是你谨遵师命，做了一场盛大的开光法事。那宝塔一放到山顶上，就立刻大放光芒，如日月生辉，并分化出许多相同的宝塔来，遍布整个山顶。你说，这有什么预兆吗？”

达梅玛亦是空行母式的女性，边说边趁回想还清晰，试图寻找着答案。

乌仗那——在她眼前訇然洞开的这座大城，可说金碧辉煌，可说赏心悦目，可说流光溢彩，可说无美不臻。房舍楼台，均以琉璃、玛瑙等七宝打造而成，那是璀璨的堡垒，是荣耀的标示。穿行于城中的，多为佩戴华丽璎珞和庄严珠宝的男女空行，他们都衣锦绣，姿态俊美，喜形于色，充盈着饱满的力量，透露着优美的风韵。

然而现实中，这光辉闪烁的天竺北方国土，则以一种朴素怡然的天城之

---

①［英］罗伯特·比尔著，向红笳译：《藏传佛教象征符号与器物图解》，北京：中国藏学出版社，2007年版，第16页。

美称盛，成为适合修行的风水宝地。这里寒暑和畅、风调雨顺，花果茂盛、林树密覆，饱受大地孕育的子民，大概独爱它的奇花异草，而修行人与信众们，更会悉心摘取这些天然的献礼来供养佛陀。

玛尔巴听着，面色安然，他早认识到这与自己的梦完全相合，心里充满着愉悦，可当妻子向他求问时，嘴上却故意含糊而过："梦多为幻想，不知道那是什么意思。今天，我要到路口那边锄地，你准备一下吧！"

"有这么多劳力，您这个大上师若去种地，别人会笑话我们的。请您歇着吧！"达梅玛言语间充盈了敬意，尽力劝阻。

但是，玛尔巴已立身起来，又吩咐说："给我多拿点青稞酒来！"

送来一坛还嫌不够，而后提着两大坛出门了。他阔步走到田边，酒瓶在土堆里扎稳，用帽子盖严，提起耙子，吃力地翻锄起来，明显并不熟练。日头渐高，他一面干活儿，一面又朝远处瞭望，有时喝几口酒解乏，但样子总像在等待什么……

寻找无上教授导师

每当明确新的目标时，闻喜便表现出惊人的执着与谦卑，与旧的自我悄然却斩钉截铁地决裂。

他是十分幸运的。人生之初，母亲赋予的使命为他指明了方向，接着在求法过程中，几位上师的带领，又让他一步步如愿以偿。有句谚语说："走路无向导，经常要迷路。"他几乎不曾经历较长的低潮期，总是坚韧地往前走。在人生的这条深河里，他能够确认每一步都有砖石在那里，可以安全地踩过去，无须再做丝毫额外的功课。

现在，他沿着洛扎雄曲河畔走，逢人就打听心心念念的玛尔巴译师的住处，起初所获信息并无太大益处。慢慢地，隆起的山脊附近又见了几个百姓，他紧步疾走一段，殷勤地一再问询。

"名叫玛尔巴的倒有，但没有什么玛尔巴译师。"

"那么，卓窝隆在什么地方呢？"

"就在对面。"

"有什么人住在那里吗？"

"就是刚才说的玛尔巴。"

"他还有别的名字吗？"

"哦，好像还有人叫他玛尔巴喇嘛。"

闻喜索性问到底。此时，他心中暗想，村人所指的一定就是他一路寻访的上人了。沉思几秒，又问："这个山岗叫什么名？"

“菊拉岗。”

他微笑着点了点头，仪式感顿生，似乎想将与上师获得最早联结的这个地方深沉地记清楚。之后，他又一直往前走，身轻如燕，不一会儿，遇见了一群放羊的牧人，继续上前打听玛尔巴译师住在哪里。

老汉直说，不知道。满眼尽是对一个风尘仆仆的陌生人的朴素凝视，反而好像想向他索要一些疑问的答案。倒有一个小孩霍地蹿出来，生得俊俏，穿着也讲究，口齿伶俐，开了嗓门：“喂！你说的是我父亲吧！他把家产都卖了换成黄金，拿到印度去，回来的时候只带了很多长页的经书。他一向不下田，今天不晓得什么缘故，在那边锄地哩！”

闻喜听后，猜想大概不会错了，但又疑惑：怎么会有大译师亲自种地呢？他一边思忖，一边走着，忽然看见路旁田里，一个身材魁伟健壮的喇嘛，一双大眼睛炯炯发光，正在俯身耕地。身上的绛红色，成为他确认对方信息的最直接标志，在那最初几秒钟里，越是凝望，越感到心中燃起不可思议的热情与快慰，沉浸片刻后，他的神经恍若苏醒，才张口问道：“请问，这里有一位那若巴尊者的亲传弟子玛尔巴大译师吗？”

“你是谁？你找他干吗？”对方闻声便停住手中活计，直起身子，镇定地将闻喜从头到脚仔仔细细看了很久，警觉地回应，声音非常生硬。

“我是从后藏贡塘来的大罪人，玛尔巴的名气很大，我是来找他求学正法的。”

“我一会儿带你去找他好了。你把这块地好好锄一下。”

那人十分爽快，也毫不客气，顺手就把耙子递给闻喜，回身从帽子下取过酒来，一连咕噜了好几口，然后赐给这个年轻人，一如见面礼。

行程的疲乏，在怀里的酒坛面前，即时就得到了告慰。他来不及致谢，高举着往肚里倾倒，一滴不剩，真是酣畅淋漓，身心至为满足。待酒坛从视线中移出后，喇嘛已经走了。

在闻喜的成长里程中，第一次贪杯，是入读私塾，跟随师父喝的“庆婚酒”，彼时醉意畅然，却为此走上了复仇之路，滋味是苦涩而沉重的；第二次小酌，是离家时，母亲给的“饯行酒”，别离的不舍与完成母命的坚决在心上并行萦绕；第三次清饮，是迢迢长途后，喇嘛送到手的“接风酒”抑或“酬劳赏赐酒”，他毫无顾虑地一饮而尽，解渴去乏，逼近了正法的门槛——舒朗而轻松，一切看起来都是好消息，他感到愉快。

作为西藏的忠朴子民，他第一次饱尝到这酒液最清新的甘美，怪不得后世人称之为福水。

其实，生息于巍巍雪山、莽莽草原的世界屋脊之上的藏族，早在一千多年前就开始酿酒，萌生了独特的酒文化。简要说来，政治桥梁上，汉藏民族间文化的互通有无，壮大了西藏地区的酒饮事业；宗教纽带下，佛家经典虽有禁戒文，但同时也有饮酒无罪的经文。

《佛说未曾有因缘经》载：“若人饮酒不起恶业，欢喜心故；不起烦恼，善心因缘，受善果报。如持五戒，何有失乎！饮酒念戒，益增其福。先持五戒，今受十善，功德倍胜十善报也。”[①]这般海纳百川的胸怀，在中国藏传密宗里得到了体现。更何况，佛陀总是主张信仰必须有伦理的成分，如果没有伦理，仪式就没有作用。

朴实的弟子开始认真地耕耘起来，一下一下地对着土壤使力，拔出一棵棵杂草，再将地恢复平整。在这过程中，那个小牧童又欢快地跑来朝他喊：“喂！叫你进去家里呢！”

“我要把这里都耕完。请你先通禀一声说我马上就来了！”

闻喜欣喜异常，想着喇嘛为他引荐的事办到了，自己也应该全部耕完才好。

或许这是一种虔敬互利的姿态，惯于付出的他，一如既往地安守着性格中的憨直；或许他足够有把握，知道前方目标已经明朗，且近在咫尺。他并不急于一步到位，反而更倾向于忠实地完成当下的事项。

人的一生中有顺境也有逆境，然而无论何种际遇，如果能转为道用，透过它认识生命的本质，就都是一生的财富，得失起伏无不是觉悟的契机。在

①李正宇：《晚唐至北宋敦煌僧尼普听饮酒：敦煌世俗佛教系列研究之二》，载于《敦煌研究》，2005年第3期，第78页。

闻喜的体内，当正念灼灼向上，开始舍弃我执，为他人考虑，寄寓在灵魂上的力量将又一次走向丰盈，心胸会拥抱喜悦。

英国威廉·布莱克有诗：

把喜悦绑缚在自己身上的人，
反而毁灭了长着翅膀的生命；
当喜悦飞去而吻别的人，
将活在永恒的朝阳之中。[①]

喜乐针对自己是感恩，针对他人是随喜。以后这块田有了一个美好的名字，叫顺缘田。

佛语中，恶为逆缘，善为顺缘。在西藏这片随处皆可开启精神旅程的净土上，无数块顺缘田在默默地散播着哲学的种子："我们不要寺庙，不需要复杂的哲学。自己的头脑、自己的心就是我们的寺庙。我的哲学是善心。"[②]

①索甲仁波切著，郑振煌译：《西藏生死书》，杭州：浙江大学出版社，2011年版，第36页。

②同上，第86页。

两样只能选一个

“玛尔巴就是我，顶礼吧！”

闻喜从来没想过，拜师仪式会这么顺利。记得当他随小童踏进喇嘛家里，视线和心思顾不上往四周转移、参观，就被房子正中方向的声音召唤过去了。在疾步去往喇嘛跟前的不多时间里，他试图捕捉更多的内容。只见那位喇嘛外穿氆氇，坐在一个至少三层厚的垫子上，其上金牛星和大鹏鸟的纹饰，因色泽足够鲜亮而更显精致与尊贵。颜如渥丹，但眉梢、鼻梁两侧及胡须上明显还沾有泥土，肥大的肚子下垂着，富态十足。

此外，好像再没有什么人物了。他往近走着，眉头紧锁，心下还不自觉地想：“这不就是刚才的喇嘛吗？大师？……”

“快行礼呀！”见弟子迟疑着不动，指令再一次急促起来。

原来那耕夫就是玛尔巴大师！闻喜这才虔敬地双膝跪下，两手伏地，以头顶大师之足，说：“上师大宝！弟子是从后藏贡塘来的大罪人，愿将身、语、意三业都供养给上师。请上师赐我衣食和正法，慈悲摄受，传我今生即能成佛的法门。”

“你是个大罪人，关我什么事？罪孽是怪不到我头上来的，又不是我教你去造那些罪的！不过，你到底都做了什么事？”

玛尔巴习惯了大嗓门，直言直语，全然不会给新弟子留一点适应机会。而闻喜在这样的上师面前更显谦顺，将过去的事详细禀告了一遍。

“哦！原来如此！不管怎样，把身、语、意都供养还是好的。可我不能既给你衣食，又传法给你！要么给你衣食，你到别处去学法；要是想在这儿学法，那你就得另求衣食——两样只能给一个，你好好地选择一下！另外，我就是传给你法，今生能否成佛，也得全靠你自己勤奋精进！”

“我是特地前来向上师求授大法的。衣食，我另外想法子去。”

他是擅长做选择的——马上就思考出了结果，毫不费神。一心为着正法而来，那么，其他的都是铺就此路的石子。《佛陀》中讲：“对于日常生活的起伏跌宕给予不断的自我评价和专注，可以达到平静控制的状态。每天持续修习正念，可以使比丘观照人性的本质，这比任何理性推论都要深刻直接，还能使人更自制。……（佛陀）他要求比丘们必须随时保持清醒，不能流露出情绪。但是正念也可以使比丘更清楚自己的行为是否合乎道德。他注意到自己的‘不善’行为如何伤害他人，甚至他的起心动念是否有危害。因此佛陀说，我们的意图也是业，会有业果。激发行为的意图，无论是意识或潜意识的，都是心理的行为，和外在行为同样重要。”①

他一直都知道自己想要的是什么。参悟了诸多经文，崇拜了一路正法，佛祖的证示与启迪早在他心上深刻，一遍一遍温习而过，如今轻易地由他做出实践。随后，他拿着贴身的一本经书准备往那静穆处——佛堂走去，却被上师厉声吼住：

“你的书拿到外面去！别玷污了我的佛像和供品！”

闻喜几乎在同一时间打了个寒战，猜测着大师估计是怕书中有巫咒之法吧！刚冒出的讶异即刻收了回去，对上师生起敬意。而对他的豪气和粗鲁之态，并没有什么反感。

在上师处稍作停留，屋子是一个人住，宽敞又舒服，吃食上也由师母照顾得很周到。几天后，带着自制的皮口袋，闻喜上路了。

他必须通过自己的募化换得足够供养上师的资粮，并尽量保证求法过程中的衣食。现实情形对自我和独立提出比往常更高的要求，他需要通过自己的努力去得到。

①［英］凯伦·阿姆斯特朗著，贤祥译：《佛陀》，北京：生活·读书·新知三联书店，2014年版，第117页。

“僧侣追寻着正常意识不可能达到的解脱，这种解脱比现在西方所追求的自由更加彻底，他们只要求和自己的限制妥协。但是印度的僧侣想要挣脱人类个性里特有的习气，扬弃对我们认知有约束的时空局限性。他们所追寻的自由可能接近于圣保罗①后来所说的‘神子的自由’，但是他们不满足于在天界里等待体验这份自由。他们想要在此时此地通过自己的努力去得到。”②

《佛陀》的指示如此明确，他现在就需要这么去做，切实地得到。

募化的成果似乎比想象中更乐观。在心里，这一程来自陌生人或接济或惠泽或助力的布施，带给他更多的是一重一重的感恩，无须实行交换的给予，让行持善法的心念不断壮大，思想的视野获得前所未有的广博。

青稞约计二十一斗。其中，他用十四斗换得一口大铜钵，里外光洁、毫无积垢或锈斑等瑕疵，十分满意；一斗换酒肉；其余的置于皮口袋中，连同大铜钵一起背了一路，几乎不敢有一丝懈怠与耽搁。再回到上师处时，身体疲乏至极，摇摇晃晃——扑通一声，东西从背上颠了下来，满满一口袋的分量，连房子都震动起来了。无疑，玛尔巴大师是被搅扰到了，他停下晚饭，刚看清目标，就呵斥起来：“你这小子，力气倒真不小啊！你是不是想把我的房子弄倒？快把口袋拿出去！”

说着，一脚狠劲儿已落到闻喜瘫软的身上。他只好服从着，将一大袋青稞拖到院子，心里暗想：这位上师可真不好惹，以后更得小心服侍、谨慎言行才对。

供养充足后，拜师才算正式成立。他恭敬顶礼，献上那只大铜钵，玛尔巴大师接过来，忽然合眼默思片刻，不禁流下泪来，欢喜而感动地说道：

“缘起太好了！我以此供养大班智达那若巴！”

班智达的称号，源自印度，并非佛教的专有名词，而是泛指不受宗教局限的博学者。玛尔巴诚禀亲师，大概意在使传承得以通顺晓畅。接着，手

①圣保罗：第一代基督徒的领导者之一，与耶稣并称为“基督教历史上最重要的两个人”。

②［英］凯伦·阿姆斯特朗著，贤祥译：《佛陀》，北京：生活·读书·新知三联书店，2014年版，第56页。

结印契，以棒敲铜钵，听其发出铿锵声响后，带进佛堂，倒满酥油，用作供灯。

常人看来这一系列礼佛仪轨颇为神圣，但佛教信众义无反顾地将之纳入日常生活，操行熟练，心意澄明。就连性格一贯不羁的玛尔巴大师，亦甘于在佛陀面前虔心行业，不仅修得多种密法精要，还将大手印法在西藏首度开创与传播，使其后来成为噶举派的主要秘密教法。

身密，为藏传密宗“三密”之一，主要特性就是“手印”，即手结印契，其最终成就主要通过结手印、坐势，以及修气、修脉等修持方法来达到或实现。“也就是说，通过人的手掌和十个指头，结合各种不同的手印，并配合想象的意念……对外则与宇宙本体的功能相通，对内则与五脏六腑相通……为此，有人提出：手印像天线，人体像是收音机。这说明了人的手印可以沟通人体与大自然的关系。”[①]

但“大手印”并非如上姿势那么简单，而“象征禅定中个体意识同宇宙本体相应而融合为一，得见圆明自性的一种光明纯洁的境界”[②]，象征修持密法取得最高成就、证悟和智慧。

从具象化的手势提升为抽象性的意境，从印度圣地带回到西藏本土，世人难以想象玛尔巴大师在身心上经历过多少磨砺与突破，才有此成就，唯一可以确定的是，闻喜遇此得道高师，实在是人生的莫大荣幸。甚至连他自己也不曾想过，这竟然是他求法修行路上的最后一位上师。

眼见着仪礼完毕，闻喜深感罪垢缠身，追悔莫及，厌离心极为炽烈，因而求法心切，频频请求道：

“请上师惠赐我正法及窍诀吧！”

---

①尕藏加：《密宗：藏传佛教神秘文化》，北京：中国藏学出版社，2012年版，第120-121页。

②同上，第209页。

第六章

工匠人：在太阳下低头

这是一位纯粹的行动派，像文学青年的英雄人物海明威；这是一位精进的工匠人，像思想信徒的神明汉娜·阿伦特；这是一位坚定的实践者，像千万民众孜孜追求做成自己的梦想家。对于曾经戴着魔鬼面具的米拉日巴来说，罪孽深重的种子变作他手中搬运的一块块垒石，悔意悠长的正念转化为他面前一天天建筑的碉房。而玛尔巴，的确是一个相当严厉的师长，培养了米拉日巴的毅力，考验了他的虔敬心，推进了他牢不可破的成功。

由黑到白的条件

观照米拉日巴的一生，若不是幼年失去父亲，财产遭到掠夺，饱受过叔父、姑母的虐待，大概他后来不会走上苦修之路，而佛教历史上也许少了一位伟大的修行者和成就者。在他的示现中，苦难的经历是修行者的助缘。

他的内心经过了由黑到白、由恶到善的转变，种种挫磨与顿悟的合力，将他带到了玛尔巴面前，使他心甘情愿匍匐于正法脚下，完全顺服地依着上师的指示，一步步往前行去。

他不敢有丝毫不敬与质疑，更不敢有任何违逆与懈怠。他俨然变身为一个十足的行动者，全身心垂听于上师之令。

“我有很多从卫藏来的有信心的弟子，常常遭到羊卓打隆人和林巴人的打劫，粮食、油、肉及供养物等被尽数抢光，根本无法顺利过路。你给这两个地方施放一场冰雹吧！这也算佛事。要是成功了，我就传法给你！”

打隆和林巴，均为今山南浪卡子县的区属地，二者分别以东、以北簇拥着此地最大的宝贝——羊卓雍错（又写作“羊卓雍措”，后文纳木错、玛旁雍错等同）。在藏语中，“错”即湖，羊卓雍错意为“天鹅之湖”，与纳木错、玛旁雍错并称西藏三大圣湖。人们更喜欢亲昵地叫它“羊湖”。

天鹅绒般质地的湖面，空母错、沉错、巴久错以及古羊卓雍错四姐妹手足相连，以碧玉似的身躯蜿蜒于群山之中，从高空俯瞰，犹如耳坠，镶嵌在山的耳郭之上，而这样的柔情蜜意长达一百三十多公里。它和日光有着天生的魔术性子，在不同时刻，光线温煦地照射，它会显现出层次极其丰富的蓝色，好似梦幻一般。

“天上的仙境，人间的羊卓。天上的繁星，湖畔的牛羊。”因美景与灵性兼备，羊湖的耳边年年月月响起着藏族民歌的赞誉，它亦并不骄纵，如日如月滋养着藏族人民。丰美的高原牧场，富饶的天然“鱼库”，阔大的生物乐园，吉祥的朝圣之地，都是它赋予自身的责任与使命：从古至今，源头活水。

在如此圣美之处，或许一切纷争与不净都是错误，都该予以平息。此时，瞻望着正业的号召，任凭上师如何引导，闻喜都毅然行事——以为成果在即，不想另一程的苦难才刚刚开始。

他对这两地施放了极大的冰雹，过程中选址、打坐入定、默念咒语、请护法神、应验，都至为熟练，独力胜任。于是，又去向上师提请求法，可等候他的却是一股轻蔑：“你不过降了两三个雪弹，就想要得到我从印度苦行所学的正法？如果你无论如何都要求大法的话，那么，让我告诉你：洛扎纳喀瓦部族的人，他们曾殴打我来自聂和洛若的弟子们，并且对我也有过欺侮之举。你要真有厉害的诛法，就应该放咒教训教训他们，灵验以后，我就把即身成佛的正法传授给你！”

这是吐蕃时期“约茹”的两个辖区。聂，为隆子县旧称，而隆子，其意与佛教的须弥山顶相通，这里不仅早有藏族先民繁衍生息的可靠考证，还在古印度神话中位于世界中心，可说是风水宝地。洛若，是隆子县南和错那县北之间地段的古名，接近我国南端边境。对此，闻喜在心中稍作准备，想及上师口中第一次出言并许诺“即身成佛”之传法，便止不住地一阵期许。

“藏传密宗认为人体本来就有许多奥秘和潜能，只要通过各种密宗法门的不懈修炼，就可以使每位修行者发挥自身的潜能，迅速达到天人合一，进而即身成佛，也就是说通过修炼可以成为具有大智大慧超功能的人。”[①]在具体的实践上，密宗尤其强调通过“三密（身、语、意）加持”，即修行者手

①尕藏加：《密宗：藏传佛教神秘文化》，北京：中国藏学出版社，2012年版，第119页。

结印契，口诵本尊真言，心观本尊神（佛），使自己“三业”清净，从而得到“即身成佛”的效应。

严谨的修行仪轨，势必是要严格执行的。他本真的性子不容自己对上师的旨意生发疑义，何况，思虑那端还关联着一心所向的愿望。即时，咒术再次起应，纳喀瓦一时内乱不断，刀光剑影，血流成河。玛尔巴见状，竟带着些许夸奖回应：“先前只听说你有很高的咒术，如今一见，果然名不虚传。就叫你吐勤（大法力者，或大咒术家）吧！”

甘受驯服的弟子，只顾一味听从上师，而不觉忘却了佛法的本义，殊不知杀生的业障最重……一边修持对正法的诚敬信，一边造杀生的恶业，自相矛盾，怎么可能成功？任何虚立名目的恶行都会得到因果的诠释与判定。他心急如焚，再恭请传授正法，不料上师大笑着嘲讽道：“哈！哈！哈！你以造下大罪的代价来索求我的口诀。那可是我不顾生命危险，远赴印度，不惜财帛，重金供养而求得的上师之口诀、空行母之心要！轻轻易易地就给你？就是开玩笑，也未免开得太过了吧！再说，你这善使诛法的人，幸亏遇着了我，要是别人，早把你杀掉了。现在，你要是能让羊卓两地人受损的庄稼恢复，被杀的纳喀瓦人完全救活，我就传法给你——否则，你就不要在我这里住了！”

说完，信手打了闻喜一下，玛尔巴大师便怒目而去，衣袍不及将阔步时的风兜住，就凛冽地往弟子身上袭击，丝毫不顾身后渐起的痛哭声。闻喜的确感到沮丧、失望，甚至还有点委屈……

正所谓，“人身一失，万劫难复”，谨慎取舍因果，并时刻践行，才是要义。

人生命途，生老病死、悲欢离合，种种经历，无一不在启发你我的觉悟。

开始总是最难的

三十八岁，对于任何一个有志之士来说，都是功业的上升期。

而闻喜就是在这一年遇到了玛尔巴大师。若以孔子“三十而立，四十而不惑”的古训作论，他的学途根基确实已树立，但个人价值观仍在形成之中，尚受外力之摇摆，临近不惑之岁，新一轮的考验正向他紧紧逼来。

与上师的严词喝令相对，达梅玛师母一直平和地体察着这位可怜的弟子。这下，劝慰与关怀，纾郁与鼓舞，就是最好的及时雨。细细算来，这是闻喜第一次正式领受到师母的慈悲心。诚如莎士比亚《威尼斯商人》中女主角鲍西娅所言：

> 慈悲带来益处，
> 它如同甘露从天而降，
> 赐福于施与之人，也赐福于接受之人。[①]

这颗如意宝珠的疗效的光芒，射向闻喜心间的四面八方。次日早晨，玛尔巴大师亲自前来探望，说道：“昨天，我对你的责备过分了点，不要介意！耐心等着，我会传法给你的。你是一个勤于干活的人，现在，正需要给我的大儿子建一所碉房，你完工以后，我就传法给你。你的衣食，都由我

①索甲仁波切著，郑振煌译：《西藏生死书》，杭州：浙江大学出版社，2011年版，第163页。

来供给。”

“要是在造房子的时候，我还没有学到正法就死了，怎么办？”

“我担保，这期间你绝不会死。一个人没有勇气是不能修法的。你有恒心有毅力，就只管勇猛无惧地修习我的窍诀吧。今生能否成佛，全看你自己的精进。并且，我们的传承，与其他教派不同，具有不共的加持力。”

上师和颜悦色，一番教诲中又难得地给出肯定与鼓励，亲切之感跃然跳上闻喜的心头。佛陀讲：现在的你，是过去的你所造；未来的你，是现在的你所造。莲花生大师进一步说：如果你想知道你的过去世，看一看你现在的情况；如果你想知道你的未来世，看看你目前的行为。他当然知道自己的目标是什么，于是欢喜地说：“请上师吩咐怎样修筑碉房吧！”

在藏族两大民居中，与为适应逐水草而居、在风雨中流动的帐房截然不同，碉房“外形端庄稳固，风格古朴粗犷；外墙向上收缩，依山而建，内坡仍为垂直。一般分两层，以柱计算房间数：底层为牲畜圈和贮藏室，层高较低；二层为居住层，大间作堂屋、卧室、厨房，小间为储藏室或楼梯间。若有第三层，则多作经堂和晒台之用。因外观很像碉堡，故称为碉房”①，或碉楼。

只是，闻喜知不知道他接纳过来的工程，如何浩大？

“这座碉房，要修在一个险峻的要隘处。以前族人曾经议定不许在上面造房子，幸亏当时我不在发誓者之列，所以不必受此约束。我想在东方山头筑一所圆形碉房，你也可以借此消除身上的罪障！”

上师的吩咐一旦明确，闻喜就立刻行动起来。石块、木头等原料一一从山下搬运而来，日复一日地往返，有时哼哼歌给自己解闷，又继续埋头干活。日本作家村上春树说过：“每天差不多都是相同的重复。昨天和前天颠倒顺序，也没有任何不便。我不时想，这叫什么人生啊！但也没有因此感觉光阴虚度。我仅仅是感到惊讶，惊讶于昨天与前天毫无区别，惊讶于自己被编排入这样的人生，惊讶于自己留下的足迹甚至还未及认清，就在转瞬间被

①李立：《民族知识：藏族》，载于《民族论坛》，2007年第7期，第1页。

风吹走，变得无影无踪。”

闻喜开始修筑碉房，单调的重复劳作大概如往常学法中的勤加练习，一遍遍一趟趟，是绝对的深刻，也是坚实的印证。他似乎并不感到厌倦，亦毫无什么威胁可言，只是谨遵上师之意，兢兢业业，像个工匠人一样，以自己的双手和汗水推进着旭日与黄昏的变幻。

随着岁月的流转，碉房在和平的年代逐渐失去了往日的功能，其中的人们也逐渐搬迁到了周边开阔的地方居住，耸立着的古风建筑，变得更加孤傲，只在导游喋喋不休的讲解中才略显混迹于人群的平凡与庸常。而米拉日巴的名字，自然更为众人所称道：“藏传佛教噶举派祖师玛尔巴，为了考验弟子米拉日巴对佛法信仰的虔诚，令其独立完成一座碉楼的修筑。弟子米拉日巴接受师父的命令，独自一个人刨土砌砖。修筑碉楼的艰辛异乎寻常，让玛尔巴大师夫人看了，潸然泪下，可是米拉日巴凭着惊人的毅力终于完成了师父交给他的任务。……米拉日巴当年修建的赛喀古托碉楼建筑，已逾一千多年，今天仍有许多人不远千里前往洛扎县进行朝拜。”①

如今，赛喀古托碉楼保存得非常完好，不仅成为一代宗师成就伟业的见证，也是其坚韧不拔的人格的精神写照。千年的光阴隧道里，传说经过一代代的口口传颂，已平添了太多主观色彩，故事中，米拉日巴的形象更为高大，精神也更具符号化意义。

还是村上春树体会得绝妙：时间这东西拥有强大的力量，足以一一消除人为的变更。

①张鹰：《人文西藏：传统建筑》，上海：上海人民出版社，2009年版，第229—230页。

第几次推倒重来

对于闻喜来说，从玛尔巴大师决定磨砺其意志力开始，他就已经和追求圆满、赢得幸福的美德并肩站立在一起，并且他的幸福从来具有唯一指向性——即身成佛之正法。然而，求得正道的过程可比他想象的更加艰难。

辛勤之下，地基很快初具规模。当圆形碉房密实地垒起一半时，上师却突然改变了主意："那天考虑得不周全。现在把这房子全部拆了，土从哪儿运来的仍运到原处，石头也是！"弟子不敢违抗，如是遵办，只得把石头等一块块从山上背到山下，土则多以衣袍兜着一趟趟跑着送回去。待闻喜将这些工作一一完成，上师又把他带去西边的山头，身子略微摇晃着，思虑几秒钟，然后开口嘱咐，修一座半圆形的碉房。

这一次真是非常费力，先是半圆形的稳固性就让闻喜苦恼了好久，但他依然决定先将原料背上山来，这样边运边想，几里路的距离也不至于太浪费时间。他的心中偶尔泛起一阵苦涩，调息之间，默念起乔达摩·悉达多在证道过程中的体悟："世界的本质就是变化，它总是不断地决定变为他物。世界完全受变化所摆布，只有沉浸在变化里，才是快乐的，但是这种对变化的爱里却有恐惧，而这恐惧本身就是苦。"

一步实际行动比一打纲领更重要。他持续修筑工程，越加学会通过专注的观照来调伏那不得宁静的散乱心境，也越发不受扰动。一天天地，半圆形碉房的进程也加快了。谁知，上师前来察看时，又毫无征兆地喝令停止："这个房子看起来好像还是不对，你把它拆掉吧！石头搬回原地……"

说完，玛尔巴转身离去。只留下依旧孤零的闻喜，惘然、失落甚至悲愁，混杂在一起，欲图向那远走的背影索求些疑问的答案。他因不明缘由而无所适从，因再度挫磨而黯然神伤，但即时便回身，将亲手所为的成果通通化为乌有，进行中反而秩序井然。好在上师再来时，是有所解释的，并将他领到了新址："吐勤啊！那天我喝醉了，事情没有交代清楚。现在，你就在这北方山头修一座很好的碉房吧！"

"上师，房子修起又拆，我白吃苦不说，还很浪费您的财物。请您认真考虑好，再做吩咐吧。"

"这次我既没有喝酒，又已经反反复复地想得够清楚了。这回需要建一座三角形的'密咒宫'。你去修筑吧，我不会再叫你拆毁了！"

闻喜恭谨又中肯地提出建议，相比之前的沉默，常人看来或许是勇敢之举吧。但他的切身感受是，向内观心，时刻心如明镜。的确，保持清醒与觉察是一件相当辛苦的事，因为它意味着在任何情况下都不评判、不希冀、不回避，这简直让人感觉走投无路。可是，觉察还不止于此，还要清清楚楚地看着自己是怎样试图寻找退路、出路却无果而终的。

他一次次警示自我：当身处逆境时，不妨有意识地训练自己以更加现实的态度去面对生活的考验，看看从逆境中能得到什么有益的东西。并且，藏传佛教的修行人本来就"尤其注重上师教言……很多法本是大成就者修行方法与修证境界的真实记录，称为窍诀，字字千金难求。有幸得到的人应当铭记于心并反复思维熏习"。

他一向秉持虔敬心，对上师亦始终保有无上的敬重。他依然决定谨遵师命，心想：毕竟这一回，上师言辞既无轻率，也不存在酩酊之嫌，还下了个似乎更重要的指令……古罗马诗人奥维德有言：事实验证行动。他照实行动了起来。

日子间或过得慢了些许。殷勤的弟子修建着三角形碉房，大约起了三分之一时，上师又来了，疾声喝道："吐勤，你造的房子给谁的呀？谁让你这么干的？"

"……这是上师您亲自吩咐我的呀！"

“我怎么不记得说过这样的话！若真的，我不是发疯了吗？”

“当时我就担心这种情况又会发生，所以请您老人家再三考虑。您说已经充分考虑过了，还说一定不会再拆毁的。您一定能清清楚楚回想起来的！”

“哼！那时有谁可以做证吗？在这种坏风水的地方，还修成三角形的，简直就像修诸法的坛城！你是想把我们放在里面施咒术吗？我们可既没有抢夺你的财产，也没有吞占你父亲留下的家业！如果你还真正想求法的话，就应该听我的话，赶快拆掉这座房子，原料都搬回山下去！只有这样，才能传法；不然，你就滚吧！”

说及坛城，就是梵文的“曼陀罗”，藏语则称“集阔”。在古印度，密宗修行者为防止外道“魔众”侵入而划定界线或搭建土坛，并在其上设置诸佛像，由此构成了后世坛城的基本框架。它作为象征宇宙世界结构的本源，是变化多样的本尊神及眷属众神聚居处的模型缩影。藏传佛教中，这是密宗修行时必须供奉的一个对象，多以壁画和唐卡两种平面形式出现。

“从实质上看，描绘曼陀罗以及随之而来的宗教仪式，被看作是微观社会里的人与宏观宇宙相和谐的一种手段，修持者要想达到这一目标就得用双眼先看这一神图，然后进行观想。……总之，曼陀罗图案……是藏传密宗的深奥教义与秘密实践交相辉映的一个象征物，人们可以用它来治疗心理的不安康因素，从而使精神获得长期的平静。”①

虽然坛城的形式与含义，经过历史和文化的数度演变，已然以平和的姿态面世，成为完全正派的保护神。但在此之前，玛尔巴大师以其指责闻喜，仍霹雳如雨——

他的怒气明显一步步逼近，狂喧不止，像驯养师一样，把眼前的猎物，呵斥得体无完肤，根本不容有一丝反抗！

而闻喜不得不急了，但声音竭力镇定着，仍保以耐心，试图与上师进行事实上的争辩……

---

①尕藏加：《密宗：藏传佛教神秘文化》，北京：中国藏学出版社，2012年版，第276-277页。

挫磨与忍耐

依照藏传佛教的传统，次第修行至为关键。弟子需要遵从上师的引导，进行实修、获得验证和开许，只有这样，才能进行下一项的修持。一旦不合格，修持便会延长，直到通过。

玛尔巴大师确实相当严厉，恪守佛法修行的次第进程，对闻喜的每一步见悟都施与锤炼。

事实上，修行的次第，是佛教中一个优秀的特质。它给人以实际的帮助与滋养，让人充满力量、灵感和热忱，进而净化并开放心灵。智慧和慈悲的治疗能量，可以影响和转化个人的处境。

而这些，身在其中的弟子怎会过早地知晓？

修行很重要的是清净业障，积累福报。舒舒服服地能消业吗？凡夫要想获得解脱与成就，不吃一点苦肯定不行。凭佛陀那么深广的智慧，也没找到让众生轻轻松松成佛的方法。闻喜自然也不例外。

他又将碉房摧毁，木、石等原料再送往山下。此般反复，心里积蓄了三次所有的苦恼，并且每次他都急于造好碉房，早日求法，干活太过拼命，体力上着实也耗费得厉害。因为长期干活时，石头的运送全靠背来承担，衣服早已磨穿了好些个洞，肉虽腐烂后结了疤，但依然疼痛难忍。

当然，比身体的痛苦更难对付的，是精神上的煎熬。他像进行了一番自我演习，考量种种可能性及相关后果，在思想上尝试了多条路径。

初想，若把背上的疮疤给上师呈看，他会不会心生怜悯？——大概除了打骂，绝不会有什么好话吧。

又想，若是让师母瞧见？应该会示出爱心，予以照顾，但这样好像在故意诉苦似的——于是，也作罢。

闻喜的内心一再思及佛陀的教言："有疑问就去请教上师，或者通过教证、理证加以判别，然后依凭亲身实证去体悟所修之法的真实含义。"①

当下，他不知道上师是否还在生气，便不敢轻举妄动，只好恳请师母帮忙求法。说着说着，泪眼婆娑，师母生起慈悲心，马上就到玛尔巴面前，祈请道："无意义地建造碉房，真是够折磨人的！吐勤他好可怜啊！请您发发慈悲，赶快传一个法给他吧！"

"你准备点好吃的，把他领到我这儿来。"

上师语气缓和，没一会儿，就和"冷战"几日的弟子照面了。闻喜颔首而坐，眼神凝视着上师，不知接下来将发生什么。他常处于被动的一方，所以不必考虑局面的尴尬、沉默抑或凝重，从来都是对方绝对掌控到底："今天的我，不是昨天的我……"

这不是我的，这不是我，这不是我的我。

人不是等待事情发生的静态的存在。

每个人都是个过程。

……

如此之论，佛陀早是通过正念得到过确证的，他还发现：人格并没有固定或不变的核心，正如每个有情都是迁流不息的。

"佛陀喜欢引用烈焰或激流的比喻来描述人；人自有其同一性，但是每个刹那都不一样。烈焰在每个瞬间都不相同，它会熄灭且自己又重生，就像人的生灭。佛陀用一个生动的比喻，把人的心比作在林中漫游的猴子。'猴子在林中攀捉枝条，放下一枝，抓取另一枝。'（犹如猕猴游林树间，须臾处处，攀捉枝条，放一取一。）"②

①希阿荣博堪布：《寂静之道》，北京：世界图书出版公司，2012年版，第187页。

②［英］凯伦·阿姆斯特朗著，贤祥译：《佛陀》，北京：生活·读书·新知三联书店，2014年版，第118-119页。

玛尔巴大师已经达到极高的修证境界，但仍然在日常的言行中加强自身的业力。他“在实修的过程中，反复以经论和上师的金刚语指导修行、印证修证境界，反过来也以自证境界现量印证经论和上师的教言”。如此孜孜以求，是西藏多数修行人的精进常态。

而闻喜为涤除恶业，听从了上师独出心裁的一招，独自一人筑建碉房，每修到一半即令拆毁，把土石等建材背回原处，然后再修再拆，循环往复，折腾了好些年，就像希腊神话中的西西弗斯。

法国荒诞哲学的代表人物加缪格外钟情这个形象，加以改造，将他写进自己的著作《西西弗的神话》。故事是这样的：

西西弗本是一个国王，因故惹得众神恼怒，被判处把一块巨石推向山顶。由于本身的重量，巨石总要滚下山来。于是，他又得把石块再推上山去，如此反复，永无止境。众神以为，再没有什么惩罚比这无效的、没有尽头的劳役更为可怕的了。然而，西西弗却不断推石上山，周而复始，坚持不懈，永不停顿。

于此，西西弗告诉我们，最高的虔诚是否认诸神并且搬掉石头。他认为自己是幸福的。而加缪也明明是这么说的：“他爬上山顶所要进行的斗争本身就足以使一个人的心里感到充实。应该认为，西西弗是幸福的。”①

在一个真诚的人看来，他笃信的东西是能够制约他的行动的。因而，对存在的荒谬性的笃信就能支配他的行为。不知闻喜在跌宕起伏的命运中，是否会对苦行的训诫产生心灵上的共鸣、精神上的信仰，是否能在琐碎的挫磨与艰难的忍耐中获得自我的彻底蜕变？

---

①［法］阿贝尔·加缪著，杜小真译：《西西弗的神话》，北京：生活·读书·新知三联书店，1987年版，第161页。

给一点受赏的可能性

“不要那样怄气了！你想求法，我就传给你好了！”

一番教导之后，玛尔巴大师真的信守承诺，对可怜的弟子施与了一点实在的恩赏，把普通显宗的皈依法与戒律传授给他。

学习密宗需要以显宗为基础。藏传佛教中是显密共修的，许多显宗的修法，都会拿出专门的时间进行修持。上师对闻喜的引导自有分寸，不单是谨守实修的仪轨，还有助于增进他对佛法的敬意，熟知修学的种种不易。

密宗非常重视传承，得到传承以后修持和没有传承时自己修持，功能与加持相差很多。并且，佛陀的教言可以通过文字流传下来，但佛法的真谛只存在于上师的心里。它的传承只有一条途径，那就是以心传心。上师再对弟子启示道：“现在传的不过是些共同的法要而已。如果想求不共的窍诀，应该这样去做。”说着，玛尔巴讲起了亲师那若巴尊者的苦行。

那若巴向上圣帝洛巴求法，可说如影随形，边走边修。

适逢两人行经一片松林，向下走去的过程中，大圣帝洛巴转过身来，突然将那若巴打翻进一个砂石洞中，并用一段竹棍，猛击他的身体要害，那若巴就这样莫名其妙地被打个半死。

大圣帝洛巴只是盯着他的面孔看了一眼，就想离开，这时，那若巴尊者虽已动弹不得了，但是仍然坚持请帝洛巴尊者留在附近。而大圣帝洛巴二话没说，扭身走掉了。那若巴尊者被单独留在那个地方，心中经历着万般感慨，自不待言。

就这样苦熬了三夜，大圣帝洛巴才重新出现在他的面前，并且戏谑地问道："那若巴，怎么样，你感觉难受吗？"

"很难受啊，上师，我都快成死尸一般死掉了！"那若巴尊者有气无力地做出回答。

在这种情形之下，大圣帝洛巴只是在他身上轻轻地挥了挥手，一切就都恢复如常了。

"那若巴"的名字就来源于这段历史。在梵文中，"那"是疼痛、难受的意思；而"若"则是尸体的意思。在往后的修行证道中，那若巴尊者经受了十二大苦行，每一次都有"很难受啊，上师，我都快成死尸一般死掉了"式的体验，如此，大圣帝洛巴的赐名果然伴随了他的一生，引领他获得完全的教法。所以有人说，大圣帝洛巴并非只是碰巧成就那若巴尊者的人。就某种层面而言，帝洛巴正是那若巴的完整面，此完整面不断召唤那若巴找回自己。

"这样的苦行，恐怕你办不到吧！"

闻喜正沉浸在对那若巴尊者的无上敬意之中，他听得不由得感动，泪水夺眶而出，同时生起强烈而坚固的信念，心中暗暗发誓：

"上师的所有话，我都会听从；一切的苦行，我都要克服。"

在现实情形中，玛尔巴的确承担了帝洛巴之于那若巴尊者的角色，他的方式确实独特，专为造就日后的米拉日巴而定。舒服的日子没过几天，闻喜就又被领上了筑修碉房的要隘，很明显，他将接受下一轮的考验。

"你在这里，给我建一座四方碉房，灰色的九层楼，连着宝顶共十层。这一次决不拆毁。修成之日，就是传法之时，你修法时的资粮，我也供给你！"

上师依旧说得诚恳又坚定，许是闻喜这几年的每一分辛苦、每一分付出都该进一步有所嘉奖吧。但几度得了教训的弟子，当下却沉着地陷入了思考。他想了一想，才缓缓地提请上师，说："那么，上师许诺的这些，我可否请师母来做证呢？"

他像一只受过伤的小兽，舔舐伤口已经是过去的事，现下他在思量的是如何才能不重蹈覆辙。行为适当意味着我们须保持正念，不轻易对状况下评判、做反弹，这正是忍辱的要义。

在上师赐予的一次次精修的机会中，他渐渐能够觉察到自我的成长。

任何情况都能适应，任何可能性都会被接受，大乘修行者的内心始终是开放的。

第七章

提灯士：绵绵长夜尽期何在

放眼广袤的羌塘草原，纵然是恰青赛马节上的骁勇战士也会有劳逸结合的待遇，而追随玛尔巴求法的米拉日巴大抵如何都不能享有片刻悠闲了。他一日日地辛苦筑房，一次次地无奈推倒，再一点点地重新搭建——这过程，反复、周折，似乎漫漫无期，他一度以一种近乎卑微的姿态向上师哀请“请传我成佛的口诀吧”，但都被还以拳脚相加或更甚。这一落魄而失意的弟子，一边擎起即将消散的执迷心，一边仍痴痴渴求上师的恩赏，他多么希望尊敬的玛尔巴能像一位提灯士，在他眼前的茫茫黑暗中燃一颗火种。

需要一位有力的证人

西藏有句著名的谚语："不要把了解误以为是证悟，不要把证悟误以为是解脱。"

米拉日巴卓有成就以后回想自身修道历程时也说："不要抱有证悟的希望，却要一辈子修行。"所幸，在每一个可能与佛法正面相对的机缘前，他都付以郑重的珍惜、坚实的努力。

他知道，每个人来到世间，都有一件特定的事要完成，那就是他的目的。他知道，完成"任务"的方法只有一个，那就是踏上精神之旅，以一切热忱、智慧、勇气和决心来转化自己。玛尔巴大师自然对其每一程的进步都了如指掌，所以当闻喜诚心思量后，提出智慧的要求时，这位素来刁钻的上师果断地给出了肯定回答：

"好！"

接下来，上师画出建筑物的图样，而闻喜则去请达梅玛师母。在两位尊敬的长者前，他恭谨地顶礼三次，然后说道："过去，上师命我筑建碉房，我起了三次，拆了三次：第一次，上师说考虑不周；第二次，说喝醉了酒；第三次，说发疯了，才会要我造三角形的碉房。等我详细解说后，上师，您老人家又问谁是证人，我又被痛骂一顿。这次上师又许诺了这些条件，所以，今天我特请师母为我第四次筑房做个见证。师母，请您替我做一次证人可以吗？"

"我当然可以做证人。但上师强硬霸道，说出的话怕很难算数啊。本来，这个筑修碉房的计划，就非常困难。这样高的山头，一块块石头，一根根木料，都要你一个人从山下背运上来，不知道何年何月才能完工！加上这个地方不是我们自己的，族人曾起誓不许在上面造房子，以后恐怕会引来口舌纠纷的！”

“你要做证人就做证人好啦，不要多嘴！到时候，我的诺言自然会兑现！”

这好像是闻喜第一次主动把握局面。师母的真诚与周全让他体会到母亲般的关怀，她的笑意和言语让他感受到柔性的温暖，她的慈悲心更让他异常感激。

《西藏生死书》里将慈悲喻为如意宝珠：慈悲有它的“逻辑”。一旦掌握了它的逻辑，你的慈悲行为立刻变得急切而普遍、稳定而有基础，因为它建立在清晰的推理上，在你追求并检验它时，会发现真理越来越明显。[①]

如果慈悲不付诸行动，就不是真正的慈悲。在米拉日巴殷勤奋进的一生中，慈悲的种子或者就是在遇见了师母后才潜移默化地种植在心间的。他会知道这种修行可以发掘爱的源泉。

而哪怕面对这一连串的美好祈愿，只要玛尔巴大师一句严词就能将他拉回赤裸裸的现实中。他的修行道场，又将重新开启。

前几次的修筑经验未尝不是一种练习。闻喜发现，当他再开始背运石头时，用力会更轻巧，打地基时，进程也比往常加快了不少。有时，还会和上师的其他弟子相伴玩耍一阵。一切似乎都在向着明朗的方向发展。

这天，雄地的俄敦曲多、兑地的楚敦旺额和藏绒的梅敦村波三位师兄来了。他们戏耍着帮忙，竟合力滚来一块巨大的石头，嬉戏间争论着谁的功劳更大。闻喜笑着，凝思片刻，便把它用作墙基，砌到正门处，并定睛审视一阵，确认妥帖，就继续干活了。他对这来自同辈的一臂之力并未太过挂心，一会儿便抛到了脑后，只一心踏实地往上起建着。

时月往后，今人才知道，这三个嬉耍的弟子，连同成就为米拉日巴的闻

---

①索甲仁波切著，郑振煌译：《西藏生死书》，杭州：浙江大学出版社，2011年版，第155页。

喜，正是玛尔巴大师众多弟子中“四大柱”。因缘际会，大概就是这样微妙吧。

大约有两层楼高时，玛尔巴大师驾临了，仔细环视一番，眉头紧锁，好像发现了什么。闻喜虔敬地等候上师的审查结果，心下百般捉摸不定——而上师终于锁定了目标，对他冷冷地发问道：“吐勤，这块巨石从哪里来的？”

“这……这……是您的心传大弟子游戏时搬来的。”

“他们搬的石头，对你的工程不适用。赶快把这石头送回原处！”

“……但是，您，您老人家不是已经承诺绝不拆毁了吗？”

“不错，我是这么说过。但我的弟子都是二次第瑜伽[①]的观修者，不能叫他们做你的佣人。况且，我不是让你完全拆掉，只要你把这巨石搬开，放回原处就行了！”

闻喜此时道行不足，听得几位师兄已开始实修，不禁既羡慕又怅然，脑袋耷拉着，越来越低，越来越低……

①二次第瑜伽：即生起次第和圆满次第，属于密宗的无上瑜伽，前者指观想佛身等，后者指修风脉等。细细追溯，瑜伽有两大支系，即显支及密支。喜马拉雅瑜伽属于密支，又称为神秘瑜伽，藏传佛教中的密宗，就是由喜马拉雅瑜伽传承而来的，虔敬的信众恭称其为“无上瑜伽”。

细节决定诚意

在那俯首的一瞬间，眼前的世界当即如霹雳轰天般陷入黑暗，满心的自省杂乱地纠缠着，生出确凿的质疑。闻喜转而有些恍悟，蓦地抬头，决定再向上师发问："您不是不要这块石头吗？"

"我——是要你自己搬运，不能占别人的便宜！"

目光中的疑义不见了，头顶的天空变得晴明，脚下的大地异常稳实，背上的疮疤会痊愈，手中的力量会壮大，心间的枷锁也粉碎了。所有一切都突然瞥见新的自由和潜能；片刻之间，所有生命都变得更加完满。

他领会到，每个个体都必须亲证乔达摩的法才能达到证悟；他没有办法替他们修行——玛尔巴大师要他弃绝他人所运的巨石，是为了净化他对佛法的虔敬心，支撑自身足够纯粹而光明的业力。习惯了上师严词厉声、单刀直入，对自己的鞭策也一贯晨兢夕厉，此时却升起一种别样的动念，沉默地行动就好。

他从顶处开始拆起，将墙面分解为单薄的块石，让之前的成果再由双手拆卸下来，其余的暂时放置于地，但那"错误"的巨石，势必要付出更大的代价——时间、气力，连同意志的考验都一并汇聚，他的内心沉淀着能量，止不住地一再确定上师对自己教导严苛的正确性：从中获得承担与锻炼。往后，工程进行得十分顺利。

佛家有教诲说，闻思充分才能对佛法升起坚定的信心。在碉房一天天垒筑而起的进程中，闻喜不断想及佛陀的证道经历。不知道佛陀花了多长时间去恢复他苦行多年的身体？“正念的效果和善法的增长需要时间。乔达摩自己说过那至少需要七年，并且强调这个新的自我需要长时间的渐修。乔达摩后来告诫弟子：‘就像海洋渐渐倾斜，渐渐消退，没有急转的坡度，见闻思修也是这样，无法顿悟究竟真理。’”[①]

他放慢心态，孜孜以求，日子过得分外充实而无忧了。

我们的存在就像秋天的云那么短暂，
看着众生的生死就像看着舞的律动，
生命时光就像空中闪电，
就像急流冲下山脊，匆匆消逝。[②]

该来的，总归还是来了。当闻喜在山头重新砌好房基时，正如师母所料，族人的议论蜂拥而来，伴随着碉房一点点往高，周边的声音也一天天漫散，簇拥着这座新生的建筑，好像在进行着某种较量。

“玛尔巴在禁地修起房子来了，我们去制止他才对！”

“玛尔巴疯了！叫他一个很有力气的弟子，凡高地和山头，都修过一些怪诞不羁的房子，每修到一半便叫他拆除，把木石原料又运回原处……这一次恐怕还是要拆的……如若不拆，我们再来阻挡也不迟！我们且等一等……”

民众的热议好似已构成了绝对的威胁，闻喜再度战战兢兢起来，生怕什么坏消息降临。筑房间隙，他有时只静静地站在山顶，遥望着上师的家门，试图获取一点可能的安心，又或在等待着上师前来，好给他一个足够明确的口令。

山间万籁俱寂，喜马拉雅呼吸着通天贯地的清冷，雪域的静谧与神秘经

---

①[英]凯伦·阿姆斯特朗著，贤祥译：《佛陀》，北京：生活·读书·新知三联书店，2014年版，第85页。

②索甲仁波切著，郑振煌译：《西藏生死书》，杭州：浙江大学出版社，2011年版，第27页。

年累月地积淀，像总在隐藏着多少不可捉摸的秘密。上师并没有到来，闻喜的心境在悠悠无扰的高原大地上恢复了沉静。盖到第七层时，他的腰部磨了一个疮洞，仍不停歇，忍痛继续着碉房的修筑工作。此间，族人似乎有些不耐烦了，聚在一起再商计策。

“哼！现在看样子是不会拆了吧！”

“……先前几次拆掉别处，目的就是要在这里修筑碉房啊！这是他蒙骗人的手法！”

“既然这样，那我们去给他拆了吧！”

不久，一帮人马浩浩荡荡朝闻喜冲来，他自知无力抵挡，索性倒也不害怕了。或许心中祈祷着的是长久以来玛尔巴大师对自己的护佑吧。果不其然，当人群将碉房包围起来之时，上师的许多化身也遍布现场，个个身披盔甲，一副披坚执锐的威武样子。碉房内外，武士如林，众人大为惊异，窸窸窣窣地说着：“玛尔巴从哪儿调来这么多兵将？”回应自然是没有的，众人紧握棍棒的双手不自觉地颤抖，不敢轻举妄动，反而一个个磕头顶礼，向上师请求饶恕。往后，纷争不战而息，族人反倒自然而然成了上师的信众与施主。

闻喜看在眼里，领略到上师的震慑力以及由内而外的无言的光芒。他想及上师总是默默地巩固着自身的道法，从不轻易炫耀或显露，心中又生虔诚、安宁与清凉。

保持对修行的恭敬之态，多一分恭敬就多一分功德。注重闻思，才能理解，理解之后再修持，如此切实行动，肯定会进步。上等修行者天天都在进步，中等修行者月月进步，下等修行者也会年年进步。

在执着中沉沦

受苦图报的念头，对于天生高尚的心灵是一种伤害。人类总是禁不住意念中贪妄的诱惑，忍不了灵魂里嗔痴的挑逗，以至于不由自主地擅长了执着。但往往无常粉碎了内心对确定性的幻想，当我们意识到自己脚下随时可能踩空时，便本能地想抓住什么。

彼时，藏绒的梅敦村波正在向上师请求胜乐金刚（无上密宗本尊神之一）的灌顶。达梅玛师母恩慈地先给闻喜一副镇静剂，算是鼓舞："这回，不管怎样，你自己也去请求灌顶！"

他觉察到这的确是个机会，又再细细思量："我已经修筑过好些座碉房了，并且连一块石头、一篓土、一桶水或是一铲泥都是单独完成的，无任何其他助力。上师这样要求，我是真心办到了啊！……"于是，仪式进行时，他便悄悄进入，自觉对上师端重顶礼，随即坐进了灌顶受法者的行列中。

获得灌顶的机会非常稀有，每一次都是往昔积累的福德在当下的显现。此前，通常需要上师和弟子相互观察很长时间。闻喜自认他的修行该有一个确认，却不知这也是一种执着，与最初的急于求成并无差别。

"吐勤，你灌顶的供养在哪里？"

"上师您跟我承诺过，修筑碉房以后就赐我灌顶与窍诀。所以我前来向您求法。"

"呵！你不过建了个猴拳大的房子，怎么能得到我从印度历经千辛万苦求来的法要！可笑！有供养，就拿来；如果没有啊，就不要坐在这甚深密乘的灌顶席上！"

在与上师的两相对峙中，闻喜一如既往处于被动地位，他瞻望甚至乞求着来自对方的怜意与施惠，因而语气总保有着诚敬，维持着平和。但玛尔巴大师，仍以一以贯之的苛责与冷酷，居高临下。他常常施展出暴戾的手脚，这不，刚一言毕，噼啪两声，毫无情意的巴掌落了下去，闻喜的脸即刻发红，不及他感觉疼痛的程度，又被一把揪住头发，从座席上往门外拖，耳畔怒气连天："滚出去！"

好像不知从什么时候开始，在闻喜这里，上师的"烂摊子"总由师母来收拾。一幕幕、一帧帧，她都看在眼里，心中过意不去，又对丈夫的硬脾气无法劝改，只能一次次地及时给出些许安慰："上师常说，他从印度求得的法要，是为一切众生而求的。平常，就算身边走过一条狗，他也会对之说法和回向的。但唯独对你，总是这般不如意，我也很莫名其妙。但是，你可千万不要生起邪见呀！"

与佛教精神的普众根基如出一辙，回向，是一种重要的修行功夫，即将自己所修的善根功德，回转给众生，与之同享，自他两利、怨亲平等、人我如一，如此拓开自己的心胸，并且使功德有明确的方向而不致散失，一一传续，恰如人间的博爱。

而空行母，不也正是这样的角色，常常担任凡夫和佛菩萨之间的信差吗？师母正是如此。闻喜将一番劝慰收进心里，知道这些道理他都明了，但满腹的委屈、绝望与悲哀仍竞相变奏，紧紧缠绕着。或者，这时候，求法不得的无望是最淡薄而遥远的一层味道了，而上师对自己的持久冷漠才是最揪心并迫切的症结。

把一切利益和好处给他人，
把一切损失和失败给自己承担。①

①索甲仁波切著，郑振煌译：《西藏生死书》，杭州：浙江大学出版社，2011年版，第160页。

与闻喜同时代的哲卡瓦格西是西藏施受法最伟大的上师之一，他曾从老师处打开的一本书中，偶然看到了这两行字，此后深谙其中的启发——这时的闻喜明显执着心盛，迷离而痛苦，是至深的毒素。

其实，这里已无悲观主义还是乐观主义之区分，而佛陀也并没有对信众指教应该消极还是积极，他只是说要放下执着。谈何容易？

从抓取转向舍弃，仿佛是个疑难而重大的选择。

那一晚，因着“我执”的汹涌，闻喜深感身陷囹圄，辗转难眠，翻来覆去地，只有一个念头：

还是自杀了吧！

一定是默默酝酿良久的想法，才让它随生活际遇中或大或小的变故得以在迸发后现身，犹如一部伟大作品的面世，个人本身并不觉察全部。

正如加缪所明确的那样：开始思想，就是开始设下伏雷。社会在一开始与自杀并无关联。隐痛是深藏于人的内心深处的，正是应该在人的内心深处去探寻自杀。这死亡的游戏是由面对存在的清醒过渡到要脱离光明的逃遁。①

他在黑暗里。但最黑暗的时刻，也是最接近光明的时刻。

第二天早上，玛尔巴大师专门来看闻喜，好像昨日并没什么不愉快发生：“吐勤，你现在暂且先把碉房的筑造事宜停下来，另外修一个有十二根柱子的走廊，作为碉房下部的通道，再加一个客堂。等这些完工后，我就传你灌顶和窍诀。”

这应该就是解铃还须系铃人吧。

①［法］阿贝尔·加缪著，杜小真译：《西西弗的神话》，北京：生活·读书·新知三联书店，1987年版，第4页。

那一道欣羡不已的目光

只有懂得生命是多么脆弱的人，才知道生命有多可贵。

只有见识过正法是多么难求的人，才明了正法有多高尚。

许多年后，米拉日巴不再于生活的缠缚中挣扎，对生命的意义也有了颇多深层的洞彻。看到苦难的景象，他不会马上把头扭开，而愿意以一己之力，去体验其中的痛苦，并尽己所能地伸出援手。流浪的动物、街边的乞丐、受灾的人群，他都将其视为修悲心的对象。

但在此证果修得之前，他竟是连自己的困境也无法独力救赎的。唯有对上师的依赖，才能带他走向希望之地。这中间的漫漫长路，真是不可言喻！

人生来就是行动的。对于闻喜，上师的每一次指示，都是他奋起的希望，所以以此看来，成就一个实战派，或者并非太难的事。他又从头砌基，开始修建走廊。师母体贴有加，常常送来些膳食，美味不断——这是以前没有的待遇，大概也是经过上师默许的吧。

当温热醇香的糌粑和酥油茶落入闻喜的胃腹中时，他的心力有了些许回转，师母仍不忘对他安慰关怀，亲切如子。工程日甚一日地加快着进度，他被一种使命推着往前，不停歇地冲向那正法仪式的一刻。

他努力着，等待着，内心却也不无煎熬着。

建成部分走廊之时，兑地的楚敦旺额在向上师请求密集金刚（无上密宗本尊神之一）的大灌顶。闻喜心有悸动，师母更给出了实际的鼓励：“这一次，你无论如何非要受灌顶不可！”说着，还惠赐了一包酥油、一匹氆氇和一个小铜锅，作为供养之物。

欣喜的弟子连连致谢，满怀希望，当即便迫不及待地带上东西，跑进佛堂，坐在了灌顶席位上。不过，暴风雨总来得过分急切！

“你怎么又来了！你有灌顶的供养吗？”

“这些酥油、氆氇和铜锅，就是我给您的供养。”

玛尔巴大师一开口便是一顿狂躁，语调中夹带着恨铁不成钢的愤然，又甚至是鄙夷不屑的轻蔑。闻喜则因这次带足了供养而心下安定，觉得很有把握。他的双眸紧紧锁定在楚敦旺额身上，透露着欣羡，比长久以来的尊重更为深邃。这几年彼此虽常常相伴念经颂典，但好像只有自己的修行之道挫磨反复、无限惘然。他太渴望来自上师的灌顶了，可上师回应给他的是什么？

“哈！哈！哈！真是荒唐！酥油、氆氇还有铜锅，都是以往的施主供养我的！可笑！拿我的东西来供养我，天下哪有这种道理？你自己要是有，就拿来；要是没有，就别赖在这里！”

上师的暴戾照旧，拳脚相加，叫骂声不绝于耳，他呆呆地受着，任由身体里疼痛感四处蹿动，内心的苦涩与绝望已漫延成涛浪，排山倒海地翻腾而来。

他苦思冥想，真是恨不得钻到地缝里……是我放咒杀了很多人、降雹摧毁了很多收成遭到报应了吗？是上师知道我根本没有修行的善根，不配得法吗？还是上师不够慈悲，不肯传授给我？不管怎样，留着这具充满罪恶、无缘佛法正道的人身还有什么用？不如死了好——我还是自杀了吧！

不执着的世界就是佛的世界，在一点上，闻喜真的误入了歧途。需要注意的是，随着时代的变迁，词汇的含义会发生改变。比如现在人们日常生活的语境中，“执着”有时候是指坚持不懈、决心坚定地去做一件事，这并不是佛教所说的“执着”，佛语中的“执着”与“自私、偏执、片面”相关，而以欢喜心坚持不懈地行持善法，称为“精进”。

还需要多说什么呢？

幼稚者谋求自己的利益，

一切诸佛谋求他人的利益，
看看他们是多么不同。
如果我不把我的快乐
与他人的痛苦交换，
我就无法成佛，
即使在轮回里我也不会有真正的快乐。[①]

①索甲仁波切著，郑振煌译：《西藏生死书》，杭州：浙江大学出版社，2011年版，第157页。

寒冬里微光闪闪

在所有哀莫大于心死的时刻，任何竭尽全力的抚恤，都难测其是否奏效。

正当闻喜求死心切，百思不得其解之时，慈惠的师母绞尽脑汁，又带了会供[①]的供品来安慰他。

这不同于一般的食品。参加会供的人，在上师的带领下，按照仪轨修持，迎请诸佛菩萨，诸佛菩萨的加持使食品变成甘露。会供后食用甘露，能在佛菩萨的加持下清净戒律。这对密宗弟子是极好的。

师母真是用心良苦，一边以实物相送，一边竭力劝导，很久才舍得离去。

望着那精神将垮的青年人，谁会知道他的心里真正瓦解的是什么？是求法的信念，是修行的毅力，是活着的希望，还是对上师的仰赖？失望和痛苦，使他对会供的恩泽也毫无兴趣，只静静地垂着眼皮，不时哭泣，如此持续了一整夜……

“现在你把未完工的走廊和客堂快点建好。一旦竣工，我就传你灌顶与窍诀。快去吧！”

只玛尔巴大师一句承诺恩赏，他就快马加鞭了起来。顾不得身心疲倦，扶植起低迷的精神，投入到辛苦的工程中去，砖石的搬运、垒砌已至为娴熟，他不断地加快速度，像风一样急切而疯狂，日不息夜不寐，好似一下子恢复了状态。心力全部转化在了争分夺秒的行动上。

---

①会供：藏传佛教的特别聚会。

一番千辛万苦，好容易才把客堂也修好了。他冲刺结束，又开始担心：恐怕上师又会忘记答应传法的事吧？彼时，身体上的伤口实已成灾，背部疤洞连连，尾椎又生了一个疮，三个脓头同时渗脓，还伴着腐臭之味，血肉模糊，烂得像一团稀泥。

“师母，您看到了，一切都已完工……请您帮我再向上师求法吧！”

他只得诚请师母再做说客，语气恳切，脸上却止不住因疮痛得厉害而露出苦相。

“吐勤，你怎么啦？生病了吗？”师母骇然而关心地问。

他自知无法再遮掩，便脱掉上衣，把背疮展露出来，尽管忍着疼，但表情还是有点奇怪的样子。而慈怜的空行母，一目睹眼前的疮痍之形，忍不住眼泪直流，又把伤处仔细地看了一遍，如诊断病情，又如收集罪证。

“——我马上去告诉上师！”说着，师母急匆匆跑到了上师面前。

“上师大宝啊！吐勤做了这么多修建工作，手脚都伤了，皮肤也裂了；背上还长了多个疤洞，从来没好过；有一处疮还有三个眼孔，脓血渗出。以前只听说过骡、马等牲口驮东西会长背疮，确实也见过，是很糟糕的。至于人体长背疮还没有听过，更别说见过了！像这样的事，别人若是知道了，岂不是要耻笑我们？上师，您自己是一位大喇嘛，德高望重，出现这等事……他侍候您是应该的，不过您起先不也说好修筑完工就传法给他吗？他实在太可怜了！现在就请您传法给他吧！”

“是的，我这样说过，等十层楼修完了就传法。十层楼在哪儿呀？”

“岂止十层！不是另外修了走廊和客堂吗？”

“你不要东拉西扯！十层修完了就传法！……他，他的背真的烂了吗？”

——这大概是玛尔巴大师第一次放下惯常威严的姿态，对闻喜表现出些许由衷的关切，毕竟是亲传弟子，一路引导其修行，察看其成长，情愫想必自然而生吧。他骨子里的柔情终究因着人性深处共通的仁慈，抑或仅仅是一点怜悯，得以显露。

仁慈的气息永远是一个人心灵高尚的标记。而玛尔巴大师到底守持着佛法普度众生的慈悲，比许多人都懂得其间的要义——与妻子相比，他只是保有自己的表达方式。而闻喜遇到这两位贵人级别的长辈，不得不说是他的福气。

“这都是您肆意发令又不应时如约传法导致的！害得吐勤满背生疮，都要溃烂完全了！您自己去瞧瞧好了！”

“那么，叫他过来吧！”

师母越说越气愤，悲心往上，看到的是众生的流离与磨难，不由得暗自怆然。而玛尔巴显得镇定很多。

被召唤的弟子，时刻攥着求法的可能性，赶紧三步并作两步跑了来。

“吐勤，把溃烂处让我看看！”

撩开上衣，呈上过目。上师一番沉默，而后娓娓道来：“至尊那若巴自身所经受的十二大苦行、十二小苦行，不同苦行共二十四种，比你这些厉害多了！我亦不顾生命、不惜财帛，依止至尊那若巴。所以，要想求法，就不能总抱怨受苦。还是去修建未完工的十层碉楼吧！”

闻喜低头沉思，觉得上师的话实在不错，进而由此扭转了想法，端正了态度。在他的衣服上，上师做了几个盛东西的口袋，边绑系妥帖，边说：“马和驴子长了背疮，就用口袋装东西来驮，我也替你做了几个口袋，快去以此装运土石吧！”

“背上已经溃烂，这东西有什么用处？”

“伤口处不会粘上泥土。”

一个温存的目光，一句由衷的话语，能使人忍受生活给他的许多磨难。闻喜领受了上师前所未有的一顿关照，自是非常笃定，重新将那不可违抗的训诫视为唯一的求法之道。

他整了整身上的装运附袋，继续脚踏实地地投身到工程中去。忍着疼痛，将一袋袋土石运载到山顶。瘦削的轮廓更显棱角，单薄却不动摇，从远处看，反而因身影毫不停歇而丰盈动人。

所有的举动，玛尔巴大师都看在眼里。这位门下弟子云集的长者，经过对这精进青年的长期考验，不禁也暗喜：凡上师所说的每一句话，无不谨守奉行，堪称百折不挠的大丈夫，实在令人感动和赞叹啊。凝重的泪水，途经心坎、胸腔和喉头，再漫延出眼眶，任寒风凛冽，都随尘埃而散。

作为闻喜的上师，玛尔巴大师渐渐生发了骄傲之心。

古印度的寂天菩萨这般讲说：佛家把慈悲看成是证悟的来源和精要，也是证悟行动的核心。

第八章

慈悲母：扑进光的怀里

“悲是水流经慈的运河。”（《西藏生死书》语）作为师母的达梅玛，一定是深谙弥勒佛关乎慈悲的教法，所以才对米拉日巴施与莫大的恩惠，不仅供给他力所能及的助力，还想方设法与之联手演戏、设计圈套。于是，苦修弟子求法得道的过程中，又增添了不少戏剧色彩，但其间的是非正误该如何判定呢？她是称职的空行母，目睹他对光明的太过炽热的渴望，笃信他对上师的太过执着的皈依，便助其一臂之力。正如玛尔巴所言：“我们谁都没有错。”

装一次要走的模样

当强大虔敬的心灵迸发出的光照耀玛尔巴上师的雪山时，他的加持之流将倾泻而下。可即便如此，他的严厉仍不改初衷。

这对修行中的闻喜而言，是不是绝好的事？

工程一天天按部就班地进行，但闻喜背上的疮洞也逐渐大了起来，令他疼痛难忍。他终究还是决定向师母求助。

“可否请您替我向上师说情，最好先传法，或者至少让我休息休息，好让疮疤愈合？”

不知从何时起，达梅玛师母便将她满腔的慈爱与悲心，无私地施与这个坚韧的弟子，她只是知道，心生同情时，不要让这一念同情匆匆滑过，而是留住它、延长它，并试着把浅层的同情转化成深刻的悲心，让这一点逐渐延伸、扩展到更多人、更多众生，最后对一切众生都怀抱真诚平等的悲心。

她始终听从内心的声音，在付出中升华自我。对于助力的事，她从来就义无反顾。

“碉楼不完工就不传法。若能干活就尽量干，不能干也就只好休息吧。”

师母代禀后，上师如是回应。闻喜一听口气舒缓很多，心中竟升起一阵无可言喻的感激——若不是身体已临近极限，他还会不眠不休地干活！师母在旁也劝说：疮伤痊愈前就静静调养几天吧，等好了再继续做工。

不是血肉的联系，而是情感和精神的相通，使一个人倾尽全力去援助另一个人。

并且，善良的人都心软，心太软则容易受伤害。的确，没人愿意受苦、受伤害，但放眼看看周围，人们会发现就算用铁石心肠把自己武装保护起来，也照样免不了痛苦的侵袭，所以，佛教的修行者选择敞开，把一颗柔软的心完全向外界敞开。

在养伤的一段时间里，闻喜的日子舒服了很多。师母不仅送来了大量美味可口的吃食及滋补品，还常常前来与之聊天谈心，体贴如旧。他在这默默温情里感到惬意和满足，暂不得法的忧虑也借机忘怀了一些。

疮口愈合得很快，上师的喝令降临得更快！

“闻喜！现在马上去干活！”

其时，闻喜已做好继续开工的准备，只是上师这一催促，不免让他愈发感到焦心。他埋着头，从室内走向碉楼，以为苦难再度开始循环，却被师母一个手势拦住了。

原来达梅玛的心中早有盘算，在一个暗角，与闻喜略作合计后，俩人就进入分头行动阶段了。

安静的空气中，窸窸窣窣的商议声瞬间消失，就像入海时，一个旋涡扎进去，再起势时必然惊涛骇浪——此时，细细的哭声令突变蠢蠢欲动。

他一边号哭，一边收拾行李，胡乱地把糌粑抓进行囊，书籍及琐碎小物件也一起捆起来，俨然一副要走的模样。

“请让我走！”

“现在我就去禀告上师，并请求他这次一定传法给你。不要走了，不要走了！”

半晌，两个人拉拉扯扯着，引起了玛尔巴大师的注意——当然，肯定是选在他能清晰看见的地方。

师母看起来竭尽全力地拉拽、挽留、劝服。

不错，这样的行为即将见效了。

“达梅玛，你们俩在干什么？”

“吐勤徒儿，从很远的地方前来向上师求法，不承想非但没学到正法，反而落得被呵斥、打骂，只能当牛做马做苦工的下场。他现在怕是求不到法就死了，所以要到别处去寻师。我虽保证他一定可以求得正法，但他好像还是要走……”

师母本以为这一番游说，能让上师结束对闻喜的考验，但事与愿违。

玛尔巴大师听后，转身进入屋内，再出来时，原本平静无波澜的面庞变得怒气冲冲，甚至带着一种难以掩盖的愤恨。他手执一根皮鞭，径直对闻喜一顿乱打，口中亦泄愤道：“你这个混账东西，起初来的时候，说把身、语、意都供养给我，现在呢，你还想往哪里走呢？你的身、语、意三业都归我所有，就是把它切割成千条万片，也是我的自由，我的权利！现在，你要滚，就滚好了！有何理由拿走我的糌粑？”

皮鞭无情地乱抽，将闻喜打倒在地，糌粑被夺了回去……很明显，计划失败了。

不要轻易去挑战或考验人性，人性需要的是保全和留有余地。若你单刀戳入，必然头破血流。不要尝试去击溃任何人。只有真正强大的心才经受得起真实和杀戮。若你有怜悯，应善待和接纳那些心灵的软弱和灰暗。

玛尔巴大师暴戾和严苛的个性，并未因先前的一点怜意而有所改变，甚至可能因这件事情而更为变本加厉了。闻喜见识到上师的冷酷更是痛心不已。

那威力无可抵挡，在心上刮出一道道印痕，映着血渍……

悲痛中的安慰

玛尔巴大师强加给其弟子米拉日巴的考验是人所共知的。在这过程中，米拉日巴的喜悲反差却是难以预料的。

当他到达玛尔巴大师所生活的地区时，并不知道此人是谁，"'我刚一看到他，一时间便处于一种难以形容和无法估量的喜悦中，这一世界外表的变化动荡就被制止了'（这就是说进入了一种欢喜若狂的状态，可以进入'法'，既是色空又是大乐）"。①

辨别真正的上师，是一件非常耗费心力的事。遇见上师的这一刻，他是喜乐的。但此后，一切让他难以预料。上师不仅强迫他从事各种无益的劳动，而且还千方百计地以各种粗暴行为——打、骂、侮辱将他推向绝境，更让他意气消沉、万念俱灰的是，上师一直拒绝向他传授教法……

曲折的故事还在继续。

"唉——现下纵然采取各种办法，上师都是铁了心的。但说不定哪天就传法给你了呢。现在，我先传你一个吧！"

师母诚心地劝慰着，同时将金刚亥母（密宗本尊女神之一）的现修法传授给闻喜。他虽未生觉受，心中却获益不浅，有所安慰，凡念也减少了。

佛语里，智慧是调证内心而得到的证悟和觉受。因而，觉受比感受更为精进：后者表现为心目中呈现具化形象，属于思维的范畴，而前者在此基础

①［法］石泰安著，耿昇译：《西藏的文明》，北京：中国藏学出版社，2012年版，第188页。

上，逐渐调伏自己的内心而获得一定的见解，虽然未能完全超越思维，但其中所含多数为智慧。

悲痛的深渊渐次被微茫的希冀照耀，他得到了师母的教益，决心与自己亲密相处：不仅诚实地觉察自己身、语、意的所有行为，还要柔和地对待自己。慈悲不仅是针对他人，也针对自己，并且首先针对自己。

在开放的心中怀着敬意去看待自己当下的体验，尊重自己的洞见，不否认自己的缺点和过失，也不认为自己一无是处而失去内心的庄严。即使面对自己的狭隘、冷漠、混乱，依然不忘记知足和感恩。

他念着师母的好，总想对之报恩；又深知因由上师和师母，自身的罪孽已净除不少，所以也决定再留下来。于是，在夏天，他帮师母抬挤奶的椅凳，挪动炒青稞的架子，以修筑工作练就的力量驾驭这等小事，自然不在话下，而他也乐意效劳。

有时，他也曾犹疑着是否要另寻名师，而后仔细思量一番，即身成佛的正法诀窍，除了玛尔巴大师，现在尚不知还有谁呢？今生若不能成佛，来世我又造了那么多堕入恶道的罪孽，该如何解脱呢？为了求得正法，我应当像那若巴尊者那样坚持苦修下去，尽力使上师欢喜，得到他的传授，即生证果。每每这样一想，他的信心又得到了增强。

事实证明，闻喜是对的。选定了上师以后就不要换，出现任何情况也不能丧失对上师的信心，更不能舍弃，要时时刻刻地向上师祈祷加持。以此数遍，树立起一种自动的、不经思考和具有感情的信仰。他已然学会不断往内观照，真正消除迷惑，进而付出有力的行动。

于是，他一心一意地搬运土石，自觉地继续粉刷走廊和客堂。这期间，雄地的俄敦曲多及其眷属，带了很多供养来求喜金刚（密宗本尊神之一）的灌顶。师母伺机又生一计，忙召他来，说道："如果上师不满足你这般坚修碉楼，只喜欢财物的话，这次可以供养他一件珍品，一定能获得灌顶。——把这个供养了，你自己先去请求；若还不传法，我再帮你请求。"

师母一边诚心嘱咐，一边从内侧衣兜里取出一块又大又好的绿松石，闻喜双手承接了过来，内心说不出有多感激。

绿松石，因其色、形似碧绿的松果而得名，又称绿宝石、松石。大凡古老的民族，使用绿松石做珠宝首饰的历史都很悠久，如美洲的印第安人、古代波斯人。在我国，最青睐绿松石的，要数藏族人民。

或许人类对美与灵魂的追求，在绿松石上完美地合二为一了，所以从遥远的历史源头就可以发现，它不仅仅是一种装饰品，更代表一种地域文化，弘扬着一种民族精神。大海和蓝天的精灵、吉祥和好运的象征物、成功幸运之石以及神赐予的礼物等，都是它不可多得的美誉。

基本上每个藏族百姓都拥有绿松石。在西藏高原上，人们对绿松石的品质也有着天然的辨识力：色呈天蓝，无裂纹。并且，自古以来，绿松石就在西藏占有重要的地位，它是第一代赞普王冠上的装饰物，也是西藏的多种政教场合中不可或缺的礼品。许多藏族人民脖颈上都会系上一块被视为灵魂的绿松石项链。

在西藏的古老传说中，赞普的臣民不许将任何一块绿松石丢进河里，因为那样做，灵魂也许会离开他的躯体而使他死亡。

而在珠宝习俗中，绿松石被列为十二月诞生石或生辰石，代表着“成功”和“必胜”。

如此美好的寓意，由师母倾心惠赐于闻喜，不知在玛尔巴大师那里是否奏效?

其实，真正的上师不会贪执钱财，但很多人在这个世界上最大的执着莫过于钱财，见到上师而能把自己最在意的东西送出去，表示人们愿意放下对物质的贪执，接受上师的教导。这不仅是削弱我执的有效方法，也是积累资粮的方便之道。

以清净发心在具德上师前做微不足道的供养，也有无量功德。如果人们对上师有坚定的信心，发愿清净，不论供养多少财物都同样有大功德。

又一场暴怒

“这一次的灌顶，无论如何也请您老人家慈悲传给我。”

闻喜走进佛堂，谦恭地顶礼，如往常一样循规蹈矩，把自己摆在最低处，似乎表明放下傲慢、成见的态度，和不再担忧摔跤、失去的决心。脸上的表情已看不出期望的比例，或充分或干瘪，他都安然等待——说完便坐进灌顶席位中。

玛尔巴大师没有马上爆发，翻来转去地端详着绿松石，琢磨了好一会儿，问：“吐勤，这个东西从哪里来的？”

“是师母赐给我的。”闻喜温言温语地回禀道。

“去把达梅玛喊来！”上师露出少见的微笑，语气却格外严肃。

待师母到来时，战局正式拉开了帷幕。

“达梅玛，我们这块绿松石从哪儿来的？”

“这一块绿松石从未属于你。当我被父母嫁给你的时候，这块绿松宝石成为我的私房财产，他们对我说：‘喇嘛是一个性格粗暴的人，如果你需要离婚时，可能需要它。因此不要向任何人出示此宝，请好好保存起来吧！’……我一直暗中保存着。眼下这个徒儿实在太可怜了，我于心不忍，就赐给了他。请上师接受这宝石，大发慈悲，让吐勤受灌顶吧！从前您多次在灌顶之时把他赶出去，令他非常失望。这一次，就请俄巴大师和眷属们也帮我一起向上师祈求吧！”

当师母决定帮助闻喜的那一刻起，她就违背了丈夫的意志。现下她被质问，虽战战兢兢，礼数却不敢怠慢，连连磕头，可一旦谈及正题，她亦是勇敢的——开口便申明此绿松石的归属权在于自己私有。尔后，开诚布公，随心而为。

都说空行母是证悟能量的女性化身。在数次慈悲心的训练与实践中，她的内心变得宽阔、柔软、坚强。而闻喜，无疑是这一历程的受惠者与见证者。

这时，空气中凝聚着莫可名状的沉默分子，在威严的玛尔巴大师面前，所有人不敢吱声，只是跟着师母一起向上师顶礼做请求状。

在寂静无声中风暴潮终于来了！

“达梅玛，你不要糊涂！把这样好的宝石送给人家，哼！——达梅玛，你想错了！你的一切，都是我的！这绿松石，当然也是我的！吐勤，你若有自己的财物拿来，我就给你灌顶！这个宝石是我的东西！不能算作你的供养。”

玛尔巴上师一如惯常地下达了驱逐令，但闻喜还想再期待什么，兴许师母会再三说明供养宝石的原因，抑或俄巴大师也会帮忙争取？他还在静静等着，上师的怒火却一下子升至了顶级，他猛地从座上一跃跳下，朝脚边的弟子吼道：“还坐着不动！你有什么理由这样？”

话音未落，脚力已发，在闻喜身上一顿乱踢。他只能蜷缩着尝试躲避。有时，头俯着地，那狠劲依然步步紧逼，踩踏在上，完全不顾脚底的人已昏天暗地般眩晕。他当即又被抓在手里往远一摔，这下倒是正面出击，身体撑地的那一秒，天霍地发亮，眼中直冒金星。

他好似陷入了深不可测的困窘之境，无法翻身。他来不及求饶或呼喊，鞭子又袭身而来，大打出手……局势看起来毫无停息的样子。上师面目狰狞，预示着这一场怒气才刚起势，他不知道接下来会发生什么。他无法解读此时的上师是一个怎样的狂魔，幸好俄巴大师的突然劝阻使得他有了逃离的机会——急速地锁定厅室一角的天窗，“嗖”的一声跳了下去。上师仍怒火冲天，追到了窗边，有意识地往下看了一会儿……

身体毫发无损，心却愁肠百结、生不如死，认定了还是自杀了结吧！

痛哭声起，整个世界坍塌了下来。师母径自湿着眼前来安慰，说：“吐勤啊，不要伤心！没有比你更好的弟子了！假定你要寻访别的上师，我一定替你介绍，学法的口粮和上师的供养，我都会给你的！”

心有悲悯，即使一贫如洗也能助人、救命。按着往常的习惯，无论什么集轮会供，师母都会殷勤参加，虔敬地与诸佛菩萨汇通自身的心意。但这一次，闻喜哭了一夜，她也在旁陪伴了一夜，直到东方既白，才放心离开，该是怕他做什么傻事吧。

早餐时间未到，有人就应上师之令来召唤闻喜。他颤巍巍地半躺着，精气神像被掏空了一样，转念间，听闻是上师的招呼，一霎时镇定起来，以为传法在即……

“昨天我没给你灌顶，你心里是不是不高兴？起了邪见没有？”

“我对上师的信心毫无动摇！我想了很久，这是我罪孽深重的缘故吧。为此，的确伤心得很……”

“在我面前哭，而不忏悔，是什么道理？滚出去！”

他哭诉起来，却再度惹怒了上师，只好赶紧退了出来。

其实，愤怒有从酝酿到爆发的一个过程，就像着火，开始只是几颗小火星，后来发展成火苗，风一吹，才越吹越猛，成了一场大火。许多人要等到火焰冲天才意识到着火了。可是，留心观察的话，火星或火苗刚起就上前把它扑灭，大火就烧不起来了。

在一次次与上师的怒火斗争的经验中，闻喜学会了应对之道：

你甚至可以不急于去扑火，袖手旁观也无妨，看看火是怎么烧起来的。也许你还不知道，通常在火上扇风、浇油的就是你自己。而没人帮忙的话，火烧得不起劲，一会儿自己就灭了。

其他情绪也是这样，不要被它们推着到处乱跑，转过身来正视它们：看它们从何而来，往哪里去！

只要有脚，就会有路

有斗争，就必然有伤害。

而这正是心的顽石，在日后的试炼中，它会比别处坚硬，也更富有韧性。

闻喜痛定思痛，心中牵连起长长远远的思绪："真是奇怪！想当初，我造罪的时候，口粮充裕，供养也有；怎么到了学正法、求正道时，却囊中羞涩，穷成这个样子。唉！假如现在能有造罪时一半的财帛，也就可以得到灌顶和窍诀了。目前，若没有足够的供养，玛尔巴大师是绝不会传法的。即便可以到别处求教，没有供养物，又有什么用？无财则不能得法啊！没有修到正法的人身，与其留着它造罪，不如自杀了好！"

没有穷尽的波折，是否令他生出了厌倦？所幸当闻喜迷茫于当下的窘境时，并未受回头路的引诱，只一心往前探察；所幸他轻生的念头经过多次磨砺与洗刷，如今已单薄，反而对正法充满了正义的渴望。

怎么办呢？怎么办呢？

一番胡思乱想之后，闻喜静下心来梳理，结论竟然是：求财要紧！

或到富人家当差，积蓄一点工钱，看看能不能积攒够求法的资粮？或回家乡施咒换得财物，还可以见到母亲，岂不是两全其美？

不管怎样，要么去求法，要么去求财！总要选择一个才行！

纵然可以继续依附师母的恩慈，可总归不是办法，至少这几次已牵连师母一起遭到了上师的怪责，实在不好意思，于是终于下定了出走的决心。临行之际，闻喜想及先前拿了一点上师的糌粑，就落得挨打受骂的下场，这下便识趣了，只带上自己的物品，因着歉意也未施礼告知师母，便离开了。

走在路上，师母的恩德不断在他脑海涌现，每往前走一步，心中的不舍便着力拉扯一番，令他难安。从卓窝隆出来已行了半日路程，早已感到饥肠辘辘，闻喜稍作停歇，讨了些糌粑来，又去借了炊具，这才取水、拾柴、生火、煮饭。

他吃完饭后，一边休息一边扫视眼前这凄零的场景，回想起自己平日的工作，一半虽是为承事供养上师——无论为上师做什么，都是在积累修行的资粮，另一半也是在抵自己的学费及膳食。在那里还有宝贵的精神食粮——师母的慈爱，她总会亲手做好饭菜，热腾腾地端给自己吃……可今天光一顿饭，就这样困难，心下一阵酸涩。再想到晨时出门，竟然不告而别，觉得自己太不应该了！

于是，转念间，想回去？但又不敢回去……归还炊具食器时，和善的独居老人顺便同他闲谈起来，那面容的褶皱纵横，尽显年华的沧桑，却也因此而让人感到亲切。

“……年纪轻轻的，干什么不好，要来讨饭吃？你如果识字，就可以替人念经；不识字，给人当仆使也能得到衣食！喂，小伙子，你，识字不识字啊？会不会念经？”老人家边拾掇着，边乘兴问着，语气中充满关切。

闻喜如实答道，样子十分认真：“我虽然不常念经，但还是会的……哦，我不经常讨饭的……”

“哈！太巧了！我正要请人念经，那就请你替我念五六天吧！我会给你很好的饮食作为供养。”

迷茫的弟子正羞涩地为自己辩解，却不想做工的机会悄然来临，他觉得正中下怀，便欢欢喜喜应声道：“好！好！”

他就此留了下来，在老者家里诵念《般若八千颂》[1]。经中记载了一位名叫常啼菩萨的事例，对他启发很大：这位常啼菩萨没有财帛，一贫如洗，但

①《般若八千颂》：显教中的佛经名。

为了求法，真的能做到舍身弃命！——相同的处境，让闻喜很容易便进入到先师的人生故事中。

常啼菩萨没精打采地站立在街旁，涕泗横流，自艾自怨道：“我有什么罪障？为了供养法涌菩萨，发愿卖身，竟无一人来买！”说着，又泪如泉涌地哭了起来。哭声越发真切而绵长，感动了帝释天①。

帝释天欲考验其求法是否真诚，便化身为婆罗门，前来证问：“这位青年，你为何站在这里哭泣？”

常啼告以卖身的原因及经过，婆罗门说：“我正欲祀天，须用人血、人髓、人心为供品，你能卖给我吗？”

常啼听后，很高兴有了买主，立刻以利刃刺入自己的左臂，又破骨出髓。血、髓都给了婆罗门，然后毫无迟疑地，就要剖腹取心……

确实，供养可以帮助修行人积累资粮，增长福报，不是一定要用钱。如果供养钱多的是大护法、大师兄，供养钱少的是小护法、小师兄，这和做生意没区别，不是学佛人的规矩。佛弟子对上师三宝有财供养、承事供养和法供养，最上等的供养是法供养。

常啼菩萨有着如此坚定的信心和清净的发愿，本身就显露了最上品的根器的潜质，让人自叹不如！

“比较起来，我为了求法吃的这点苦头，栽的这些跟头，根本称不上什么！”闻喜不自觉地思考起来，接着想到，也许玛尔巴上师会传法给自己的，即使不传，师母不是也答应愿意帮忙介绍别的上师吗？这样一想，就有了回去的勇气，于是认真地念完经后，就原路返回了。

然而，这世界上，没有一条道路是重复的……

---

①帝释天：佛教的护法神之一。

“我的徒儿不会走远”

性由心生，着实是有道理的。达梅玛与玛尔巴，本就阴阳两极有着天生不同的禀赋，再加上各有修持的取向，因而在处理同一件事时，不可避免地出现截然相反的态度与方式。尤其是在闻喜身上，师母达梅玛更是亲眼见识了玛尔巴大师对之严苛甚至残酷的行为，所以本能的庇佑和慈悲之心，让她随时挺身而出。

“你没能制伏的冤家已经走了，不在了。你快活了吧！”

“谁呀？”

“谁？就是你像对待仇人一样让他吃苦的吐勤啊！”

达梅玛语气中不由得夹带了些许埋怨，而玛尔巴听到夫人责怪地道出事实后，脸色马上变得青白，泪如雨下，合掌祈祷道：“噶举①上师、空行、护法们，请召回我那宿缘的好弟子吧！”

言毕，垂头而坐，无声叹惋，心中数次默念着“我的徒儿不会走远”，他何尝不是最明晓闻喜珍贵之处的人呢？

闻喜曾因无比真诚受到过云丹措杰喇嘛的褒奖，这些年又追随玛尔巴，无不显现着他一贯的韧性与耐力，知忍辱，善觉察，懂精进，自是心中尚有一方持定。

不畏艰难，能够忍耐并有勇气克服困难，同时对一切，即使对有可能伤害自

①噶举：原意是指上师的口授代代相承，后来此二字成为本派的派名。

己的人，也不失去慈悲心。这就是忍辱，因为知晓事情的缘起、因果，而坦然接受自己的处境。其中的勇气不是来自意志力，而是来自内心的柔软和开放。

这的确不易。因为一旦开始修行，人就会发现对自己的所作所为是多么无知。

玛尔巴思忖着，好似又将自己为之安排的修行进程回顾了一遍，并辅以省察和确认。

对于刚刚踏上修行之路的人来说，时时保持清醒与觉察的感觉并不美妙。不过正是这样持续的觉察训练，会让人逐渐习惯不迎不拒的做法。而闻喜，正在此路上。

期望和恐惧其实是同一个事物的两面，有期望就会有恐惧，而回避则会加强恐惧。不迎不拒使我们放松下来，这时，我们才更有可能瞥见一切思想行为，一切欢喜哀愁背后的那个东西。

人们喜欢拥挤而热闹的生活，忙得团团转，以免和自己独处。心向佛法的人却是决心要和自己亲密相处。修行的过程毫无疑问会充满波折，每一个修行人都会经历失败，尽管如此，我们还是一辈子在精进修行，不放弃也不逃避。

不自觉间，玛尔巴上师与闻喜站在一起，结盟为“我们”，心下自是对结有善缘的徒儿充满了喜欢，可训练的方式又是另外一回事。

正当这时，闻喜复返，他首先回到师母面前，向她顶礼。本能的怜悯与柔软的敬意，令一个出走的孩子，迫切地眷恋着母亲的怀抱。而母亲，终是那牢固的依靠，抑或不变的守园人，痴痴等候，唯孩子的归来让她欢喜。

“啊呀！你回来，我就放心了！上师这一次恐怕是要给你传法了。当他获知你走后，即刻喊着说：‘请召回我那宿缘的好弟子吧！’连眼泪都流出来了。吐勤，或许你已经把上师的悲悯心感召出来了！”

初归的弟子将信将疑地听着这一席话，心中多认为是师母的安慰与鼓励，但不免生出一丝期许，如果这一切是真的，为我这样一个具足善缘的弟子而破涕，那还真是前所未有的事，当然若满意我的表现，就再好不过了！否则，只是把我喊回来，而仍不授予灌顶和口诀，那么我这个所谓的“宿缘”也是最下等的。我如果不到别的地方去，在这里，不是又有苦头要吃了吗？

果然，他再遇情况时，不再急于逃避不安、寻找安慰，而是给自己留了一点空间去观察和感受，让自己可以看清事情的原貌，不至于被冲动牵着鼻子走。但他不知道的是，这就是玛尔巴上师所判定的“忍辱”，有时也被称为寡欲或甘于寂寞。

闻喜出神凝思之际，师母激动地跑去报信儿：“吐勤不肯舍弃我们，他又回来了！可否叫他到你屋里来顶礼呢？”

“哼！他不是不肯舍弃我们，他是不肯舍弃他自己！”说完，袍袖一挥，示意准许了。

再一次郑重会面上师时，闻喜不知道等待他的将会是什么。因而不做任何期望，自己以平常心应对就好。

“吐勤，不要急躁，不要乱想，诚心求法，为了法就是生命也可舍去。

“先前的房子还有三层，完工后就传法。不然的话，你也只不过是消耗些粮食而已。

“你有去处就去吧！”

在一场不对等的较量里，棋逢对手永远是童话。玛尔巴简短几句，层次分明，内容丰富，既有沉着的安慰，又不做刻意的妥协，反而以宽宏的姿态提出更自由的建议。

闻喜不敢回答，只是退了出来。对情势的审视与判断，不能轻下妄言，但有些话还是愿意说给师母听：

“我现在很想念母亲。

“上师仍不肯传法给我，他老人家照旧说把房子盖好了再传法。可等到房子修完，一来还要经过很长时间，二来说不定到时候又生出旁的枝节……

“现在我请求归还乡里，即此祷祝上师和师母身体安康，百事吉祥！”

也许在上师身边待久了，且不论道法究竟得了几分，个性上多多少少是有所改变的，应该说获得了精进。

经历了几番磨砺后，他至少明白，修行没有什么宏大的目标，只是不再自欺而已。

由衷而为，总不是坏事。

假信的恩惠

行为精准意味着我们须保持正念，不轻易对状况下评断、做反应，这正是忍辱的要义。

任何情况都能适应，任何可能性都会被接受，修行者的内心始终是开放的。没有趋避，所以没有恐惧，也不会不耐烦。他的心太柔韧、开阔，可以无忧无惧地包容一切。修忍辱波罗蜜的行者就像大地，因为有承载万物的能力，才匍匐在万物的脚下。

当然，这些难能可贵的心要，只有在亲身反省过后，才最富有效力。

当闻喜沉着地顶礼过师母，拿起经书准备起身时，仁慈的师母再度劝说："孩子，你说的话不错。我曾许诺过帮你找一个好上师，现在我想办法让你到俄巴喇嘛处去求法。此人是上师的大弟子，已经熟练掌握口诀，他可以将其传授给你。但是，你得暂时在这里先装作干活的样子。"

任何一点有关梦想的希望，对于一个在曲折中蹉跎太久的人来说，都极为珍贵。他随即欢喜，又思量着自己决定回来不就是想到这种可能性才甘愿再拜服在上师门下的吗？而当下，师母的承诺即将兑现，何乐而不为呢？

好时机来了。

过去，大班智达那若巴上师，每月初十，必设盛大的会供，密乘修行人在这种聚会时供养诸佛，念诵仪轨。玛尔巴大师承继这一惯例，也常行初十会供。这天，师母如常拿一斗青稞用来酿酒，而后分制浓、淡与适中三种口感，以往是为了满足大家不同的喜好，也是待客之礼，但这一次却有特别的妙用。

师母将反复提纯过的最浓的头酒置于上师桌前，这样僧众劝酒时，会不自觉地顺手拿此烈酒相敬。其他喇嘛喝浓淡中平的，而最淡的，则留给自己和闻喜，且每次虽都斟满杯，但实际入口时，只沾一沾唇，并不多饮。闻喜留意到这一点，也顺势学着师母的动作，自然毫无醉感。

果真，僧众热情淋漓，纷纷畅饮，又不断向主人玛尔巴大师敬意，杯盏之间，很快就消停了。

等到上师倒头熟睡后，师母就偷偷从卧室中取出那若巴尊者的身庄严[①]和朱砂宝石印，在预先以上师之名拟好的推介信上，于骑缝处，盖了上师的印鉴，再稳妥密封。一切完成后，再将上师的图章不动声色地放回原处，而其余二供养物，以美丽洁净的布卷包着，用蜡封口，即算大功告成。接下来，就是最后的嘱咐了："这些东西，你就说是上师托你带去，向俄巴喇嘛求法用的供养物。现在，你就前往雄地去拜会俄巴喇嘛吧。"

闻喜郑重叩谢师母后，便带着信件动身离开了。这一次，他既完成了必要的礼数，也将有备而去，心里想着只有修得正法，才好报答师母多番心血的支持与援助。

是漏洞，就定有被发现的时候；是黑暗，就总有被映照的时候。唯光明正直磊落，所以世间所有崇高之人物，常被以太阳相喻。玛尔巴大师也不例外。

时隔一天，东窗事发。

"这会儿，吐勤在做什么？"

"恐怕走了！别的事，我不知道。"

"往何处去了？"

"他修房子费了那么大的功夫，您不但不给他传法，还连打带骂，换谁都难受。他临走时说，去往别处投师求法了。本想向上师禀告的，但又怕您打他，所以没有跟你道别，就走了。我竭力挽留，他这次也听不进去了……"

①身庄严：随身所用的饰物，可作为身份的凭证。

达梅玛做足了接受拷问的准备，神色与言辞中满是淡然与惋惜，见玛尔巴对闻喜还很关心，于是也尽量再做说服的事。玛尔巴沉思片刻后，突然问道："他哪天走的？"

"昨天。"

上师听后，顷刻做入定状，默然，出定后缓缓说道："现在我的徒儿，走得还不远！"

这时的闻喜，到了雄地的穹顶山——在朗饶河谷西面，其山有寺，为俄敦曲多所建，系噶举派寺庙，刚好碰到俄巴大师在给很多僧众讲《喜金刚本续》[①]第二品："说法是我法亦我，听法诸众亦是我，我为成就世界主；世出世间亦为我，我即俱生欢喜大自在。"

闻喜自认来得恰逢其时，心中对佛法升起无限敬意，远远地就向俄巴大师顶礼起来。大师忙脱帽答礼，并对身边的人说："这是玛尔巴上师门下的礼拜方式。他来至法会中，缘起亦甚善，将来必当成为一切教法的主宰者。此人是谁？快去问来。"

一个弟子跑来，马上认出是闻喜——上次俄巴大师受灌顶时，他那可怜的样子，任谁都会留下印象。

"哦，原来是你！你到此所为何事？"

"因为玛尔巴上师极为繁忙，没有时间给我单独传法，所以特派我到此求法。上师叫我带来了那若巴尊者的身庄严和朱砂宝石印等作为凭证。"

闻喜边说边指了指肩上满实的包袱，而后眼看着小弟子向俄巴大师通报并说明原委。

"原来是吐勤！他受玛尔巴大师之荐……"

"承蒙那若巴尊者的身庄严和朱砂宝石印，降临到我处，真如优昙花[②]，实

---

①《喜金刚本续》：佛教密宗无上瑜伽部母续最为重要的经典之一，其形成年代约为7世纪后半期至8世纪前半期，其第二品为注释续。

②优昙花：又名优昙婆罗，产于亚洲喜马拉雅山麓、德干高原及斯里兰卡等地。在佛教传说中，这是一种灵瑞之花，每三千年开一次，且只有在佛或转轮王出世时才会开放。

在罕见，不可思议，礼当恭迎。今天的法会就在这美好的时刻暂停。你等诸众速往寺内，取来钟、铙钹、甲林、铜钦[1]等乐器。让吐勤在外稍候片刻。”

他尚在原地安静地坐着，听得传述而来的大师的吩咐，便准备遵示退出。后来，这一吉祥的顶礼处，就命名为“礼拜岗”。

不一会儿，在悠扬动听的合奏音乐中，欢迎仪式开启，众人簇拥着闻喜，进到寝殿里。他再恭谨礼拜，捧呈信件和两件宝物献上。俄巴大师眼含热泪，将那若巴尊者的身庄严顶在头上，祈请加持后，将之安放在佛龛上，并置于中央，用其他各种圣品妙物围绕，以示真诚供养。

“佛随顺众生的业力因缘，以不同形象救度众生于轮回苦海。而上师就是你现量能见到的佛，就是你内在佛性的具体外相”，闻喜记着自己在经书上无数次看过的这句指示，而今在俄巴大师的郑重执礼中，亲证了它的力量。祈祷上师，然后安住。因着这番虔诚，他对大师升起了敬意。

一切礼仪行完，大师才坐下来，阅读亲师的来信：“俄巴法身金刚知悉，余正闭关入定，无暇教导吐勤，故令彼来汝处，求法，应与灌顶，开示口诀，兹赠汝那若巴大师身庄严及朱砂宝石印等为凭。”

至此，假信一事，并未被拆穿。在修行路途上，无论是那若巴尊者、玛尔巴上师、俄巴大师还是闻喜，皆各有业力相担，因果相续。

众生平等，说的就是这个道理吧。

---

①钟、铙钹、甲林、铜钦：钟和铙钹为寺院法器；甲林和铜钦为西藏佛教寺院最具代表性的两种乐器，甲林与唢呐相近，铜钦即大号。

第九章

欢喜意：啜饮希望的酥油茶

那是怎样的一天，从无望到犹疑，从雀跃到了然，又从感动到喜极而泣——任时光如水流走，米拉日巴对自己净身、受戒前后的情形记得越来越清晰，那一帧帧影像深深烙印于脑海。可当时，他却恍若梦中，只蓦然听闻玛尔巴尊者的声音愈加贴近，由远飘来：“……从今天起，我要为他灌顶，传给他最重要的口诀和心要，还要供他修行的资粮，让他好好地修行。吐勤，你现在是真的可以高兴了！”而后至今，每每他忆起那一刻，总对上师赐予的那盏甘露怀有无尽的感恩。

虚与委蛇的“坏人”

他不是没有过忐忑、犹疑抑或悔意。

但这一次幸福似乎来得太快了，他当然想紧紧抓住！

“既然是玛尔巴上师有命，无论如何，我都会给你灌顶，传你口诀。我早前就有叫你来我这里学法的念头，这回你自己来了，真是上师的恩惠。”

听见俄巴大师如此欢喜又慷慨，闻喜不由得有些兴奋，自己已苦修多时，想不到师母的无奈之举，竟真的遂了心愿。他暗暗激动，同时珍惜这来之不易的成果。大师说完，忽地停顿了一下，像是思忖什么的样子，又继续道：“啊，吐勤，是这样的。时常有从康区、达波、工布、雅砻这些地方而来的僧徒，到我这里求学，但是途中总遇到兑野和野漠两村的恶棍，劫夺他们的资粮，根本无法顺利通过。你给那里放一次冰雹，我就对你传法！”

闻喜听后，心中一惊，眉头紧蹙，粗粗想来，自拜师玛尔巴，仿佛施咒、降雹已是前尘旧事，可现下……难道真的就没有别的方法吗？他又寻思：唉！竟有我这样罪孽深重的人！每到一个地方就要作恶，实在使我进退两难！可我到此，本不为害人，只为求得正法啊！但，不放雹吧，又违背大师意旨，不用说，肯定是求不到法了，又得离开……这一时又想不出避免的办法，看来，不造罪是不行了！

一番掂量后，他终究以正法为导向，决定遵从师命。他或许感到世事难全，得失俱在，总要做出选择。

如果说恶业还有好的一面，那就是它通过忏悔可以清净。佛家讲求具足四种对治力[1]至诚忏悔，业障可以完全消除。

其中的戒后，即下定决心从今往后就算死也绝不再造过去曾经造作的恶业，恶业的种子已经种下，有的甚至开始发芽，要阻止它最终结出恶果，就必须断除它生长必需的条件。戒后，不造作新的恶业，就像是不给种苗浇水、施肥，这样它就很难成长。而且，忏前戒后最好从自己记得的某个恶业、针对某种具体情况和具体对象开始。

显然，闻喜此时还不足通达这一训示，或许只有受尽百般颠簸，才能明白其中的真谛，苦难越深刻，教益才越切肤。他准备好法器及施雹时所需的咒沙，以真言加持后，往大师指定的村庄去了。早已驾轻就熟的咒术，经久未用，一旦起心动念，仍极其容易就深得要领，于是很快完成了施法。

趁冰雹降落前的短暂时机，他赶忙寻到一个老妪家借宿。这该是本能的反应吧。

霎时间，空中雷电交加，黑云层层翻滚而来，俨如复仇之势。只先头的一阵小雹块零星降下时，老妪的哭喊声已经响起，附和着屋外震动般的威吓："天哪！冰弹子把我的麦子打了，这让我以后拿什么来生活啊？"

声中生悲，悲中带哀，年迈的身子骨如何抗衡老天的凶残？无助与怨戾，或多或少，让方才接纳、迎进闻喜入室的老人，一下子变换了模样。慈和经受了碾压，这位被迫的"作案者"怎能无动于衷？他的负罪感陡然加剧。

"老婆婆，你的地在哪里？是什么样子？快画一张图给我看！"

她小心翼翼地画出一个长嘴状的三角形，说："喏，就是这个样子！"

闻喜当即结"指示印"，用一个铁锅盖在那三角形图上，欲做最后的挽回。说时迟那时快，狂风横扫，大雹来袭，老妪的大部分田地得以保全，只是锅没有盖住的那一角地方，毫无悬念地连同其他田土都被破坏怠尽了。收成自然被暴雨吞噬得一干二净，无影无踪。

半晌，冰雹停止了，他跑出屋一看，两个村子都发生了特大洪水，目之

---

①四种对治力：指忏悔的所依、忏前之心、戒后之心、行动对治。

所及，皆是一片荒蛮凄惨。而这一切都是拜他所赐，他亦不是首次目睹，当前心绪难说多复杂……

他有些庆幸，老妪的大块地头上，麦穗依然黄澄澄地长着，一派欣欣向荣。据说，日后不管遇到多么大的降雹，这块禾田都不会受到损害，好像那一顶铁锅的保护伞仍牢牢罩在上面。老妪也就再不用出钱去请喇嘛修法防雹了，只需要为那山洪冲没的一角交纳防雹捐。

土地是农人的生命。旧西藏的苛捐中便有一种专门的防雹捐，百姓们请僧巫念经作法，相信他们能消除雹灾，以拾获丰收的福祉。好像一定要额外付出更多，才能求得神灵庇佑，食粮才有所保证。质朴的村人不在乎苛捐的沉重，执着地将全家微薄的收入奉献给僧巫，甚至丝毫不关心这些金钱的实际去向，只是一味地对土地报以忠诚，就像他们每一次匍匐在地时都奉献了至高无上的诚意。

如此，闻喜也算得到一点安慰。不知道，这样的做法，在佛祖那里会怎样量刑？

回程路上，一老一小两个牧民，正谈论着牛羊被洪水冲走的事，闻喜听了一耳朵，那恶狠狠的口气，真是狂妄。他走上前，只悄声表明自己的身份就让对方一震，再留一个恫吓的口信：“今后不要再抢俄巴喇嘛的弟子了！要是还抢的话，我会再来降雹的！”

因此，这两个地方的人，对闻喜极端恭敬，再无劫夺之举，并且慢慢地成为俄巴大师的信众和檀越，不时奉送供养。

藏族百姓有句俗话“因地而倒，因地而起”，意思是说跌倒是因为地，站起来也是借助地。以前造作过恶业之处，反过来能成为积累善根的地方。

这一阶段，闻喜的心念，浸泡在善与恶交混的河流里，就像要求人同时既向左转又向右转，这是万万无法办到的。当心中升起善念，恶念不用压制便会自然消失；但若善念不够强盛、坚定，那么恶念就要兴风作浪了。

心的荆棘丛

鸟儿胸前带着棘刺，它遵循着一个不可改变的法则：它被不知其名的东西刺穿身体，被驱赶着，歌唱着死去。在那荆棘刺进的一瞬，它没有意识到死之将临。它只是唱着、唱着，直到生命耗尽，再也唱不出一个音符。但是，当我们把棘刺扎进胸膛时，我们是知道的。我们是明明白白的。然而，我们却依然要这样做。我们依然把棘刺扎进胸膛。

一部《荆棘鸟》确证了自然丛林法则，同时亦是人世中不可避免的辛酸。它赢得了万千敬畏、凝望与瞻仰，却都连带着痛的印痕，付出了死的代价。

当向着正法修行而去的闻喜，看到那至为残酷的现实时，他的体察不可能不灵敏。

荆棘丛下，鸟儿的尸骨遍布，好像血淋淋的热液还未退却温度，他一路走来，沿途各处都是这般凄惨景象，还有被冰雹打死的老鼠的遗体。眼前仿若还能幻化出诸多鲜活的生灵，或飞舞或蹿动，可这虚幻的景象让闻喜心中尽是悲悯。他蹲下身子，小心地把它们拾集起来，用衣服兜好，好像每抱起一只就要忏悔一下，直到装满整整一包，继续上路。

回到穹顶山，闻喜直接将一大包鸟兽尸体堆在上师面前："上师大宝，我是来求正法的，然而除了造罪，还是一无所获。请上师慈悲，召见我这个大罪人吧！"

他开口便是自我反省，亦有寻求助力的成分，总之说完就痛哭起来。俄巴大师深解其意，平静地说："吐勤，不要这样害怕。我们那若巴的法统中，纵有大罪也可于清净教法中成佛，有掷一石而驱百鸟的教授之道，我亦有此授法。这一次，凡被冰雹杀死的众生，未来在你成佛时，都将往生于你的净土，为听法的第一会众。在此之前，依凭我的力量，它们不会投生恶道，你应当高兴才对啊！若是不信，稍后便知！"

大师静思片刻，于一弹指间，所有尸骸，一齐苏醒复生，飞空入地，各归其所。闻喜洞见这样稀奇殊胜的真实道行，心中无限欢喜与羡慕，反倒有点悔恨当时作法没有更大些，否则岂不是可以多度一些众生吗！

于是，俄巴大师兑现承诺，让他入喜金刚坛城，为之灌顶，并传口诀。久逢甘霖的弟子，心满意足地享受着这盛筵，专注依然是他身上不变的特质。他选择了一个古老的崖洞，其入口朝向南方，正好望得见上师住宅之处，在泥土工程略施修整以后，便住下来，心无杂念地观修大师传授的教法。

世人往往以为万事都有窍门，总想找投机的法子，但其实最大的投机就是坚持和串习。一件事，做十遍不成功，就做一百遍、一千遍。反复坚持做下去，熟能生巧，哪怕每天只做半小时的功课，经年累月做下来，也会有了不得的成效。修行者自是具备了这份最基本的虔敬心，所以当真正的改变在内心发生，他们能第一时间觉察出来。这就是做与不做，以及是否持续行为的不同结果。

时日的持续，是否真的见证量变到质变的飞跃？凡俗世界，因由多方复杂缘故而阻碍重重，让人迷惘，但佛法境地，规则则相对清明。

"吐勤，你潜修已有段时日了，早该深获觉受了吧。你现在怎么样？"

"我什么觉受也没有！"

其实，即便俄巴大师不来探问，当闻喜在修行中日渐感到艰难和毫无效验时，他就参悟到，自己这一行，本就是有所亏欠的——因为没有玛尔巴上师的真正允准，他生不出任何证解。

他感到自作自受，可是事已至此，又该如何破解呢？

"什么？你说什么？我这个法统传承之内，若不毁犯三昧耶戒（密宗的戒律），觉受证解的功德，没有不马上成就的；何况你又是很信仰我才来的！”大师沉思几秒，接着又仿佛自语，“若是没有玛尔巴上师的许可，那就不可能赐我那些礼物呀！真奇怪，这是什么道理呢？”

“唉！不管怎么样，吐勤，你还得勤奋地观修！”俄巴大师对闻喜嘱咐着，虽然还不知道原因，但持念精进是一条正确无误的道路。

本是正常鼓舞，闻喜应该十分受用才对。他在玛尔巴之处可没有如此宽容的待遇，可这恰是症结所在。俄巴大师的话，令他心下惴惴不安，可又不敢说出实情真相，只好盘算着，无论如何，要得到玛尔巴上师的悲心摄持才行。于是，收心敛性，仍旧坚持不懈地努力修持。

他从玛尔巴身边离开，现在却又在做功课竭力靠近上师。世人会问，这又是何苦呢？而他自己也是疑惑不解。

藏语中把拜师学法称为“喇嘛啦登巴”，“登巴”指依靠，心里坚信依靠上师必定解脱。

各人与上师的缘分不尽相同，有人初见上师或仅仅听到上师的名字就会有强烈感应；也有人是通过不断与上师接触，增进了解而逐渐建立起信任。像闻喜第一次听人提起大译师玛尔巴，就对这位不曾谋面的上师升起了无比的信心，当是殊胜的前者，而对俄巴大师姑且可以算作是后一种吧。还有的弟子长期在上师面前求法、听法一段时间后，就不得不离开，阿底峡尊者①曾向一百多位上师求法，佛陀时代的善财童子也曾走遍名山大川寻访众多善知识。

然而，无论身体离上师是远是近，只要内心保持与上师的默契相通，理解、领悟、牢记他的教诲，在心灵深处感念他的功德和恩德，就能领受上师源源不断的加持。有时候，上师也会故意以出人意料或令人失望的形象出现，挑战弟子内心的开放能力。

玛尔巴对闻喜的训练，不正是如此吗？

---

①阿底峡尊者：11世纪印度伟大的印度大班智达，博通显密经论，藏传佛教噶当派始祖。

“我的徒儿不会走远！”师徒之间心灵相契很重要。这一次，以他的神力，显然知道闻喜的去向。一封来信毫无征兆地送到俄巴大师手中：

“余子住宅，现需木材，汝处所出产之杉木可尽量送来。房屋筑成后，将诵《大般若经》，并举行庆祝典礼。尔时，汝应前来参加。吐勤是恶人，现时谅必仍在汝处，携之同来可也。玛尔巴字。”

毫不知情的大师看得莫名其妙，径直往崖洞去了……

坦白与补救

“上师为什么称你为‘恶人’？这究竟怎么回事？看来你恐怕没有得到上师的许可吧？”俄巴大师一见到闻喜，便将信摊在他面前，而后就是连珠炮似的质问，显露出少有的严厉。

对面的人难以招架，只得照实坦白一切：“是的！我并没有得到上师真正的许可，荐信和供养之物，都是师母给我的。”积压已久的真相，终于可以说出来，这让他感觉稍许松了一口气。

而大师的回应却是连声叹息：“唉！唉！原来如此！这样的话，我们两人都做了一件无意义的事情。不得上师的摄授，自然不生功德。唉！别无他法可解啊！先不管了，信中要求你与我同去呢！”

“好吧……我也只好去了。”他不是无奈，亦非不愿，而是因愧疚而不敢直面上师，又因修持之需而不能不去。

“那好，等我遣人送了木材以后，选个好日子，我们就动身！在这期间，你还是要在这里闭关静修！”俄巴大师恢复了惯常的温和。

不多久，信使回来了，来到闻喜所在的崖洞，将玛尔巴上师庆祝新宅落成及长子成年等事详谈一番，也算是同门兄弟间的联络与告别。

他急切地问道：“有说到我吗？”

“有！有！师母问：‘我的吐勤在做什么事啊？’我就告诉她老人家，你正在修定。又问：‘除此之外，还做什么？’我说：你只是一个人在崖洞里静坐，间或百无聊赖。师母有些着急：‘一定是他把这东西掉了的原因吧？他在这里时，只喜欢玩这个。你把这个带给他吧。’说着，就把这几枚泥做的骰子，交给了我。”

一席详情相告以后，几枚骰子放到了闻喜手中。他端详着，一头雾水，但并未表现出来，只是暗自开始思量：“我从来没有在师母面前玩过骰子，为什么师母要说我只喜欢这个东西呢？是不是师母不喜欢我了？”他又想，这是师母之手触摸过的，应当把它放在头上祈求加持。那人一走，闻喜心中仍十分不解，索性就真的玩玩，便开始了一番摆弄……想来，当初自己的祖辈就是为了几个骰子背井离乡的，于是，在头上绕了一圈后，直接把它扔了。谁知，其中一枚骰子坠地而碎，裂成两半，从中掉了一个小纸团出来。

他略微有些讶异，但马上好像明白了什么，宝贝似的将它捡起展开——

“孩子，上师会传给你灌顶和口诀，请你跟着俄巴喇嘛一起回来吧！”

喜悦的讯号如此隐秘而意外，他欣喜至极，不由自主地手舞足蹈，来回乱蹿。此后几日，闻喜全身的细胞都沉浸在欢愉的等待中，直待那启程之时。

“吐勤！我们预备动身吧！”

俄巴大师吩咐闻喜将佛像、经典、法器、铃杵等圣物，连同黄金、玉石、绸缎等日常用具打包收拾妥当，准备一齐带走。这几乎是全部家当，唯剩一只跛脚山羊，不但年老，而且性情怪僻，从来不肯与别的羊一块儿走，考虑到不便赶路，就把它留下了。临出门之际，大师将一匹缎面，递到他手上，并说：“你是个好徒弟，对我很有助力，所以帮你也准备了一份谒见玛尔巴上师的供养物。”

大师的妻子及时补充道：“还要供养达梅玛师母……”说罢，递来一袋点心“醍”，也就是酥酪糕。

藏族的“醍”，系采用营养价值极高的奶酪品制成，是专为节日款待宾客或僧人的糕点，有来者“非厚意不设”之说。一盘“醍点”，放在桌上，看上去形如堆红叠翠的荷花，美味诱人。当下，闻喜接过这一袋供养物，本能地感到大师妻子专门准备的这份诚挚心意——她亦有效地为自己的修行投入了一道助力，感激之情涌上心头，便止不住地默声鞠躬致意。他摩挲着这余温未散的美味，想起自己刚到此处时，这位善心的女主人就是以同样的安慰与鼓舞接纳自己的。

他见识过它被精心制出的过程，所以能够轻易地为之所俘虏。先将提取过奶油后的乳白色淀粉（藏名曲热）晾干，并用磨磨成粉末，再拌入黄油、白糖、蕨麻、葡萄干、桃仁等，做成椭圆形、方形，表面有红丝绿丝摆成图案，寓意吉祥、长寿，放入笼屉内蒸熟，宾至可整块献上，或切成片状，既可当糕点直接充饥，也可开水冲茶喝或拌糌粑食用。人们都相信它有滋补强身之功效。

有必要一提的是，在几种配料中，蕨麻堪称核心角色。它又叫人参果、延寿果、莲菜花，叶子呈箭羽状，根须部生着一串串红薯似的肉质小根块，色红汁白质甜，含有大量的淀粉、蛋白质、脂肪、无机盐类和维生素等，营养丰富，十分受欢迎。另外，蕨麻还具有较高的医疗和营养价值。它味甘平，能健胃补脾、生津止渴、益气补血，可用来治疗脾虚腹泻、病后贫血和营养不良等病症。故藏医常以其入药，称之为“卓志沙曾”。在藏族聚居区，蕨麻米饭可算是主食中的上品，并分干、稀两种。干饭，在藏式饭菜中占有重要地位，常用来招待尊贵客人；加上葡萄干、牛羊肉、酥油等熬成蕨麻稀饭，是老年人和体弱多病者常吃的美味佳品。

闻喜为这小小供养物背后的寓意所打动，他曾咀嚼着它想念师母对自己的温情照顾与莫大慈悲，如今再要面对她时，心中虽百感交集，但还是感恩当先。收起了所有心绪，打点好全部行囊，他跟着俄巴大师夫妇及随从等一同动身，赴上师之邀约。而细细琢磨，闻喜像俘虏，像罪人，像信徒，又像宠儿，在俄巴大师、玛尔巴上师及达梅玛师母这三位不同长者的眼中，他确实有着截然不同的形象，或者这也是灵魂派生的几多样子。

自我就是这样，只要不如所愿，便很容易陷入猜忌当中。人如闻喜，想有所作为，想超凡脱俗，以为不断在为自我的成就欲精进，却不想实质是因为看到世俗生活的如梦如幻，众生才投入宗教修持中。而如果这种修持总也无法满足成功欲，人们便想：精神修持大概并不比世俗生活更真实可靠，如果花同样多的时间和精力在世俗营生上，不至于像现在这般一无所获。

众生就是这样在世俗与宗教、物质追求与精神修持之间，跳来跳去、摇摆不定，而实际上人们的态度和方式从来没有改变过。在修行路上坚持不懈，做到这一点比预想的要艰难得多。

不幸却也万幸的是，在个体修行开始很长的一段时间里，心的训练皆为必经之路，而究其原因，不过是如果不能面对自己的混乱，定力将无从谈起。不要用神秘的眼光看待修行，不要企图非凡——这是上师传达给人世的第一个信息。

对此，现下的闻喜该有更多思悟了吧。数度曲折，对他的教益便是精行俭德，在平实中体会修行的滋味。

俄巴大师山羊供养记

卓窝隆，于闻喜是再熟稔不过的地方。从慕名寻路拜访到几次出走又回归，他早已习惯了每至此时自己不自觉生出的自省。这一趟，脚步才刚靠近沟口，俄巴大师就对闻喜发话：

“吐勤！你先去见师母，说我们都来了。看可否赏一点酒给我们？”

俄巴大师看似随意的一句话，不是毫无来由的。他大抵是基于对玛尔巴大师性格了解之上的试探，不愿贸然直入挨一顿鞭打，也考虑到“闻喜事件”，达梅玛师母从中搭桥与疏通，费了不少心力，着实应该打招呼，如有需要，亦能及时商讨对策。倒是闻喜，大师之言纾解了他当下的忐忑不安，何况，谒见师母自然是紧要之事，他自己也很想知道，这些时日上师对自己的态度到底有无变化？

顶礼拜会，恭敬依旧，而后献上酥酪糕，喜悦稍许抑制后流露的是朴素的情意：“师母——俄巴大师他们也到了，请赐一点酒接风洗尘吧。”

师母一如既往表露出诚挚与欢喜，几乎不经任何思索就言道：“上师正坐在卧房里，你快去禀告他吧！”

这一鼓励，多少给了闻喜一些信心，觉得稍许知道里面的具体情况总比闷头撞枪口的好。他向师母简单致意后便遵命进去，只见上师静坐于卧室上层的顶楼，面向东方，正在入定。于是，闻喜恭敬着趋前完成礼拜，表明来意——像第一次会面这位尊者时一样，再献上绸缎，等待上师的承纳。谁知，上师转而把脸朝向西方，闻喜自不作声，连忙往西顶礼，呈上满心虔敬——

比起无来由的打骂，身居高位的上师这等姿态，不管是理应骄傲还是故作考验，在闻喜看来都是极其和缓的举动，他不敢轻易捉摸上师的动因，只好紧随其上，将身心的全部悔悟与祈祷、未断的决心与感戴一并对之供养。只是，局面越来越不可把控，上师接着又转向南方，却始终只字不语……

“上师啊！您若是责备于我，可以不受礼，但俄巴大师带来了全部家产，佛像经典、法器圣物，连同黄金、玉石、绸缎等日常用具都要一齐供养给您。他们马上就到了，愿上师宽宏慈悲，给他们赏一点欢迎酒吧……”

他的耐性尚待锤炼，但经过了多次挫磨后，再逢无从了知的情状，倒是学会了探问与说服。不知上师是否满意他这份自我参悟的功业？何况，他当下的心思是为有恩于自己的俄巴大师求情，他觉得不该因自己牵连他人，这样思量着，又继续想做些努力，再挽回什么。殊不知，短暂的寂静后暴风雨就会响起：“当我从印度于《四本续》密经的精要中，取回不可思议的殊胜口诀回到西藏时，连一只跛脚的麻雀都没有出来欢迎过！什么东西，赶几头瘦弱的牲口来，倒要我这个大译师前去迎接？哼！真是可笑！没门儿！马上请他回去好了！”

玛尔巴又是一顿勃然大怒，他在闻喜言毕的一瞬后，便继续露出了那至为熟悉的声色狂潮。在这过程中，闻喜当然默默承受着，思虑一通，也明白了一些新的事实：整个密经分为四大部，分别是事部、行部、瑜伽部、无上瑜伽部，这四部也被称作四本续——这是密宗理论和实修的经典，他当然从来就对之仰望。这样一想，受训完只得尴尬地悄然退了出来。

一时汗颜，来不及调整便迎上了师母的眼神与问话，闻喜一五一十说明详情，师母适时指点迷津：“上师气粗易怒，你姑且听着就是了。俄巴喇嘛是个有身份的人，应当前往迎接。我们母子二人同去吧。”

达梅玛还是决定“顶风作案”，或许她引导闻喜亲自直言回禀上师是想给这位犯错的弟子一个悔改机会，或许事情发展到今天，正是因她的筹谋才演变得越来越复杂，不过，她还是那般沉着淡定。倒是闻喜再度被玛尔巴上师吓到了，连忙澄清：“俄巴大师并不敢奢望上师与师母亲自迎接，只愿请赐一杯接风酒而已……”

“我明白你的话。但，我要去！”

说罢，师母就叫了几个僧徒，带了许多酒，亲自前往迎接了。闻喜自然也随后跟上。不时，他看到，洛扎地方的很多人都为集会奔赴而来。正如召唤他回归的那个邀约所示，为庆祝公子成年和新殿落成，玛尔巴大行典礼，十分热闹。席间，与平素一本正经、严肃非常的样子迥然不同，玛尔巴上师展现了他甚少示人的慈和与慷慨，唱起了吉祥的颂歌：

启请大恩大德的师长，
我的传承如珍宝一样，
具有免除祸患的吉祥，
愿此吉祥更吉祥！
我精深教授的捷径，
具有免除错误的吉祥。
愿此吉祥更吉祥！
我玛尔巴译师，
具有精深法要的吉祥，
愿此吉祥更吉祥！
上师本尊和空行，
具有加持悉地[①]的吉祥，
愿此吉祥更吉祥！
弟子、门人和眷众，
具有信心及三昧誓戒的吉祥，
愿此吉祥更吉祥！
施主、乡邻和亲友，
具有助他积福的吉祥，
愿此吉祥更吉祥！

①悉地：梵语，成就的意思。

一切事业及作为，
具有利益众生成菩提[1]的吉祥，
愿此吉祥更吉祥！
世间一切鬼神众，
具有誓愿威灵的吉祥，
愿此吉祥更吉祥！
在座世人和天神，
具有幸福善愿的吉祥，
愿此吉祥更吉祥！[2]

在欢欣鼓舞的气氛中，俄巴大师献上所有的供品，缓缓说道："上师大宝，弟子的身语意三业都归您所有，但这次我在故乡，留了只跛足的山羊——它本是这些羊群的祖母，因过于衰老又断了一条腿，所以不便牵来敬献。除此以外，其余的一切财物，我都拿来供养上师您了。恳请上师慈悲传授我最高深最殊胜的灌顶和口诀，特别是耳传的内系密法要诀！"

伴着未尽的吉祥况味，玛尔巴沉稳地听完弟子的叩求，再看他以十足认真的姿态完成顶礼，面带笑容回应："哦！原来是这样！我的那些高深殊胜的灌顶和口诀，总的来讲，可说是金刚乘[3]。所以，你若是想请求，就是衰老的羊、跛足的羊，也得全数奉上，否则也是难于求授的。除此以外，其他的口诀已经都传给你了。"

在座的大众听了，都大笑起来。闻喜也放松心情，陷入了对授法正日的无限憧憬之中，倒是当事人俄巴大师，停了两秒，再度小心而执着地向上师确认："若将断腿山羊供养了，是否可以打开密封，传授给我呢？"

①成菩提：即觉悟成佛。

②桑杰坚赞著，刘立千译：《米拉日巴传》，北京：民族出版社，2000年版，第66-67页。

③金刚乘：密乘，即佛教密宗中的捷径，不必经行无量劫难，此生即可成佛；尤其是耳传的内系密法要诀，是上师曾严加密封的法要。

确凿无误的答案是——“你亲自去取来供养，就可以传授。”

就这样，众人各自散去。俄巴大师第二天一大早就单独赶路回乡了，而后将母山羊背来，供养给玛尔巴上师。这一切，闻喜都看在眼里。

果然，虔敬的弟子轻易地获得了上师的肯定，并受到了承诺兑现的嘉奖：“所谓密法真言，具足三昧耶（誓言）戒的弟子，就是指像你这样的人。一只母山羊，在我需要甚小，但是为表明法的重大，并达到其殊胜地步，则须要这样。”

俄巴大师因名副其实，获得了圆满。玛尔巴扬名深远，又吸引了不少僧众信人前来供养。而闻喜，却只能空欢喜来空悲切。

纵然万众伤悲

闻喜对俄巴大师的圆满受授，自然羡慕得不得了。这等事情与他擦肩而过的次数不少，他一次次为他人做见证者，至此挫败与绝望已难用心灰意冷来形容。

而玛尔巴应该称得上奖惩分明的人。一码归一码，该算的账到底还是躲不掉的，即使是刚刚得足师承的俄巴大师，玛尔巴上师对其也毫不宽容，仍客气并严厉地质问与教训。

远道而来的僧众纷纷来拜会，其中兼带家眷者亦秉持了全部人心之力的敬仰，希望在上师这里汲收一些引导与安慰。集聚的规模仍庞大得很，不过是其中的人群从欢庆捧场的宾客换成了颂扬祈祷的信众，常常借由会供的机缘得到上师夫妇的恩泽。

这天，在法席上，玛尔巴的身边放着一根很长的紫檀木棍，远比戒尺威严多了。

俄巴大师跪立于前，正准备接受上师的审判。他深深明白，修学密法必须依靠具德上师的灌顶、传法、引导，同时受持相应的戒律：外持别解脱戒——诸恶莫做，众善奉行，培育菩提心；密持金刚三昧耶戒，提升清净心，这样才能如理如法地修行。此刻，不因受授完全而傲慢，不因冤枉些许而暴怒，反而平心静气，静待机缘和解。从广义上讲，凡是上师针对弟子身语意制定的修行要求都属于三昧耶戒——他最后的关卡的范畴，最根本的戒是对上师本尊空行的信念不丧失。

这不免让闻喜感到惭愧，随之也收敛了贪妄正法的成就欲。他当然知道，眼下自己也是受审者。

“俄敦曲多！你给那个名叫闻喜的坏蛋传授灌顶，讲解口诀，是什么道理？”

玛尔巴怒目凝视，手结威吓印，厉声开口，言毕，眼神紧紧盯着木棍，好像随时要挥动这一武器。俄巴大师心中害怕，忙礼拜着回禀：“上师大宝，您有信给我，叫我给吐勤传法灌顶，并赐送那若巴尊者的身庄严和朱砂宝石印等给我。我是遵命而行，没有过失。恳请上师不要谴责我，向我发怒。”

俄巴大师不敢造次，而闻喜隐隐感到上师的火气即将或注定波及他，只一片刻，愤怒之声朝他砸来：“你从哪里得到这些东西的？”

闻喜蓦地一颤，心下苦恼至极，犹若正经历挖心之痛，且吓得不轻，战栗的声音隔了好一会儿才慢慢吞吐出：“……这些……是……是师母给我的。”

上师听了，霍然离座，手持紫檀木棍要去击打达梅玛。惠敏的女子早就料及这一点，本就退坐在远一点的地方，这下见势，索性起身往外跑，直到进了佛堂，“啪”的一声将门关上，局面才算有所缓和。玛尔巴愤愤地追来，使劲在房门上推了几下才作罢——佛堂清净之地自然不宜搅扰。他即时带着忿怼回到座上，高声并急迫地发号施令：

“俄敦曲多！你做了这样不合理法的事——我没有吩咐过你！现在，你马上把我的那若巴尊者的身庄严和朱砂宝石印拿回来！”

说罢，空气中上师恼怒之势仍激烈得令人生畏。俄巴大师急忙顶礼后，起身而退，奉命行动。这时，洞察时机的师母带着闻喜早就一溜烟等在了外面，一个煞费苦心，一个无所适从；一个伺机而动，一个悲从中来。说不清多少怅然与酸楚，道不尽多少曲折与绝望，闻喜泪满双眼，看见俄巴大师出来，便央求道：“恳求大师领我一起去吧，我愿做您的侍者！”

“没有上师的允许，我就是把你带走，给你传法，结果也还是会跟上次一样，这对我们两个人都无益处。所以请你仍坚持着留住在此处，继续修行，等待机缘。将来上师若真的不摄授你……到那时候，即便不予允准，怎样于你有利的事情，我都会尽力协助为之。”

“……我的罪障很是深重，牵连师母及大师您也受了许多委屈。此身今生未能得法，又多积集罪孽，我还是自行了断吧！请您慈悲摄授，让我来世获得修法的人身。”

“吐勤，千万不要这样！”

俄巴大师是清醒之人，吃一堑长一智，再不行虚妄之举，并以一个过来人的经验，给予眼前这位苦修多年的受难者以劝慰、希望和引导，却不想，对方的精神王国临近坍塌，再度打起了自杀的算盘。心如死灰难以复燃，也许是分外隐忍及过早成就的俄巴大师并未体尝过的滋味，而上师对闻喜的百般刁难，作为同门师兄弟他也是熟知的，虽不能感同身受，但仍笃信不可轻弃生命。他继续鼓舞闻喜说：“佛之究竟教法，密乘中的宗义说，我们自己的蕴、界、处[①]，无一不是佛的自身。如若寿辰未尽、死期未到，即使迁识往生[②]，也有杀害佛菩萨之罪。况且自杀，较其他罪孽更为深重。在显教中，也说自断命根，为莫大罪。这些道理，你要明白。所以，把自杀的想法完全抛却吧！依我看，上师终究会传法灌顶给你的。假若实在不传，到别的上师那里也一定能求得的。”

俄巴大师最后只好使出最本真的训诫讲说给闻喜，希图以其至为渴求的佛法感召他。达梅玛师母在旁安慰，其他僧众也闻声围观过来，多表现出温和的同情与赤心的怜意，渐渐地，亦跃跃欲试愿意给予帮助。

但是，结果却无济于事。欲图寻机向玛尔巴上师说情的，灰溜溜无功而返；无奈靠近对闻喜施以安慰的，也相差无几……生命临界边缘的弟子，找不到一丝可攀援的力量，痛苦万分，只是暗暗再生感慨：“唉——我这颗心难道是铁打的吗？若不是的话，早该破裂了吧！”

哀嚎、悲切都是深重的折磨，比起上师毫不理会的残酷，他叫苦不迭以为全然无用，身陷囹圄。

多年以后，当他回溯当时的情境时，那切肤剜心之痛仍令他感受颇深，但正是清理掉前半生的罪障以后才明白，为了求法必须经过这一历程。他隐约能看见往日的自我，执迷与失信都异常严峻，根本想象不到正果其实近在咫尺。

---

①蕴、界、处：分别指五蕴、十八界、十二处。佛教认为人身就是由这些物质和精神因素聚合而成的。

②迁识往生：灵魂搬家，死后投生极乐世界。

向菩提大道迈进

玛尔巴的卧室，因“闻喜事件”，一时间僧众进进出出，不免惹得脾性难测的上师心烦不已。他摆摆手势，示意不再让人进来打扰，自己则静静入定，调整呼吸，恢复状态。待到从定中起来，怒气已消，和颜悦色地说：“叫达梅玛到这里来！”

他从来都是掌握话题主动权的那一个，而她无论在日常生活的料理方面还是佛法善业的修持上都是上师的一道助力。他还是需要她的。

“俄敦曲多等僧徒都到哪里去了？”

“俄巴大师遵照上师的指示，准备即刻去取那若巴的身庄严和朱砂宝石印，可刚走到门口就碰到吐勤，那孩子向他泣诉一番，绝望得又想寻死。好在俄巴大师给予他一通劝解，但还是……唉……”

“现在呢？”

“现在，还在那儿呢……真不知上师您要考验他到什么时候？”

达梅玛应该是用尽了心思，至此再想不出什么辙，况且几度谋划无一不败落，她亦明白了其中的要害与意义。解铃还须系铃人啊。她一边详细禀告一边忍不住发出些许感叹，末了竟看到玛尔巴两眼也落下泪来。上师悠悠地说道：“所谓密宗弟子，就需要这样。应该具足的条件，都具足了——这样的弟子真出现了！我可怜的徒儿啊！快把他们喊回来！”

自言自语，百感交集，感喟与骄傲并重，他的指令传到门外：“上师已经息怒了。派我来请俄巴大师等人，请进去吧！”

来人将近门里时，闻喜喃语：“有善根的人多好啊！我这等罪恶之人，即便上师息怒也没有到他跟前去的福分。纵然跟着去了，也只有挨打受骂的下场！”他的自语充满了自暴自弃的意味，放下了贪妄，决断了执着，只甘于当前的状况，且在上师的态度更明朗之前，决定不再贸然行事。

呜咽声间或响起，俄巴大师见状自然不敢轻易离开，也守着闻喜坐在原地，对那位通告的僧人客气地说：“可否把吐勤的情况向上师通禀一声，看是否也请吐勤一并进去。在此之前，我得留在这儿，否则，怕他出事。”

几秒钟后，屋内响起玛尔巴上师的正言确认：“若在以前，他说的是对的，现在则不然。这次所召请的客人主要就是吐勤！达梅玛，快去叫他来！”

师母听了终于豁然开朗，笑嘻嘻出来传达喜讯——她深信这绝对是个好消息。

“吐勤，现在，上师像要摄持你了！这是由哀怜而生出的悲心。他说这次所请的客人主要就是你，并且叫我亲自来喊你，我也未受责罚。你高兴一点！我们进去吧！”

或犹疑或懵懂，这一刻真假难言，仿佛出现过许多次。闻喜就那么被师母和俄巴大师一左一右地扶着来到上师面前，依次序坐下。他听到了上师久违的箴言：

“确切地说，我们大家都无过失。我仅仅是为了净除吐勤的罪孽才让他吃苦的。如果出于私心叫他修建房屋，那么我完全可以用温和的办法。所以，我是对的。

“达梅玛呢，她本是妇女，悲悯心特别大，因而于心不忍，也是常情；但是，把珍贵的法器给人和伪造信件，就未免失当。

“俄敦曲多，如他所言，并无过错；不过请暂时将法宝送还回来，日后，我仍是要给他的。

“至于吐勤，他受求法的欲望驱使，自然想用各种方法求取，也是对的。这次达梅玛给俄敦曲多带去假信，俄敦曲多并未觉察，就给吐勤传法灌顶——这样以后，实际上再没有什么办法能使他灰心了……”

玛尔巴语速不紧不慢，声音抑扬有序，他对闻喜修行中每一阶段的经历都了然于心。如果说先前笃定了虔敬心非凡的徒儿不会走远，是料定了他仍会对自己的引导保持一心一意的追随，那么自俄巴大师阴差阳错对之授法那一刻起，他的不二心结已经打开，他不愿再固守那唯一的可能性，并且不自觉地已经转向绕行。上师仍在谆谆教诲：

“……由是，虽然我不适当的恼怒和言论如洪水般喷薄而出，但这与世俗之事是不同的，不管表现成什么样的形式，我都是立足于佛法之需而为的。实际上，这过程正是向菩提大道——成佛之路迈进的。在座的未明白法义的人，千万不可失去信念啊！

“本来对于闻喜这个弟子，我是准备让他经受九次大痛苦的，如此以后便可不舍人身即身成佛。很显然，至此未能充分实现这一设想、完满达成这一目的，仍有少许罪障尚未涤尽。这都是达梅玛见识短浅的缘故。不过为了涤除他的大罪，已有过八次大痛苦和无数小灰心的调伏，也算是奏效的。

“——从现在起，我摄授你，我要传你心要诸法，供养你修习的资粮，让你专心修持。吐勤，你现在是真的可以高兴了！”

本是对众人的交代、教诲与宣告，在众人尚未领悟到要义时便已结束，这结局，猛然给闻喜来了个措手不及。

他该是无数次幻想过得到准应、靠近正法的神圣时刻，期许过完成母命、抵达彼岸的胜利场景，或感佩万千或惊心动魄，但决然不是当前的样子：惊诧、恍惚，分不清眼下的情景究竟是在做梦还是现实。

他甚至思量，若是做梦，最好不要醒过来。

无上的欢喜从心头升起，他的意识像受着某种熟识已久的引导，来到了梦中金碧辉煌的圣殿，看见了暇满人身的进程，喜出望外，泪流满面。在这样虚虚实实的氛围中，他向上师虔敬顶礼，一举一动都是感戴与致意。

任凭后半生命途中，基于怎样的情境回顾或与之重逢，当时的记忆都没有清晰过。

也许每个个体因为根器的潜力不同，与佛陀相遇时敬受洗礼的模样也是迥然相异的；也许闻喜从绝望边缘、生死关头一下子被召回光芒万丈的境地，连同他半生维艰换来可贵加持的双重震慑力一齐在那一刻迸发，以至于他惊喜交加，来不及反应；也许上师的无量悲心与深广智慧实在让他难以想象……总之，他终于从黑暗行到了光明处。

多吉坚赞——那若巴尊者的赐名

修行对人来说，是次第而行，是平凡而具体、每天都在做的一件事，像吃饭、睡觉那样。这当然是闻喜放下前尘誓仇心、成就了传世的米拉日巴之名以后，才日渐体悟和不断印证到的真理。而回首来时路，他俨然更为清醒、淡然、高明、开放。

起初，他到玛尔巴上师那里一心想求即身成佛的法门。他认为必有一种方法是“昼修昼成佛，夜修夜成佛”，能够像点金剂点石成金一样，把他从凡夫顷刻间变成佛。他以为上师必定会一口答应他的请求，但是他错了，无论他做什么都得不到上师的肯定。除了打骂，上师连半句口诀也不传给他。

就在他第一次因为伤心失望而痛哭时，上师跟他说：“对法不能太夸张，不过据说你是一个精进的人，若能勤修我的窍诀，或许此生也能成佛。”并且安慰他：“如果你能按上师的要求修建房子，就传你窍诀。”

当别人都去接受上师灌顶、传法时，他却要忙着背土石建房子。每次房屋即将竣工，上师都会将他痛打一顿，并且命令他重建。他的背烂了，“法”的影子却依然看不到，就这样日复一日，苦难、委屈、琐碎的劳作磨掉了他的傲慢和浮躁，也平息了他急于求成的冲动。他不再以为往昔的业障是随便说说就能清净的，也不再奢望即身成佛，他甚至放弃了继续求法的打算，准备一死了之。而就在这时，他和上师之间的障碍清除了。上师终于同意向他传法。

上师说：“为了净除你的罪孽，我叫你来建筑息、增、怀、诛的房屋。我把你从灌顶的会座中赶出去，又做了很多不合情理的事情，可是你不起丝毫邪见，这表示将来你在法统学道时能具足信心、精进、智慧、慈悲等一切弟子应具的条件。修道之时，皆能于此生无大贪著，就忍苦精进修行的毅力，最后生起觉受证解，具足慈悲和加持，成为圆满具相的上师。”

佛陀的教言可以通过文字流传下来，而佛法的真谛只存在于上师心里。它的传承只有一条途径，那就是以心传心。

在后半生自修、传道、布告、解说的过程中，每每言及自己成业之难，他都止不住再思虑和参悟一遍其中的要旨。纷杂的曲折感减弱了，跌宕的痛苦感沉淀了，执迷的绝望感消散了，取而代之的只有清净的确定、千万重的依止和无上的受益。

想来，当时的闻喜，绝处逢生，求得正法，不仅玛尔巴上师对之调伏①时方法很善巧，摄授时悲心亦广大，而且达梅玛师母和俄巴大师等在场大众也都表现出无量欢喜和非常信心：上师自身，实际即佛。这令他感到幸福。甚至这一刻所积聚的怜悯也让他身在其中，不由得为之动容，想必先前几度需要时求情无果，倒在这最后关头蜂拥而至，尽现慷慨。热泪涌出，闻喜不禁再度连连礼拜上师，道：

“感谢宏恩！感谢宏恩！”

当天适逢集轮会供，添了闻喜的功成行满，欢笑声更甚平素之时。或者这也是玛尔巴有意择定的好日子吧。在那个夜里，闻喜曾独自挨过的艰难岁月都已褪去，换上了灼亮的衣装，在高原的月色下，熠熠生辉，他整个人仍是浸泡在昼与夜的交互中，全然不知更进一步的嘉奖正向他走来。

玛尔巴上师看着琳琅满目的供养物，微微点头示意，似乎是对今日光景的某种满意，抑或是对闻喜修业终得圆满而感到安慰，然后，他继续对这位初成的弟子给予了鼓励：“我要传授给你与人共通的别解脱戒——比丘戒。”

于是，落发、更衣，一生的身份就在这几许时光中改变并进而确定了。他没有回头路，且在愉悦接受这赏赐时，笃信自此坚实向前，不再忧惧或犹疑。

“你的名字，我在梦中与你首次相遇时，那若巴尊者就已经取定了，叫

①调伏：调顺众生三业，制伏一切恶行。

作米拉·多吉坚赞。”

多吉坚赞中的“多吉”是“石王”之意，表明和金刚石一样具有坚不可摧的硬度和璀璨之光。这种坚硬无比的石头不易切割也不会破损，所以从根本上来讲，它象征着绝对现实的难以捉摸、不会毁灭、不可撼动、不可改变、无形和坚固的状态，亦有佛性的圆满之寓意。[①]这当然可看作智慧的上师给予有善根的弟子一眼即辨识的赐名，而有意思的是，多吉坚赞之名与其父喜饶坚赞、叔父雍中坚赞皆有异曲同工之妙。

而说到名字最后一部分的“赞”，就更厉害了。历代赞普诸如松赞干布、赤松德赞、赤德松赞、赤祖德赞、赤德祖赞等都有个“赞”字，确实引人深思：这个“赞”到底是什么意思呢？

赞，是原始藏族自然崇拜的一个精灵，也即世俗之人常说的“成精”了。这个赞，什么地方都有，比方一棵大树年代久了，这棵大树就有赞了，就要对它特别尊敬；又比如一块大的岩石，很突出，样子像只老虎或者熊，那它也是一个精灵，也是一个赞。在藏族聚居地，面对赞神时，人们往往只能对它恭谨、敬礼、供养，必须伺候它，不能得罪且深恐一旦得罪便必遭麻烦。

好危险啊。这个赞，你能不怕？

赞的威力大得很，你跑到哪里也跑不脱。

……[②]

于是，来自古老苯教风俗或更原始的崇拜的“赞”，代表了最权威的力量，而其在名字中的使用，显然由来已久。

听凭上师指教和佛陀引导的弟子，自然抱持着愈发开放的心态与能力，当他放下成见、伪装和打算，不再牵挂、焦虑和希求，他的心才真正敞开。只有到这时，他才有可能去接收上师一直在试图传递给他的信息。前辈大德不是没有过建议：跟随上师学法的弟子，要像渡船那样被人呼来唤去而毫

①［英］罗伯特·比尔著，向红笳译：《藏传佛教象征符号与器物图解》，北京：中国藏学出版社，2007年版，第93页。

②王尧：《走近藏传佛教》，北京：中华书局，2013年版，第34页。

不厌倦，或像铁匠铺里的铁砧被冷热轮流打击而真心不改。但个中体会和故事，几乎无一人能不顾因缘而执着地践行下去。

再接着，玛尔巴上师授予他勤策戒及菩萨学：前者为在家的居士戒，后者是菩萨应当实行的准则或菩萨戒律。他依然跟随上师的秘密灌顶而做出相应举动，但见上师凝神专注，在天灵盖内盛以甘露，行以加持之礼，不一会儿，众人只见其中的甘露缓缓沸腾起来，氤氲着热气，美妙极了。

先行供养上师本尊，献上敬意，领受恩泽；次之，上师自取饮用，摄授功德圆满；最后，赐予初成的弟子，以示点化。闻喜双手接捧过来，一盏渴望太久的甘露终究到了他的手掌之间，这的确是不言而喻的肯定、鼓舞与称赏，他亦担当得起。他几乎毫不犹豫地一饮而尽，像是为先前对上师信心不足而抱愧，并自此笃定意念再无二心——的确，敞开是一个漫长而艰难的过程，它意味着淡化你我之间的界分，而人们的生活却是建立在分别心上的。整个人生似乎都耗费在分别这个、那个，好、坏，接受、拒绝上了。

上师帮助弟子弱化分别心，训练心的开放能力，有时候，他会采用激烈的手法，像帝洛巴对待那若巴那样。看上去大圣帝洛巴一直在想方设法“虐待”他的弟子，而那若巴毫无怨言地全部接受下来。暂且不谈这两位大德各自的成就，单是他们之间的默契交流已经令人叹为观止。[①]而无疑，玛尔巴上师对闻喜亦是如此，无所谓个中曲折，只为求千锤百炼，所以也就无怪乎同样缔造出一位颇具大德潜力的僧徒。

此时的玛尔巴上师开始不吝啬他的赞美，满意地说道：“缘起真好！尝了我这内供中的甘露，要比受授其他法统的四灌顶还要殊胜啊。”

上师的语气中不乏骄傲，他本是心性颇高之人，自然将苦心孤诣修得的教法视为宝贝。佛教中，这神圣之液，有长生或不死之意，藏文的对应词意为琼浆玉液，可以战胜恶魔或死魔。在藏族艺术中，甘露在传统上被画成正在旋转的蓝色滴液。[②]

①希阿荣博堪布：《次第花开》，海口：海南出版社，2011年版，第206页。

②［英］罗伯特·比尔著，向红笳译：《藏传佛教象征符号与器物图解》，北京：中国藏学出版社，2007年版，第255页。

而那四灌顶是涤除和纯化心理和身体方面一切不净的仪式：前三种灌顶方法，可分别涤除有关身体、语言、心不净的本领，也即通过身、语、意三门创造一种获得化身的才干，以打通佛陀的救度之途。第四种灌顶是涤除本身中不净——作为前三种不净之基础者，因而可以说四灌顶创造了能获得三种存在状态并使之解体的本领。①

其实，应该说，上师之意是经过他专设的大小磨砺后才能饮得这珍贵的甘露，其间的所获当然较其他方式所得更精深，他为闻喜量身打造的修行历程，闻喜终究不负期望，挺过来了。

“那么，从明早起，就传授你密乘成熟道的大灌顶吧！”上师显然还会给他更多意外的赏赐，以配得上他来路上所受的苦。

①［意］图齐著，耿昇译：《西藏宗教之旅》，北京：中国藏学出版社，2012年版，第71-72页。

第十章

大地歌：他承续了噶举派之光

西藏——白天，它在你的远方；夜里，它在你的上方——仿佛素来就是人生的试炼场：“厚厚的牛皮帐房把风暴隔绝于外，黏稠的青稞酒和嘹亮的歌声把草原上最严酷的时光变成节日。”（《西藏·远方的上方》）想来，米拉日巴和众多深受西藏养育的生命一样，都生来享有这般特别的际遇，因着与天、与自然的亲近而吸纳顽强、血脉贲张、富有活力，这亦是他生命质地的本色。当噶举派之光向他照耀、对他抚恤时，他毫无疑问地站立成为新的巨人，继续修行，脚踏实地，一如往常。

达尼扎崖洞前后

“孩子，最初我就知道你是一个根器上佳的弟子，你到我这里来的前一晚，我做了一个梦，预兆了你对佛法有大裨益。达梅玛的梦境也与我相似，尤其是守塔的毚司由女性担任，表示将来有空行母来当法主。你是上师和空行母赐给我的弟子，所以我才佯装耕田去迎接你。彼时，你把我给的酒一饮而尽，让你耕的地也全部耕完，预示你已成能够接受教诫的根器，并能完全通达法要。

“以后，你供养我一口大铜钵，其手柄恰似四耳，预示我将有举世闻名的四大弟子；钵内毫无积垢或锈斑等瑕疵，预示你心中烦恼垢障微小，身上已掌握了拙火之法[①]；空空地把个钵供养我，预示你在修行时势必会缺少食物而经受饥饿……

“但是为了令你后半生同你的弟子等能有丰富受用，为了令具有根基的弟子次第领悟并能在日后教授口诀之精华而满足，所以我又把铜钵内盛满了燃灯的酥油。为了令你能名闻四方，我又尽力击钵使之发声。为了除净你的罪障，我又让你去服劳役，修建息灾、增福、怀柔、诛敌四业的房子，并且从灌顶法席上把你逐出等多次施用各种不合理的方法欲使你灰心……”

几十年的修业，在沐浴于正法之中的闻喜看来都是值得的。玛尔巴上师

---

①拙火之法：拙火又译忿怒母、丹田火、灵热，指入定时脐下四指许中所生暖热之气。观修拙火生起而入定，称为拙火定，是密宗六种成就法之基本修法，也是修气脉最主要之瑜伽。

一边对之继续传授，一边将含辛茹苦的用意一一解说给他听，正所谓授业解惑，不就是此刻师徒二人的写照吗？上师再与曼陀罗圣众同声赐他秘密法号：吉祥喜金刚，再把手放在他的头顶，以完成一种确认的传承和正式的仪礼。口中继续道："你不起邪见，那是最珍贵的。依靠这种力量，将来，你的弟子等，初则诚信精进，大智大悲，具足一切弟子应当具备之法；中则对于此生欲乐，甚少贪恋，于难行苦行中，入山潜修，堪能忍受；终则因具足智悲证验加持之力而修习，出现很多具足德相的大师。

"他们将使我们的教法兴盛，有如上弦之月日盛一日。你高兴吧！"

就这样，玛尔巴上师为闻喜授记、慰勉、赞扬，使他产生欢喜之心。他着实浸身在圆满的愉悦中，并深感这是幸运的开始。

不错，密宗非常重视传承，得到传承以后修持和没有传承时自己修持，功德和加持相差很多。闻喜着实是体味过其中的苦楚的，所以当上师终于慷慨恩赐于他诸多教法时，他对上师的信心及对正法的虔敬又回归了原始的朴素与专一，或者更应该说，是一种分别后的升华。

他的悟性本就不低，当下更有深彻的思考收获。真正的传承，是从释迦牟尼佛到现在，每一代的传法和承受法脉都传承有序，一代一代地接续到现在没有中断过。有一些法门，可能中间断过，或者现在已经断了，后学者依据佛经学习和修行。阅读、抄写佛经有无量的功德，但传承清净而不曾中断的法脉是殊胜的法缘，是修行成就的依怙。再往后想，自己不单有殊胜的正法引导，还有至善的上师给予传承之道，心中万千感念，都化作了修行的姿态。

接下来的一段日子，这位初成的弟子，是在洛扎附近的达尼扎崖洞度过的，进行封闭的独居修行。他谨记上师的教诫，一步一步循序渐进地修习，也是对自己新的进程中成果的考验和见证。

他点燃盛满酥油的供灯，放在头顶上，而后保持端坐之姿夜以继日地勤加修持，直至灯油耗尽。当他清楚地觉察到体内的丝丝变化，不自觉思量起崖洞中供灯等物件及丰厚的生活必需品都来自上师的供养，便更坚定了自身的意志，心灵也在这精进的过程中完成重塑。

十一个月以后，上师和师母亲自来到达尼扎崖洞，丰盛的集轮会供之食品正是对弟子的赤诚心意。

“儿啊！你坐着观修长达十一月之久，蒲团一直热烘烘的，是很可喜的。现在暂时打开洞门，到师父我的跟前来，解除一下疲劳，同时，把你所修证的境界与我谈一谈。”

世人难想，那紧封的洞门是闻喜自己垒砌完成的，玛尔巴上师先前训练他筑房的技能与耐性显然也有其实用之处，但如今隔着坚硬的巨石之门，上师的召唤将引导他自行打破这行业，去向光明与温暖的怀抱——玛尔巴现在终于恢复了慈悲的本色，与达梅玛一起继续为闻喜补给助力。备受宠爱的徒儿，对这份缺失太久的亲昵自然十分感动，他想着自己的确可以借机休息一下，而且上师有命，当然不能违背。

思定，起身，准备拆毁洞门……好像一切就要这样顺理成章地完成了，像先前数次的指引一般，他几乎认为自己不应该有任何迟疑，但就在即将动手的那一刻，他的心里却忽地生出强烈的不舍——踌躇之余，似乎还可能责备自己失掉了打破洞门的勇气，于是，他退回蒲团，细细思量。恰在这时，师母的声音又响起：

“儿呀！出来吧——”

“我不忍心拆毁这闭关的洞门。请让我再修习一段时日吧……”

“没有关系，这也是甚深密法的殊胜因缘。你要知道，上师急躁易怒，如果错失因缘反而得不偿失。师母帮你拆掉这闭关的洞门，你就快快出来吧！”

一番提点与警示，果真是奏效的。闻喜很难想象，方才温言相对的上师一瞬间再回归暴戾，该如何应对？他更无法预料，自己的孤注一掷会带来何种不堪的后果？

犹疑和畏怯之间，身前已开始出现光亮，直到外面的力量将这出口完全打开，他对自己的说服也顺势完成，足以坦然地面对恩德如山的上师与师母。

“我们师徒二人可以观修现证仪轨。达梅玛，请你准备会供！”照旧不变的是，上师仍是任何场合的主导。这竟让闻喜有点异样的放心和安慰。

而他只是一贯确信，紧随其上，必然无误。

知见证果，娓娓道来

“徒儿，对于我传授的口诀，你生起怎样的觉受，出现了何种验证和知见？可以慢慢地说说看！”

比起今天任何形式的考试寻求一种可视的成果与意义，对于佛法的领悟与参透可谓全由心的逻辑破解，无从监督，却也无法偷懒。当上师对闻喜再度伸出导引的援手，他从容地走到上师面前，以无比崇敬的心情，跪地合十，眼中流泪，开始禀告证验：

“我于禀白证解之初，愿以七支行歌供养上师。”

话音一落，他的道歌随即响起：

为在染[①]众生示迹相[②]，
现出种种变化身，
为清净眷属的化机，
主尊啊——在显现的圆满报身[③]密前致敬！
用六十种梵音，
各依自声宣说圣法，
说了八万四千法门，

①在染：指在轮回中。
②迹相：形相，这里指现出佛的化身。
③报身：即受用身，属三密中的身密。

在声响空寂不二[①]的语密前致敬！
在光明法身的虚空，
没有迹相来遮障，
……
你聚集的高足，
和依教奉行的弟子群，
以及一切眷属，
我真诚无妄地敬礼！（一支）
世间一切地方，
存在的所有供养品，
包括我的身体都供养你。（二支）
我——忏悔一切罪。（三支）
我对一切福德俱生随喜。（四支）
请你大转法轮，（五支）
直至轮回未空时，
请吉祥上师长住于世。（六支）
愿以积聚的善，
回向一切有情大众。（七支）[②]

绵绵之证解，从脑海中、心胸里、言语上，汹涌而出，他的姿态像长舒了一口气，尽兴吞吐，款款相谈，并且那智慧的阀门一旦启动，就已然洞见明朗。他继续以本义阐述道：

“依止与大金刚持[③]无分别的上师、师母及师兄等的巨大恩慈与无量加持，谦卑的弟子，才略有一点知见向您禀告。伏望您以法性不变之心暂赐垂听。

①声响空寂不二：或称闻空一体，不见其形但闻其声，即声可闻而自性空。不二，即没有区别。

②桑杰坚赞著，刘立千译：《米拉日巴传》，北京：民族出版社，2000年版，第77页。

③大金刚持：密宗的总体神。

“我了悟到，最初由无明之缘到生出完全的十二因缘[1]所集成的人身，有血肉心识，是为异熟身[2]，具足福德者，其身则为希求解脱的暇满人身。这就好比一条大船，是沉沦罪孽恶趣的媒介，也是达到菩提彼岸的导师。这条大船的船长，立于向上向下的分歧点上，他能决定下坠或上升。

“我又了悟到，这轮回之海是产生苦难的根源，最难解脱。所以今生我仰仗救度众生的船长您的助力，是有解脱的希望了。因此，我最先皈依上师三宝，悉心学习所授，尤其因为上师是一切福善的本源，凡有所教，均应遵奉不渝，绝对不能破坏三昧耶戒，这是第一要点中的核心意旨。

“其次，要强烈地意识到暇满的难得、生死无常以及因果轮回的过患等，使心不自主地受到调伏，于是求得解脱轮回的愿望随之升起。这时应取任一戒律以依止，身如田土，依止于彼，则能渐次攀登入乘的阶梯。自己所承诺守持的戒律，要如待眼珠一样严加守护。一旦触犯，即须改正。如若仅为了自己寻求寂灭，只属小乘一类；而发大菩提心，以求救度一切众生出离无边轮回，并且无论做什么，都为利他而回向，这是大乘的发心。

“此后，要舍离声闻独觉（属小乘）之道而入于大乘道内，则须以清净正见立其根本，然后进入无上金刚密乘道中。但欲证悟正见，应该依止一位德相上师，全修四灌顶的清净仪轨，还须具有能够表达轮回事理的智慧。所谓灌顶者……”

他的一番心得，娓娓道来，听得玛尔巴上师喜上眉梢，暗中连连点头称赏——但不言语，只是继续听下去。面前的弟子，经由多重苦修，着实磨炼出了足够高的道行，上师对之愈加满意，不是为他求得正果，而是为自己遇上了如此一位精行俭德之人，这何尝不是上师的福祉？他沉浸在法修所悟中的执迷模样，甚为难得，让玛尔巴上师不免想及某时的自己。

“……总之，既要有最好的寂止境界以产生力量，又要有精深智慧来分

①十二因缘：众生生死流转的十二种缘起，有无明、行、识、名色、六处、触、受、爱、取、有、生和老死。

②异熟身：指由造业受报而得的身体，与后文具备各种条件修学佛法的“暇满人身”相对。

别观察，此二者是求得胜观不可缺少的方便之门。我想这就像登梯只是登了最下面的一级。再说，修寂止等无论是修有相的还是无相的，修习前，都应有慈悲的动机，不管做什么，皆为利益众生而发心；修习中，要以清净正见毫无顾虑地来加以保持；修习后，回向利他发出宏伟誓愿，都要在无所缘虑的境界中进行。这是一切所作中的最上品之道。

“我还了悟到，譬如人饿了，听到食物，是没有用处的，要实际去吃才行；欲求证悟空性，只了解它的意义还不够，必须实际观修才行。特别是证悟胜观的方法，在出定后，还要一心不乱地勤修，积善净罪才行。

“总括起来说，现在的瑜伽行者修持的空性、平等性、离言诠、无分别，是与四灌顶一致的金刚密乘道次第之见解。为了把理解的求得现证，因此应让身体劳顿，让饮食粗劣，让心随业安排，一意向法……应当这样去修持啊！

“对恩重如山的上师和师母，我未能以财物来供养，但愿以成就之道供作为常时供养，直至彻底证悟大金刚持般的道果，仍如是供养。”

弟子献上忠诚与庄重，不忘谦恭，上师和师母喜不自禁，接连称赏：

“徒儿，我们对你寄予的期望终于有成果了！”

“我的孩子竟得了这样的智慧和本领！”

在一个终年饱经风吹雪打的崖洞里外，师徒三人的情绪不免因过分热烈而让空气中流动着前所未有的温暖，亦是闻喜在此前无法想象和触摸到的。他们的来访，验证了一位弟子的慧根仍在修行中壮大，也更确定了在不远的未来，他将成为一名有大成就的上师。

执着未老去

在交谈了许多教法后，玛尔巴上师对闻喜的几番见解并没有急于给出评价，而是和达梅玛师母一道喜悦地往家中走去。谦卑的弟子看着逐渐远逝的身影，心下感慨万千，直至视线苍茫，唯剩苍天的空寂与辽阔，他转身回到崖洞中，和以前一样，泥封洞门，继续修持。

兴许是将诸般证见已在上师面前进行了清净通畅的梳理，当他重新坐定准备再入佳境时，感到身心分外轻盈，像是开放着要接纳新的东西了。思悟与觉受引领他轻松地进到寂静之中，他的灵魂不知不觉开始跳舞：由光明转向黑暗，又从扑朔迷离闪进开阔大道，以至于有时分辨不清是现实的起心动念还是梦境的神性引导。

他见到一个青绿色的妇人，身着绫罗，佩戴骨饰，眉毛和头发上均有黄光闪烁。来不及反应，对方已经发话："孩子，你有长期修习始得成佛的大手印和六法口诀，但是没有经刹那观修即可成佛的殊胜的迁识夺舍口诀，快去请求吧！"

他凝神细听青绿色妇人的训示，待到细细思量之际，那声音已迅疾消散。于是，他自行分析：六法口诀，是那若巴尊者传授给上师的法旨，因而又名那若六法，当属师父这一教派修密法的最高法门，我的确已经领受到了；而那迁识夺舍之法，俗称灵魂搬家或元神出舍，倒是我不曾听说过的……再想这个妇人，虽然是空行母的打扮，但不知她是前来授记的空行母，还是专事设障的魔女。不管怎样，我的师父是三世佛，他熟知上至成佛下至伏魔的口诀与技法，可谓无一不通。因此，假使真是空行母的启示，无论如何，我也要去请求传授迁识夺舍之法……或者不如直接去证问上师。

他的分辨力和警觉性已日渐成熟，他的执着与果决也已经应时而变、顺势而生。前一日，他会为坚持修法而不舍破坏洞门，此刻他却笃定了必须即时再毁封泥去到上师面前，事实上他的确这样当机立断地行动了。玛尔巴对此突发的情状，并不像彼时那般雷霆大发，而是关切而警醒地问道："你不严格闭关修持，莫非出了什么障碍？你做什么来了？"

玛尔巴的话中还是有些许责备的。闻喜并没有在意玛尔巴的态度，直接将自己的梦告诉了上师。最后他向上师请教道："不知这是魔障呢？还是真的预言？若是真的预言，那我就是为求迁识夺舍之法而来，请上师传授。"

他说完便平静地等待上师的回复，那是自己的道行无法明示的，他依然必须依靠上师的引导。上师沉思了片刻，才意味深长地说："这是空行母的预言。我从印度回来时，大班智达那若巴曾提过夺舍法。当时，我没有领会到应当请求传授……来，我们翻一翻我从印度带回来的梵文经卷，或者可以从中找到些蛛丝马迹。"

于是，师徒二人不分昼夜地寻找有关迁识夺舍之书。漫长而紧张的七天就那样过去了，但仅仅找到很多迁识法的书籍，关于夺舍法却未见一字。不过，正是在这个过程中，闻喜经由上师的不断点拨，才明白了：细究迁识与夺舍，实际上是两个不同的要法。

迁识法是指将神识迁往净土，夺舍法是指上师们为了再来人世但又不想经过入胎、出生、成长的过程，就直接将神识附在刚死不久的年轻人身上，这样就可以借年轻人的身体继续弘法——后者要比前者难修得多，而且也很难找到合适的肉身。

通俗一点讲，夺舍是佛教的称呼，密宗称为迁识，而中国本土的道教称之为换形。夺舍看重的是换肉体，迁识看重的是意识的延续，换形则看重死后借助新的肉体继续修行。后来的活佛转世正起源于这一教旨，又可以说，夺舍法是迁识瑜伽中最玄妙的部分。

此时的闻喜一心想着圣法，上师的助力不过是其可依仗攀登的捷径，在常人看来或许多少有着自私的成分，但大乘佛法境界的逻辑正好与此相反。

每一位上师或者弟子正是为救度和圆满他人的愿望而修习佛法，他们依靠佛法的正知正见，调整自己对人生和世界的态度以及为人处世的方式，从狭隘、僵硬、矛盾重重，到宽阔、温柔、和谐圆融，从伤害自己、伤害他人到帮助、利乐一切众生，从痛苦到安乐，从轮回到解脱。[①]反之，如若有上下、人我之分，便无法完全体悟万物同源的那份亲情。众生，不是一个无关痛痒的词汇，它代表着在情感上与我们相通相连的一个个具体的生命。“他们”的痛苦，“我”的痛苦，原来是相通的，原本就是一个东西。[②]

玛尔巴上师自是明白这一切的，途经一段无果之旅，他亦似乎得到确证：“看来这是给我的训示啊……前些日子，我在伍茹北方得到的启示，也是鼓励我去印度求取此法的。其他人尚不知这种教法，我得亲去请求才是。”

年迈的上师几乎是在言毕的那一刹那就真的下定决心要出发了，并立即做好准备。他将徒众的供养物换成黄金，便动身前往印度了。

玛尔巴上师就那样不回头地离家了。他豪迈的背影，直至经年以后仍让闻喜受益匪浅，他为上师坚定的信心与果决的行动所打动、震撼，以至于对之敬意更深沉，心下的信念亦更澎湃。

《土观宗派源流》中，这样总结玛尔巴大德一生的佛学成就：“他初从卓弥学梵文，以后三赴天竺，四赴尼泊尔，参访了班钦那诺巴、麦哲巴、吉译智藏、大成就寂贤等大善知识一百零八人，尽学《集密》《胜乐》《喜金刚》《摩诃摩耶》《四座》等大瑜伽父续母续之讲解、教授、实修等，悉数翻译流布，依弥勒巴生起大手印的彻底证悟。”[③]

---

①希阿荣博堪布：《寂静之道》，北京：世界图书出版公司，2012年版，第95页。

②同上，第101页。

③土观·罗桑却吉尼玛著，刘立千译注：《土观宗派源流》，北京：民族出版社，2000年版，第62页。

那若巴祖师的预示

至于玛尔巴上师穿山越岭再赴印度，历经的磨难与不易，想必世人全无感同身受之可能性。亲证就是一趟珍贵的孤旅，无须陪伴，势必忍耐，所以也自得其所，甘苦自知。每个人的历程皆如此。

说起来，藏族人民非常注重精神修持，这源于藏族人民对无常的深刻认知和对因果的坚信不疑。皈依佛、法、僧三宝对他们来说是再自然不过的事。如果不是佛陀通过他累世的修行探索，最终觉悟了生命的真相，并且慈悲地把他获得的知识和经验与众生分享，恐怕众人到现在还在盲目地摸索，不知道自己是谁，也不知道自己究竟是为什么来到这个世界，又要往哪里去。①

佛陀在觉悟之后发现众生都是本自圆满具足的，都有觉悟的可能。这是一个鼓舞人心的好消息，给求索的众人带来希望。玛尔巴上师无疑是这样的受益者和追随者。佛陀时代的印度是一个精神修持者的国度，而佛祖圆寂以后，他的教法传承仍在成千上万人之间保持着心与心的传递，令众生对佛国有着持之以恒的向往。他们遵循佛陀一以贯之的指导，通过身体和语言的行为把自己的决心虔诚地表达出来。玛尔巴的践行实证了这一点，并且他要求自己必须随心而往。

当玛尔巴抵达印度时，适逢那若巴尊者出外修行，自然空无所获，但他

①希阿荣博堪布：《次第花开》，海口：海南出版社，2011年版，第138页。

仍不顾跋涉的艰难困苦与身体的精疲力竭，笃定了继续寻找。脚下的路仍在探索着行进，心中仍不停歇地卜卦探寻，因缘际会，他的诚心终是得到了肯定的预示。他一面祈祷发愿，一面持信精进，最后在一个森林里会见了那若巴尊者。没有久别重逢的热烈场面，只有从一而终的敬奉仪礼；没有故作客套的言辞寒暄，只有开门见山的直入主题。他将尊者迎请回其驻锡地普拉哈日寺中，献上全部供养，并请求传授迁识夺舍之法。

“这是你自己想起来的？还是得到了谁的授记？”

“这不是我自己想出来的，也不是我直接得到的授记。我有一名叫闻喜的弟子，是他得到了空行母的启示来向我请求的。”

玛尔巴一字一顿，无不显示出他满心的恭敬。数年以前，他也曾匍匐在那若巴尊者的教益下，垂听上师的训诫，遵从上师的指导，也经过了重重考验与磨砺，才获得了今日的成就。他的向佛之路仍在继续。而那若巴尊者，更是着眼于宏大教法的发展而一抒胸臆：“真难得啊！在黑暗境域的西藏，居然有大德显意，如红日映照雪山！”

于是以双手合十置于头顶而赞道：

北方黑暗地，如日照雪山。
有名闻喜者，顶礼此丈夫。[①]

说完闭目，点头三次，以示完成仪式，行将恩准。同时，印度的山峰及草木也面向西藏俯首点了三下，据说，直至现在，普拉哈日的山峰及树丛还保持着向西藏微微颔首的姿态。

之后，那若巴尊者十分欣喜地将空行母耳传的口诀完全传授给了玛尔巴。殊胜的智慧令上人总过早地洞明了一切，见玛尔巴如往常般虔敬，叩拜姿态亦如旧谦恭，他慈悲地对之透露了后来的机缘：你顶礼我时如是规矩，

①乳毕坚金著，王沂暖译：《米拉日巴传》，北京：西藏人民出版社，1980年版，第76页。

预示着后嗣不十分发达，与弟子的传承较短，但是我这一派的事业与法统会源远流长。

德高望重的玛尔巴纵然再骄傲狂狷，在上师面前亦谦卑如初。他对尊者的信赖就像闻喜对自己的崇奉，自然也就收受着铭记于心，随后便立即返回西藏。

可是，他甫一到家，就接到儿子达玛多德的亡讯。也许看淡生死别离的佛法在某一瞬间对此示出了一丝怜悯，在流传的故事中，玛尔巴的儿子是夺舍法的成就之人，其临终前仰仗这宝贵的法要而试图转世。

“我儿在世，全境风调雨顺，五谷丰登，根除瘟疫，家畜兴旺。特别是不经观修即生成佛的往生夺舍法，已在西藏大地得以弘扬。对众生获得幸福很有效益，但你不幸却遭此磨难。”

这是一位父亲本能的哀伤，也是一位上师直觉的宽宏。据说达玛多德骑马时从马上摔下来，头摔成八块儿，脑浆和血直往外流，伤势很重，人们将这位少爷抬回家中，玛尔巴看到儿子的情形，就知道没有多少时间了。

可接着，他下了另一道命令：“为使不经观修即生成佛的往生夺舍法能在西藏广为弘扬，你们去找一个洁净而无伤痕的儿童尸体来，我要运用迁识法转生。”

说罢，弟子们便分头四处寻找，事实上这是一个无法达成的指令。因为此前西藏没有夺舍法相应的缘分，也就找不到一个完全没有伤痕的男孩尸体。

一位弟子背来一具因得瘿病而死的老妇尸体；又一弟子，在一座破败不堪的庙中，找到一只因被鹞子追赶倏然而死的鸽子也拿回来交差……末了，为避免众弟子产生邪见，并验证尊者的夺舍要法，玛尔巴选择让其子往生到鸽子身体中。供品、法器等一一齐备后，他竭尽全力施展夺舍法，渐渐地，儿子生气殆尽，而鸽子却微微动弹了。当儿子咽气时，鸽子猛然站起，抖擞着翅膀，向父母顶礼致意，并绕行三周之后，便朝卓窝隆沟头飞去。

玛尔巴说：“孩儿回来！”鸽子便往回转，围绕色卡石堡转了一圈后，落在其右肩上，他于是将鸽子迎至顶楼安住。

当礼佛供神等结束之时，这位上师入定观察到儿子将在印度弘法利生，便给鸽子设供并吩咐，接着在集市上人们看得到的地方将鸽子放往印度。玛尔巴突然又在入定中说："达梅玛！收起旧供，摆上新供，我的儿子走错路了。"

下午，鸽子果然带着疲倦的神态，钻入父亲的怀中。玛尔巴说："今晚将鸽子迎入经堂，摆上供品。"

众人遵命将鸽子迎入经堂供养。次日清晨，玛尔巴在大众聚集之地对鸽子说道：

"儿子，你昨天走错了路，左边那山，如毒蛇蜿蜒爬行之状，若到此处，即到了外道禅院，此处去不得。右边那山，如大象在栅栏里，沿此道而行，走到山脉的尽处，有本尊所显之光引路，可随之而行，便可到尸陀林（弃尸的地方），在那儿可遇到有人送葬，若有一个十三岁的婆罗门尸体，你就往生到此尸体中，即可利益众生！"

鸽子听了，绕父母飞行三周，点头三次以示辞别，而后遵从父命飞去了。众人皆为此而流泪，并对夺舍法产生了信心。众人视玛尔巴如佛祖。

此后，鸽子遵照父亲嘱咐到了尸陀林，果然遇到人们送来一具男孩的尸体，达玛多德立刻以夺舍法将心识迁入尸体。小男孩突然站了起来，达玛多德获得了转生。

后来的故事明显越讲越玄妙，根本非常人所能理解，而人们仍愿意相信，大概是源自于心底最善良的那一点怜意与触动吧。至少这也是一种圆满。

特别的梦兆

对玛尔巴来说，比儿子转世之事更紧要的是，为他办逝世供祭法会。在供养的法席上，闻喜望着尊敬的上师，心里回顾夺舍法带来的种种变化，他怎么都没想到这法要在西藏的因缘竟是以这样的形式开场。连同他在内，诸弟子一边瞻仰着这位在西藏首先使用夺舍法的大师，一边也想借安慰之机探问上师对于日后传承的考虑。

“上师大宝，少爷如同三世佛一样，我等众生福薄无可企及。师父您自己道行已经很高了，今后本教派要如何弘扬？我等弟子的教化及事业前景将如何？请您为我等预示。”

上师回道：“我辈——传承大班智达那若巴的法嗣们，你们是能掌握缘起和梦兆的。关于（噶举）教派，尊者已有很好的授记，你们就各自去等候祖师的梦兆吧！”

闻喜听后，想到在他受授灌顶那一日，上师就对他明示了当初自己慕名来访之前，上师就得过梦兆之启迪，因此他对上师这番话深信不疑。现在他只要继续谨遵教益，紧随其上。

确实，在之后的几日里，不断有弟子在上师跟前，讲述自己的梦境，以求在观察后获得可能被点化的权利。玛尔巴心绪坦荡，基本都给出了适合的教导，并提醒他们继续保持发心。他不否认在各种样子的回禀中着实有一些不错的梦境意象，但还不足以算得上预言。他似乎在等待着某个无比合宜的机缘。

再往后几日，闻喜也来了，他在上师面前尽可能详细地做了禀告：

依照金刚持的教命，
昨夜睡中得了梦。
梦中详情禀师尊，
请师暂且听一听。
梦见广阔的南瞻部洲的北方，
耸立着雄奇的雪岭。
雪峰高耸云霄，
日月环绕峰顶。
光明照彻虚空，
山根遍及地垠。
四方有河流奔泻，
河水解除众生渴闷。
河水流归大海。
百花灿烂争妍。
总的梦境是这样，
向上师三世佛陈禀。

还梦见雄伟的雪山东方，
竖立有大柱直插云天。
狮子在柱上抖擞，
狮子的玉鬣丰满。
雄狮四爪雄踞雪岭，
巨眼威视蓝天。
狮子盘桓在荒旷雪山，
……①

①桑杰坚赞著，刘立千译：《米拉日巴传》，北京：民族出版社，2000年版，第83-84页。

诚挚的表情充满了神往，他描述得越发起劲，好像是为了完整地还原梦境，不知不觉间，越说越绵长，越讲越深远，似乎是漫漫旅途结束后的慷慨心得。玛尔巴上师悉心听闻，有所会意地点点头，其他弟子却愈发迷惘。

直到闻喜禀告完毕，听席中一片静寂。纵然是有多少讶异与疑惑，他们都将全部期望聚焦在上师那里——确切地，是等待他至上无误的解释。片刻后，众望所归的声音发了出来："梦得好！梦得好！"

与前一秒的不露声色相比，上师的欣喜若狂几乎可以说是突然爆发。他接连几句称道，已经表明了些微异样的气氛。他又对师母达梅玛说："快去预备一个精美的集轮会供！"眼神中少了命令的威严，而多了庆贺的欢喜。这时，众弟子不难觉察到接下来将要发生什么。

很快，在一个丰盛的会供法席上，上师开言道："米拉·多吉坚赞做了这样一些梦，难道不稀罕吗？"

僧徒大众仍听得一头雾水，有的便斗胆先行请教说：

"敬请师父将梦的意义详加解释，对我等的未来进行预卜。"

"好好好——哈哈哈——"

上师开怀大笑，随即开示着唱道：

向主尊三世佛众生怙主——
大班智达那若巴座前顶礼！
在座诸位弟子啊，
梦中所见的启示，
是预示未来的珍贵授记，
且听为师宣说仔细：
梦见那南瞻部洲北方，
正是佛教兴旺的雪域藏地；
那耸立的雄伟雪峰，
代表老汉我玛尔巴译师，
和全部噶举派的传承教义。

那雪峰高耸云霄，
象征我派正见无可匹敌；
那日月环绕峰顶，
是我派修习的智悲光明；
那光明照彻虚空，
是大悲扫除了无明和昏愚；
那山根遍及地垠，
是我派教法将大普及；
那四方有河流奔泻，
是成熟解脱的四灌顶法门；
那河水解除众生渴闷，
喻有化机成熟与解脱的深意；
那河水流归大海，
是光明母子相会聚①；
那百花灿烂争妍，
是得到了无过的正果的体验。
总之，所梦很对而无不善啊，
在座的僧俗门人！

梦见那雄伟的雪山东方，
竖立有高大的柱子，
是应验兑地的楚敦旺额；
狮子在柱上抖擞，
表明他的习性如狮一般；

①光明母子相会聚：这是密宗修证中的一种境界，本体的光明成为母光，修证中出现的光明称子光，证到两种光相契合则称为母子会聚。参见桑杰坚赞著，刘立千译：《米拉日巴传》，北京：民族出版社，2000年版，第92页。

狮子的玉鬣丰满，
是表明得到了耳传教授的真传；
狮子四爪雄踞雪岭，
表明他已发了四无量心[①]；
巨眼威视蓝天，
是他和轮回告别之意；
狮子盘桓在荒旷的雪山，
指他善逝在解脱城里。
这东方的梦很好而无不幸啊，
在座的僧俗门人！

梦见南方竖立有大柱，
是应验着雄地的俄敦曲多；
老虎在柱上威风凛然，
表明他的习性与虎一般；
虎身的剑毛丰满，
表明已得耳传教授的真传；
猛虎微笑了三次，
表明他三次本相已见面；
伸四爪雄踞林苑，
表明他成就了四种悉檀[②]；
巨眼仰视天际，
表明他挣脱了轮回的羁绊；
跳跃奔驰在林间，
指他善逝在解脱城垣；

①四无量心：即慈、悲、喜、舍四种大心。
②悉檀：梵语音译，教化的方式、原则、宗旨之意。

松杉郁郁连绵一片，
象征法嗣绵延不断。
这南方的梦也很好而无不善啊，
在座的僧俗门人！

梦见西方竖立有大柱，
是应验着藏绒的梅敦村波；
大鹏在柱上盘旋，
说明他的习性与鹏一般；
鹏鸟的羽翼丰满，
表明他已得耳传教授的真传；
鹏角高耸天际，
指他见修错误的根源已断；
鹏眼仰视银汉，
指他摆脱了轮回的羁绊；
展翅翱翔在云天，
指他已善逝在解脱城垣。
这西方的梦也很好而无不吉啊！
在座的僧俗门人！

梦见北方竖立有大柱，
是应验着贡塘的米拉日巴；
灵鹫在柱上盘旋，
指他的习性与鹫一般；
灵鹫的羽翼丰满，
指他已得耳传教授的真传；
鹫巢筑在岩山之间，
象征他的寿命比岩石还坚；

鹫鸟养一鹫雏，
兆示将出现一举世无双的大贤；
禽类百鸟布满九天，
指噶举派将兴盛绵延；
鹫眼仰视天际，
指他已摆脱轮回的羁绊；
灵鹫翱翔云端，
指他善逝在解脱城垣。
这北方的梦也很好而无不善啊，
特为尔等把梦中寓意指点。
为师我应做之事已做完，
现在轮到尔等去施展。
听我老人的叮咛，
将来修持传承派定大发展！①

①桑杰坚赞著，刘立千译：《米拉日巴传》，北京：民族出版社，2000年版，第85-89页。

噶举派香火绵续

当初玛尔巴上师听了闻喜所得的梦兆后，准确解释了他将延续修持传承派这一流派。这到底是什么意思呢？

具体来讲，藏语“噶举”中的“噶”字本意是佛语，“举”则意为传承。故“噶举”一词可理解为教授传承。噶举派注重密法的修炼学习，而这些密法的修习，又必须通过口耳相传的方式，正如“传教以师徒相承，口语传授，耳听心会，注重密法，不重经典”。[①]这些都成为该宗派何以命名为噶举派的因素或由来。[②]

另外，由于噶举派僧人的僧裙中加有白色条纹，后人学者又俗称其为“白教”，但这一称呼不十分妥切。《土观宗派源流》中指出，晚近主巴（不丹）的一些书中写“白传”的，这是因为仅考虑到玛尔巴、米拉日巴、林热巴等噶举派高僧曾穿着白衣的缘故。实际它的名字应当是普遍流传的“语传”二字较为合理。[③]因为此派是以领受语旨教授而传承的教派。再说，藏族“噶举”一词也是教授传承的意思，而且它还蕴含着继承师长传给的重要教授之深层意义。

①丁汉儒等：《藏传佛教源流及社会影响》，北京：民族出版社，1991年版，第40页。

②尕藏加：《密宗：藏传佛教神秘文化》，北京：中国藏学出版社，2012年版，第204页。

③土观·罗桑却吉尼玛著，刘立千译注：《土观宗派源流》，北京：民族出版社，2000年版，第60页。

噶举派有两大系统：一是玛尔巴传来的，叫作塔波噶举（经玛尔巴、米拉日巴及后继者塔波拉杰师徒三代口耳相传，相沿袭而成宗风，后人所称噶举派主要指的是塔波噶举，此派以修习密宗“大手印”而著称于世）；二是琼波传来的，称为香巴噶举。后来香巴噶举衰微了，而塔波噶举又分成为四大支八小支，相当繁盛。其实，玛尔巴噶举（早期的噶举传承）最早是下分为经教传承和修持传承两派的，米拉日巴是后来创建实际修持派的人。[①]而他当时受示的梦境，也预言了玛尔巴这一派的教旨绵延传承。其中最著名的是所谓的“四柱”，即四大弟子：俄敦曲多、楚敦旺额、梅敦村波和米拉日巴。对于这些，玛尔巴上师现在已经了然于心，并且诸大弟子也都随之打开了妙法和教授的宝库之门。

是何等殊胜的缘起，才让闻喜得了这般宏盛的梦兆？

是何等丰足的供养，才让闻喜有了这般难得的待遇？

是何等艰辛的苦行，才让闻喜修了这般精深的正法？

是何等慷慨的馈赠，才让闻喜尝了这般饱满的果实？

这自然是无法量化归因的。不过往前可以说，是他坚忍的意志与虔敬的精神，打动了上师，换来了领受圣法的因缘，而往后看去，是他一以贯之的行动与沉默无疑的验证，足够配得上佛陀的点化和恩惠。这段时间里，他仍保以虔敬心精进，和其他师兄弟一样，白天倾听上师的讲解，夜里继续认真地观修，不敢有丝毫懈怠。

而功德无量的玛尔巴上师，亦知自己担负的使命。看着诸位弟子从自己身边一日日成熟起来，他不得不将自己亲身传承的教派之前途命运提上日程，审慎观察、沉着思量，诸弟子应得何法及各人的弘法事业所在……这应该不是一个伤感的问题，但势必是个不易的决定。因为一旦将某一密法传授给某人——他将完全对其存亡兴衰负责，自己必须为每一道密法选择它最适合且最有保证的传承者。

①桑杰坚赞著，刘立千译：《米拉日巴传》，北京：民族出版社，2000年版，第92页。

在这关乎教派命运的时刻，即便这位阅历丰富的老者也难免感到些许紧张。

待到天明时，观察个中缘起的应兆后再定吧。他做了最终的决定。

第二日，黎明如期而至，玛尔巴从光明定中照见众大弟子，他看到雄地的俄敦曲多在为一些人讲述《喜金刚本续大疏》；兑地的楚敦旺额在修迁识法；藏绒的梅敦村波在修光明定；米拉·多吉坚赞在修拙火定。于是，玛尔巴确证了各人应得的法要及其事业所在。

上师赐给俄巴大师讲授本续的方便法门，此法门系依据“六边四理”来讲解密经，它是一个如珍珠串般的口诀；又赐他那若巴尊者的身庄严和朱砂宝石印，烧施——烧食品等祭祀鬼神的一种宗教活动用的勺子，和梵文注释的经书等物。同时，吩咐他说：“你依讲解之门去普利众生吧！”

上师授予兑地的楚敦旺额迁识法的法要——它是如楼阁广开，禽鸟飞翔般的口诀，又给他那若巴尊者的头发、指甲、甘露丸[①]以及五佛冠[②]等物，一并嘱咐他说：“勤修迁识法吧！”

上师给藏绒的梅敦村波传光明法，如暗室燃灯，并赐他那若巴尊者的铃杵、小鼓、蚌壳等物，再嘱咐道：“要斩断中有——与诉说游魂相似！”

至于闻喜，上师赐予他拙火定的精髓，如剧火燃木，同样颇为殊胜，又给了他弥勒佛的帽子、那若巴尊者的衣服等，嘱咐道：“到峻岩和雪山中，游行求证见修吧！”

可以说，在这一程的传法授教中，玛尔巴的决定既易又难，不过他到底遵循了佛家因缘和合的密语，根据每个人的不同妙缘，对之平等授记，此后的修行路途尚且绵绵远远。

而后，在徒众会聚的一个法轮席会上，上师开诚布公地讲道：“如我随

---

①甘露丸：密宗里的一种法物或说法药，据说有种种神异功能，能够起死回生，乃至畜生吃了，来世就能成佛，究其道理，即可以帮助众生解脱暂时的痛苦，并与佛法结缘，种下未来解脱的善因。

②五佛冠：密宗上师、主持、方丈修法时戴着的，象征五智如来的宝冠。

你们各人的缘法而传给不同的教授一样，于你们的法统等，也主要是依着各自的口诀的利益，去广为弘扬，以便使佛教得到大大发展。现在我的儿子达玛多德已死，所以本教派的传承和祖辈相续的加持，就完全靠你们了。你们都要专心修习，做广利众生的事。”

这应当是最后的授业与教诫。深受佛法引导的弟子，早已心怀开放和专注，只有遵命前行，不管世人常身陷其中的人生之八苦——生，老，病，死，爱别离，怨憎会，求不得，五阴炽盛。他们坚持觉察训练，让心习惯不迎不拒的做法。他们懂得，期望和恐惧其实是同一个东西的两面，有期望就会有恐惧，而回避则会加强恐惧。不迎不拒使人放松下来。这时，人心才更有可能瞥见一切思想行为、一切欢喜哀愁背后的那个内核。

不错，心向佛法之人最初和最终都是要和自己亲密相处。修行的过程毫无疑问会充满挫折，每一个修行人都会一再失败，一再跌回旧的习气中。可尽管如此，向佛之人还是一辈子都在精进修行，不放弃也不逃避。

世人正在此路上努力行进，而他们虽已熟谙，却到底还是要在这单调而重复的远途中持力证果。因为皈依，不是修行的起点，它是整个修行。

太阳照了进来

时日已经过了很久，如今的闻喜早不再是当初那个背负复仇之命的孩子，他在苦行磨砺与耐力修炼中，脱胎换骨，并且经由上师的引导，他成为新的巨人，身系另一重成就与使命。

不知玛尔巴上师是否对他有偏爱？答案至少不会是直接否定的。

先前因他罪障太深，上师才采取不可思议的方法，如锻铁般对他磨炼，以至于其修进历程比其他三位大弟子都要艰辛。如果说这姑且算因材施教的话，那么当最后的授教完结，徒儿们听从师训各归其所，唯独闻喜被留了下来，应该就稍显偏心。

没错，不同于他往日的被动驱赶和无奈滞留，这一次是玛尔巴上师主动发来的邀请：

“你可在我这里再住几年，还有殊胜的灌顶和口诀要传给你。证验亦需要在上师面前得到确认。现在你就去严格闭关，进行静修吧！”

是邀请，也是额外的嘉奖；是命令，更是无上的恩赐。习于信奉、谙于世事的弟子，这一刻的欣喜与决心，该是不小的吧，但他已练就波澜不惊的心态，只是照旧郑重地对上师行以顶礼的仪式，就将全部心思都投入到接下来的修行中了。

闭关的新址选择在那若巴尊者授记的桑普地方的一个岩洞，闻喜甚为郑重而专注地汲取来自祖师的精神供养和启迪，而上师夫妇一直诚心相待，一如既往地提供会供和料理日常需求。闻喜自然将这一切恩泽都铭记于心。他的心中笃定了势必要以更高的证悟作为回赠，进而更为精深地专于修行。如此，几年之间，他修观的功夫大为长进。

越是往更高处攀登，越是舍出全部精力投身于法。他的睡眠本就不多，或许往事的重压令他暗中挂心，如今虽得以释怀，习惯却保持了下来。直到那个黎明时分，梦境重又显兆，他不足觉察的生命历程，竟再度被引导着得到契机，进而改变。

来自嘉俄泽的召唤，在他晨时的睡梦中，忽然而至，好似牵带一点故乡的拷问与责备：问他为何“功成名就”还不返归，怪他离开太久对家亲亦不管顾？他梦到那“四柱八梁屋”已破烂不堪，惨淡非常；珍藏多年的佛典《宝积经》被雨点淋打，品相尽坏；外面的俄玛三角地业已杂草丛生，几近荒芜；他还梦到母亲苍老而亡，妹妹沦为乞丐流落他方……

如何能不哀伤，如何能不悲痛？他想及因为亲属成仇，自己从小便与母亲分离，隐忍的承担多于想念的慰藉，直到今天他完成了母亲的使命，却也顺遂着远行了太久。要说相见，从前一别，再无机缘；要说恋家，初时隐忍，往后再无断想。直到此刻梦的打动，他平静的心涧才又涌出悲伤，潺潺汩汩。他用力喊着母亲和妹妹的名字，却因得不到任何回应而痛哭起来……

这场景真实极了。梦境与现实到底是怎样连接进而过渡在一起的，已然不重要，当他醒来时，枕头已经湿透。这应当是生命至为本真的情怀，见天地、见众生、见自己——倒也与常理相映相通了。泪如雨下之际，他果断做了决定，无论如何，尽快，不，最好是现在就可以回去看看年迈的母亲！

心意几乎是在梦醒之时就这样决定了。他随即从座上起身，打破洞门，见天色既明，毫无迟疑地去到了上师面前。不及上师起床，谦恭道：

主尊，大慈大悲的不动佛的本体，
请让我乞人回家探亲去。
在敝乡嘉俄泽之地，
由于亲党结仇敌，

母子三人分离了长时期，
我思念心切难忍受，
请让我回家见一面，
迅速返回到这里！①

渐渐地，太阳游移着将光线投射入室，照在上人的头上。直到师母送早饭过来，上师才闻声醒来。

“徒儿，你在闭关，忽然跑出来，是为了什么？难不成有魔障了吗？还是马上回去继续静修吧！”

温和的教训显然对刚才的请示毫无知觉，质朴的弟子只得又将梦中情形再禀告一遍，为了保险起见，他决心详述而非概括：

主尊，大慈大悲的不动佛本体！
请让我乞人回家探亲去。
在家乡嘉俄泽之地，
虽没有留下财产，
心中却十分思念！
想看看那四柱八梁的屋宇，
是否已经残破坍塌？
想看看那佛典《宝积经》，
是否遭雨点淋烂？
想看看那肥沃的俄玛三角地，
是否已被荒草摧残？
想看看母亲的身架，
是否还依然清健？

①桑杰坚赞著，刘立千译：《米拉日巴传》，北京：民族出版社，2000年版，第93-94页。

想看看妹妹白达，
是否流浪离散？
想看看命运为我安排的泽色姑娘，
是否已另配良缘？
想看看叔父雍中坚赞，
是否已命丧黄泉？
想看看姑母琼察巴，
是否早已短命归天？
想看看我家的供养僧，
是否还安然无恙？
尤其是生我身心的慈母，
叫我格外想念！
请放我暂时回家去一次，
一定迅速回到师尊跟前！[①]

“儿呀，想你最初到我这里来时，不是说对故乡家族已无挂念了吗？现在居然又有这么多事！你回去是可以的，但恐怕也难见到你的母亲了。其他人能否见得着，就更是未知之事了。你在卫藏住了几年，到这里又过了很多年，现在我可以放你回去，你也可做以后仍来这里的打算。

“不过，你方才禀告此事时，恰逢我在睡觉，这是我们师徒今生不能再见面的预兆；而那时太阳照进了屋里，又是你对佛法之弘扬将有如红日当空的预兆；尤其是日光照射在我头上，这是实际修持派之传承发扬光大的预兆；达梅玛送供食来，这是你以三昧禅悦——坐禅中的妙趣之食资生的预兆。

“现在只好让你去了——

“达梅玛，替我给他准备一些很好的供养吧！”

①桑杰坚赞著，刘立千译：《米拉日巴传》，北京：民族出版社，2000年版，第94-95页。

原本以为稀松平常的撞遇之事，却不料也暗含玄妙。他庆幸上师将眼前的各方道路清晰地摆在自己面前，并理性地点明指示，因着对上师的无限信奉，他需要做的依然只是紧随其上，他相信那是最好的选择，有进有退，却也不可违逆。

第十一章

归乡情：把心带回家

时空迁移，沧海桑田，中国的历史版图经过数次演变，旧时的地理坐标再无法予以可靠的辨认，更何况是微小的一隅。但从前辈记述的字里行间，我们仍愿意相信那个叫嘉俄泽的地方，是米拉日巴的家乡，在其中的某一块绿油油的肥田沃土里，一个七八岁的小男孩，曾拿着沉重的锄头勤力地耕田，一锄接着一锄，形同服苦役。彼时，他瘦到皮包骨头，手腕细薄，不过好在母亲和妹妹都在身边。现在，几十年过去，燕归故里，一切皆变了，又好像没变……

漫长的告别

面对上师，他如众生，既有对佛陀的恭敬，也有对另一个生命的发乎真情的关爱。这是年岁证验以后有所积淀而收获的心力，如灵魂生长出羽翼，精神充满了慈悲。

因为往昔积累福报，才得以在今生见到自己的上师，然而，这样的相逢很短暂。——不错，他开始思量即将到来的事：

世人常说，子欲养而亲不待。上师虽然不像世间的父母那样需要我们养老送终，但上师在世时，我们应当精进，依师教言修持佛法，尽己所能让上师欢喜。对上师，愿我们不要留下太多遗憾。

越往深里想，越感到沉重。他原本以为上师会说些离别的嘱托，毕竟多年相伴至此亦是不易的因缘，却不想上师的举动仍显示着传法的热忱。

玛尔巴上师设起曼陀罗，达梅玛师母献呈供品，这最后的筵席，出乎意料，竟然是对闻喜再传授空行母的成熟道灌顶与解脱道口诀。不过，这同为口耳相传之法要，却是从未对他人言及的单传。闻喜尚不及表示感戴，上师已有话交代：

“啊，善哉！这些口诀是怙主那若巴对我预言，授命传给你的。今后，你也要看最初来的是什么人，若是曾受空行母授记的弟子，而且又是应该得到单传密封法要者，只要法统未传满十三代，则应将法传授给他。此外，所有教法，若是只为财帛或今世人情而传，空行护法是要处罚你的。应当谨慎，必须好好护持。若是遇着有宿缘的弟子，纵然没有财物供养，也应以灌顶和教授去摄授他以弘传正法。

“至于像上圣帝洛巴折磨、调伏怙主那若巴，或像我磨炼、调教你这样的做法，若用在下等根器之人身上，是很难奏效的。所以，要及早分辨，也就是我刚才说的，要看最初来的是什么人……否则，一切皆无用，亦对佛法有失敬畏心。切记，一旦觉察，这样的讲说就当停止。

“另外，关于本教派最高密法——无身空行法汇，共有九种。其中四种，我已经传授给你了，而其余五种，今后我的法嗣可以前往印度向那若巴法统的传承者去求学，将其补足。这对于众生很有利益，所以你应尽量求取完备。

“在你的心中，不要以为我未得到你很多的财物供养，你就认为自己也未得到完全的口诀。仅以财物为供，我并不喜欢；你以修行为供并发勤恒之心，才能令我欢喜。要坚持精进，树立修证之胜利幢！其他大弟子都没能得到怙主那若巴诸教法中特殊的空行耳传之法，我例外传授给你，如同一宝瓶之水，完全注于另一宝瓶之中。你要好好护持、修证。

“我所言若有虚假，我之教授若有伪造或断缺，愿请上师本尊为证让我起誓！”

闻喜听得认真且动容，心上的信念在经年的证悟之上已能够随时保持丰沛，而这一刻的恩惠，更让他身心受益。他的内心又如何不是没有一只宝瓶，经由岁月的历练、上师的引导、佛法的垂爱，化解昔日的业障、来路的执着，克服层叠的迷惘，主要仰赖自心的观修来确保其益利相生，滋养自我。

上师随即再作歌道：

向大恩者顶礼祈请！
想到恩情深厚的先祖们的事迹，
得此教授就该满足。
寄望太过是心思散乱的起因，
最精要的教诲则须牢记。
涉猎虽广若缺少精义，
如枝干多而无果实。

虽是功德却非胜义，
虽然学彼却不见此，
说得虽多却无利益，
要于心有益方是圣财，
欲求富饶则应牢记此义；
法是调伏烦恼的方便道，
欲得道要应牢记此义；
断绝贪欲才是知足之主，
欲成贤明主宰应牢记此义；
抛弃对可悲的人世的贪恋，
无人的岩洞才是父居；
离群索居是真正的天堂，
以心驭心是永不疲乏的良驹。
自身炼若即为梵宇，
心不外逸这善行就是妙药。
能成大义的贤哲嗣啊，
赐给你于义无碍的教授，
你，我和法一共三位，
愿不坏、不衰、不干涸，
让它在弟子你的手中，
花开叶茂果实累累！①

身前的圣者唱道得真诚，闻喜听得也认真至极。胜义，即极为殊胜之义，是一切法的真实义理，是绝对的真理；炼若，梵语，指坐静处，密宗认为自身可以成为幻化身，故自身即清净处，无须另寻别的清净之地……但凡

①桑杰坚赞著，刘立千译：《米拉日巴传》，北京：民族出版社，2000年版，第96–97页。

有一点不明确之处，他便会要求自己温习功课，立即打通，毕竟此时的他，绝对得具备这样的能力，而他势必将成为另一个玛尔巴——倏忽一瞬，他的思绪斗胆这样一闪，便及时虔敬地将之收敛了。

上师仍是那般谆谆教诲：

“儿啊，你这回走，我心中十分难过。但是诸行一切，都是无常，既至此处，有何办法。你在这里再住几天吧，把所学的口诀再细细思考一遍，可尽情发问，以祛疑解惑！”

玛尔巴终于提及了眼下的离别，却又抛出诚挚的邀请，似乎夹带挽留之意，但到底还是出于对心爱弟子的周全考虑。闻喜自然谨遵师命，漫长的告别终究走到了最后一步，遥远的家乡的召唤再迫切，但该行的仪礼、该表的心意、该献的供养，他都必须一一做好才行。

“达梅玛，摆设精美的会供，预备丰盛的供物！米拉就要走了，我们为他送行。”

上师与师母的默契配合多年如一日。师母在上师本尊前陈设供品，在空行护法前摆设多玛[①]，在金刚兄弟[②]面前备上集轮会供。随后，在众人齐集的法席上，上师的身子示现为喜金刚、胜乐轮等密乘本尊的圣像；所示现的手印相有金刚铃、宝轮、莲华、宝剑等；示现的咒文有嗡、嘛、吽三种字，并分别呈白、红、蓝三色；示现出闪耀光华的真实明点……总之，显示了种种异相。上师紧接着指点说：

“这种种变化是身体显现的神通，但是甚少必要，今天是为米拉送行才显现的。”

闻喜看见上师证示为佛，非常欢喜。没有什么教诲比身心亲历所得的信念更让他受到鼓舞。他诚心笃定，自己将来也要修持到这样神通的境地。

他知道，修行之路上没有比上师更好的向导。

---

①多玛：密教中供神施鬼的食物。

②金刚兄弟：修行密宗的同修之间的称呼。

一夜呜咽

越是临近别期，越是情怀难解。

与上师相聚，时间并不多。此生为人，时间并不多。

上师在世间停留不是因为留恋，他是不忍离去，想着要帮助众人了悟：我们的心和他的心一样，其实已经在光明中。

当我们逐渐敞开心扉，学会恭敬而亲密地对待周围的一切，与己、与人、与世界不再频发冲突，我们会明白这份单纯和坦白都是上师手把手交给我们的。

的确，他的这些证悟全部来源于上师的授意。即便在往后的人生中，他一遍遍与人说道，一次次加深体察，归根结底都会在自己心上留下不可磨灭的痕迹，同时又无法替代。于是，对他来说，上师的教言还是最紧要而珍贵的礼物：

“徒儿，就这样吧。要走，现在就可以走了。我给你开启了诸法的幻化之门，就照这样修持吧！你往后居停的地方要在峻岩、雪山或密林里。

“于诸山中，拉堆甲基室利山①是印度众得道祖师加持过的神山；冈底斯山②是佛所授记的大雪山，是胜乐金刚的宫殿；拉契岗惹③的哥达瓦日山是

①甲基室利山：在今日喀则市昂仁县境北部。

②冈底斯山：其主峰在阿里普兰县境内，它南接喜马拉雅山，北连昆仑山，是阿里地区的大神山之一。

③拉契岗惹：又名扎西次仁玛峰，是喜马拉雅山的一个雪峰，在聂拉木和定日之间，其西即拉不及孔藏布江。

二十四道场之一；芒域的贝巴山[①]和尼泊尔的约摩岗惹[②]是《华严经》所授记的神山；镇地的曲洼[③]，是保护刹土的空行母驻锡和聚会之地——这些神圣地处，皆可前往修行。其他无人之所，也可随缘而至。

“去吧，去树立起修证的宝幢吧！在东方有大神山德威哥扎[④]和咱日山[⑤]相毗连，今尚未到打开之时，将来你的法嗣中当有一人打开并住持此山。我为你授记这些神山道场，就是要你去到实地一心修行，取得成就。若能有所成就，则酬谢上师、报答父母、化度一切有情，均可做到。但若无法成就，纵是寿命绵长，除了积集恶业，又有什么益处。

“所以，你应当剪断一切贪爱束缚之绳索，不执迷于今生世事之纠缠，为着内心的目标，无声无息，专注修行最为紧要！”

绵绵絮语，越说越长，完全不像玛尔巴平素的样子。闻喜看着曾经一度冷漠相对的上师此刻泪湿两行，禁不住也落下泪来，耳边的声音却依然没有要停歇的意思。

“徒儿，这下我们师徒今生不能再相见了。但是我不会忘记你，你也不要忘了我。这样，将来你我无疑会在清净空行刹土中相会，你对此是高兴的吧！将来某个时期，你若是风脉发生障碍，可以启阅此卷，平时则不可妄开！”

上师说着，赐予他一个加盖火漆胶印的密封纸卷。而他在接收时，对方才的提醒一再牢记，感念与勤进之心两相并行。往后的很多年间，他只要一回忆起上师的一句训诫，修持的力量就会增大一分。

“达梅玛，明日晨时，米拉·多吉坚赞就走了！我们心里虽然很难受，但还是得去为他送行。”话越长，夜越深，闻喜不由得想起先前的许多个长夜，他觉得自己在上师与师母身边得足了慈悲，于是面对一迟再迟的启程也

---

①贝巴山：位于今日喀则市吉隆县境内。

②约摩岗惹：中尼两国于吉隆县的交界处。

③曲洼：今日喀则市定日县西部境内。

④德威哥扎：或名颇章喀胜地，是塔波和珞隅间一座大山。

⑤咱日山：山南地区朗县南面的一座神山。

就更加宽慰了，或说不舍，或说耐心，总之必然。

“今晚你在我房中睡，我们师徒二人还有话说呢。”这应该是最终的相聚了吧，所以玛尔巴选择了这一顺遂又特别的方式，闻喜默声听从，心下百感交集，无以言表。倒是一旁的师母，终于掩饰不住一直压抑的悲伤，哭出声来。

“达梅玛，有什么可哭的？他从我这里得到了很多精深的耳传口诀，而去往山中修行，如此顺遂如意之事，何必哭呢？本来一切众生皆为佛，但如若不自知而在苦恼中死去，或是已得人身却未曾修法就死去了，想到这样的人才应该哭哩！不过要是为了这些事也哭，那么你也成‘常啼菩萨’了……”

“说得对！像这样的大悲心，能时常有，是很难的。我亲生的儿子——他精通世出世法，能成就自他二利，可惜已经死别了。而今，这孩子呢，具有信心、精进、智慧、慈悲，不管什么，无不遵从，于此可说几无过失，现在即要与他离别，我衷心感伤，悲从中来。”

当时场面动人，闻喜听着听着，不自觉泪珠滚滚，玛尔巴上师亦被牵动了柔软的悲心，三人就这么恋恋不舍着，任凭呜咽或沉默，充满整个长夜。

翌日清晨，当黎明刚刚撒向无垠的大地，结队的师徒十三人已带着丰盛的食物，启程为他送行。那个承载他成长的家门静寂又遥远地被甩在身后，那段无法简明言喻的岁月深刻又长久地被留在了身后。漫长的告别终于在这一天发生了实质性的改变，可或愁容满面或言辞深重的情景仍在路上鲜活。

直到抵达菊拉岗，面对着朝望四面八方的开阔，一行人重新投入了酒食欢畅的集轮会供，气氛才又镇定了下来。山口之处，天地为家，大家围坐，上师开言：

“徒儿，你前往卫藏，去到司玛拉山（属日喀则市仁布县境内）等处，盗匪十分猖獗，我原想有了好同伴，再让你一道去。如今，你只身一人，我只好为你启请上师本尊，吩咐空行护法，保你旅途平安。不过你自己的行动也应当小心谨慎。现在你从这里先到俄敦曲多喇嘛处去，把你所学到的口诀与之比较，切磋共进。然后从速赶路。要记得，你在家乡不宜久住，不可超过七天。此后速往山中修道去。这是自他两利之事。”

闻喜铭记于心，敬上赴藏之歌，以示回答：

……

弟子这次回乡中，
仰仗慈父般上师主尊的宏恩。
到了藏地司玛拉的山顶，
可能有十二盟女①来欢迎，
祈请具有加持力的怙主赐福。
我皈依三宝竭诚尽心，
可能有三圣境②的空行来护送，
有菩提心做伴同路行。
……
我要特别恳求的是：
请送别今生和迎接来世！
请消除灾难和不幸！
请保护我身语意三业！
请赐以偿愿的缘分！
请赐大悲功力的灌顶！
请赐经教要门的扶助！
请赐以长寿安康的吉庆！
乞人我的苦乐唯你知道，
请加持我能静坐山林！③

①十二盟女：十二位女山神。相传莲花生入藏时将她们收服，令其盟誓作佛教护法。参见桑杰坚赞著，刘立千译：《米拉日巴传》，北京：民族出版社，2000年版，第107页。

②三圣境：天上、地面、地下等三处圣地。

③桑杰坚赞著，刘立千译：《米拉日巴传》，北京：民族出版社版，2000年版，第100页。

承接上师的相应加持，语意与手印仍是必要的仪式。他已然上路，开始了没有上师在身边的生活。事实上，雏鹰学飞，终究是要独立翱翔的。于他，恍如回到最初模样，但身心经此一程，已不再是原点。

物是人非事事休

在眷恋的故乡的房屋田地上，
有无常幻化的导师，
在姑姑妹妹等亲属中，
有使幻化消失的导师。
在荒无人烟的岩窟里，
有交换生死的市场。
在精勤的自身炼若中，
有如来聚会的殿堂。
在无病的荨麻的集轮食供中，
有空行所喜爱的玉液琼浆。
在对幻轮奥秘的掌握中，
有长出硕果来的庄稼。
在不被人们看重的地方，
才有无挂无碍的善行生长。
在无人无犬处闭关静修，
才有很快见到验相的炬光。
自取食而不受人的供养，
才有快乐天的馈赠可享。
……

遵照教法种下的庄稼里，
有一切悉地的宝藏。
在如空行的命心[①]的正法中，
有生死涅槃的分界。
在玛尔巴译师的法嗣中，
遗闻佳话的源远流长。
米拉日巴的勤恒毅力，
有如佛教之轴心一样。
……
愿噶举派的祖师吉祥！
愿法嗣门人善吉祥！
愿依教奉行得吉祥！
愿传承世世代代吉祥！[②]

归乡之前惜别越绵长，情意越动人，礼物越厚重。

玛尔巴上师的道歌才一落停，达梅玛师母的恩慈又接续而来，那是殊胜的甘露和随之而起的叮咛：

向恩师玛尔巴顶礼！
孩子啊，你既勤奋又坚韧，
心地宽厚又有感情，
你是具有善根福德之人！
上师的甘露智慧酒，

①空行的命心：指最奥秘的大法，是空行母传出来的，极为珍贵，如同生命一样。参见桑杰坚赞著，刘立千译：《米拉日巴传》，北京：民族出版社，2000年版，第107页。

②桑杰坚赞著，刘立千译：《米拉日巴传》，北京：民族出版社，2000年版，第101-103页。

请畅饮后就登程！
愿来世在净土中，
相识状[①]中得重逢！
切莫忘记我们二老，
要不断祷告和念叨！
请把有益于心的教授食，
请吃饱后就登程！
愿来世在净土中，
相识状中得重逢！
莫忘父母的劳恩，
回忆恩德发勤奋，
有空行口气的奥妙衣，
请穿暖后就登程！
愿来世在净土中，
相识状中得重逢！
莫忘弱小的众生，
使自心皈依菩提道门。
发大乘心，把弘扬佛教的重任，
担在肩上就登程！
……
心意契合的母子俩，
愿来世在净土中，
相识状中得重逢！[②]

---

①相识状：指修道得到了成就后便不迷本性，能知过去未来。参见桑杰坚赞著，刘立千译：《米拉日巴传》，北京：民族出版社，2000年版，第107页。

②桑杰坚赞著，刘立千译：《米拉日巴传》，北京：民族出版社，2000年版，第103-104页。

闻喜越听越感动，连连顶礼上师与师母，恭敬的仪节即为无声的誓愿。再往后，脚步纵然再重再慢，也倒退着走了。他一路凝望着，直到上师夫妇的容颜消失在茫茫苍天与浩浩原野之中。他旋即转身，不知是为了彻底安心赶路还是唯恐愁绪再扰心头，总之脚下的速度不自觉越来越快。

好似是一瞬间才做了确认，待走过第一个河谷后，他又蓦地还魂似的回头一望，看见上师等人还在那个山头黑压压地坐着。似远又近，稍许平静的心即刻又烦躁起来：他不是不想再回去，但转念思量，口诀已经完全得到，今后无论何种情况非佛法之业不为。至于不舍的上师，可以观想他在自己头顶上没有分离就行，并且已经与之约定来世在净土中相见。现在不过暂时去看望那生身母亲，以后还可以回到上师身边来……他还是这样安慰自己。

日子几乎就是按着上师预言的模样进行了下去。闻喜在俄巴大师处逗留了三日：拜学，修证，互相切磋，再顶礼。而后，随着行迹越发靠近家乡，大半生之前的熟稔也越发涌动，因循记忆的引导，他是否还能找到他的家？

“那边的人家是谁？房子的主人叫什么名字？”

“那座房子叫四柱八梁。房主？现在除了鬼，什么都没有了……”

少时的印象坐标终究没被时光的洪流湮没，他只需要一问一答，就能确定自己的家园。而热心的乡人谈及它时，如掀开陈年往事的面纱，记忆犹新。他继续追问，语气却随意得很，像一位局外人。

“那房子的主人是死了呢，还是出门去了？”

“说起来啊，房子的主人，原来是这地方中顶富足的一家。后来，父亲生下一独子后过早死去，又因遗嘱写得不周密，本属于这独子的财产很快被父族的人强占了。等到独子长大时，他们本来应当交还财产，却未如约交还，为报此恨，那孩子便施咒术、放冰雹，把这地方弄衰败了。于是长久以来，本地的人还在害怕他的护法神，不但不敢靠近那房屋、土地的边，甚至连看也不敢看……那座房子里，只有那独子母亲的尸体，同鬼一起住着。另外，他还有个妹妹，丢下母亲的尸体，外出乞食去了，现在不知道她是不是死了，反正没什么消息。你这瑜伽行者倒不妨进到那屋里看看，听说里面有经书——”

“这事儿出了几年了？”

“那老母亲死了也约有八年了。至于施咒术放冰雹之事，我们只能大略记得一些，其余的事全是听人传说的。”

乡人的回答道出了大致情况，而这不免令一路风尘仆仆，只为回乡和亲人团聚的闻喜大失所望。

母亲去世，妹妹下落不明——俗世中和他最为亲近的两个人如今这般境遇，让他和谁团聚？归乡之路即刻变作失望之行，上师夫妇慈悲的热温尚未退却，现实的凛冽俨然打进了他的心房。

如果说此前的冷静都是变相的隐忍的话，那么在空空如也的时刻积淀了又积淀、等待了又等待之后，他终究还是释放出声了。背过人群，寻一僻静处，痛哭起来，将此间的无限悲愁倾泻而出，将这些年的疏忽自责排解而出……直到太阳快要下山，怅惘的心绪得到了一定疏解，面对着同悲共苦的黄昏晚霞，他终究抬起了脚步，决定探访那人家——此时，若说回到家中，该是多么不适而残酷！

越往家靠近，熟悉感越沉重。而迥然的现实之所以显得不那么冷漠，是因为梦中已有相类兆示——应该说几近一模一样：屋外的田地蒿草疯长，家中寺院式的房舍已经朽败，走进一看，《宝积经》经屋漏的洗劫，雨滴土掩，已做了鸟鼠的巢洞和粪便池。所见所想，唯剩悲叹。又瞧见灶下积灰处，一团破布片和泥土混杂在一起，上面生有许多青草，倒有些生命的迹象了……闻喜思忖至此，蓦地像得了灵感似的，就手拨开草丛一看，发现许多灰白的人骨，一根一根，自上落下，他怎能不知这就是——母亲！

母骨佛像

经历仇怨的激进报复与宽容退却，他的心志已在种种修行与精进中获得净化，如果说此时的他尚留一丝与世俗的韧性联结，那只能归于母亲这里。毕竟他的大半生由她的引导走上佛途，咒术的浩大威力曾让母亲满足又喜悦，他的前程在最初阶段很大程度上确实只是尽孝的本能，加之，她还赐予他珍贵生命……只是，一切都晚了。

思慕之情、悲恸之心交错而生，纷乱之际，他不能自抑，身体就那么颤抖起来，嘴上竟是静默至极，说不出话。正要失神昏倒的时候，他忽然想起上师教授的口诀，便径自念诵了起来，将母亲的识神与自己的心相融合，使之不再流离而得以归宿，再将它与噶举先祖的心密智慧相融合，使之不再可怜而遁入佛门。他以母骨做枕，立刻三门不动，入光明定，身语意三业全神贯注，毫不散乱。他终究习于这样的轨道和方式来宽解自我，并告慰母亲。

只瞬时发心，进程就要行上七天才能暂且完结。他了悟到生身父母二人皆由轮回苦海中获得解脱，也算完满。如此思量之后，他不禁感到轮回世间的一切都是没有意义的，便暗断贪恋，净心拂尘。他发愿：以母亲的遗骨造一座佛像，并以《宝积经》为造像的供养资费；而自己，行往扎迦达苏[①]，置生死于度外，日夜兼程向着无上圣法继续修进。

①扎迦达苏：在日喀则行署吉隆县东南部茶噶贡巴附近，据说现在还保留有米拉日巴修道遗址。

他继而再决意：若心为八风[1]之想所动，我便自杀而死；若生起迷恋逸乐之想，就请空行护法断我性命！他的心中一次次立此强烈誓愿，其坚韧意气丝毫不差于当初承受母命时的忍辱负重，或者说当下他的挑战更大，作为一个修行人，他不单要对自己的身心起誓，而且要对噶举派的传承负责。他自是不能松懈精神，更不敢有半点怠慢。

一番酌定以后，他把母亲的骸骨收拾好，把《宝积经》上的雀粪鼠便拂拭干净，仔细地再审视、拾掇一阵，庆幸经书上雨滴之痕尚不严重，其中文字还算清晰。如此一系列收拾后，他背起经卷，将母骨妥善放在衣襟里，胸中异常酸楚，任凭前尘往事随虚无荡去，世间浮沉跌宕风逝，一支道歌诉不尽情愫与感慨：

本来现有一切法，
并非牢固永存而是变化不定。
尤其是轮回诸法更无实义。
与其做那无真实意义的世间事，
不如去做那有真实意义的佛事。
初时有父却无子，
后来有了儿子父去世。
即使父子双全也无意义！
吾母在时儿不在，
儿今到时母去世，
即使母子双全也无意义。
吾妹在时兄不在，
兄今归时妹奔逸，

---

①八风：指利、衰、毁、誉、称、讥、苦、乐，四顺四逆八件事，顺利成功是利，失败是衰，背后诽谤是毁，背后称赞是誉，当面赞美是称，当面谩骂攻击是讥，痛苦是苦，快乐是乐。佛家教导说，应当修养到遇八风中的任何一风时情绪都不为所动。

……

经书在时无人敬，

敬奉人来时经书被雨侵蚀，

……

房屋有时无主人，

主人到时房已圮，

……

俱是世间轮回之法无意义。

无意义之物谁要谁可取，

行者我为求解脱要修法去！①

歌扬曲动，厌离心生起，他的行囊一经背起，此生再不与这四柱八梁相纠葛，带走了最后一点温存，便一心前往启蒙塾师家中去了。岁月如流水，老师本人已故，他见到其子，仍奉上《宝积经》表明诚意：

“我把这经全部供养给你，请把我母亲的骸骨作成一尊小佛像吧！”

“护法神会跟在你的经书后面，我不敢收取。但愿为造像。”

“是我本人供养的，护法神绝不会跟。”

“那么，好吧！”

大抵谁的心中都有几分不情愿，但一旦协定，必定尽心竭力。往后的一些时日，闻喜眼看着亡母的遗骨一步步被打磨成像，行开光仪轨后又被迎至一个大塔之中，终于安心。不及他再度启程，邀请应时而来。

“我们要尽力来供养你，请在此小住几天吧。我们尽可好好叙谈一下。”

“我无暇闲谈，要忙于修法。”

“那么，今晚先行住下，明晨献呈给你一点修道的食粮。”

仪礼相承，闻喜谦和对待，直到不忍推辞才多留一日。毕竟他的人生宏

①桑杰坚赞著，刘立千译：《米拉日巴传》，北京：民族出版社，2000年版，第109-111页。

图，已有深重的使命追压在后，每一刻的决定都关乎佛陀事业的未来。于是塾师之子想要实现的交谈也便在这最后时机随即提上日程。

“最初，你年轻时，施咒术报仇；现在，到了壮年，却诚心修法，实在难得呀！将来，你必定是一位大成就者。你在一位什么样的师父跟前学到了一些怎样的法要呀？”

他自然如实相告，对方听得也极其入神，不觉间连发感叹：“实在难得！既然那样，你可将房屋修补一下，把泽色迎娶进门，追随上人，获得一样的道行，不好吗？”

“玛尔巴上师为度众生，受用佛母。我可没有那样的打算和能力。兔子虽可随着狮子跳岩（兔随狮子跳岩，藏族古代寓言，这里用以比喻不量力行事），但肯定会坠入深谷而死。总之，我对世间已生厌离之心，心中时时在想，除了上师的教授和修行，其余杂事，皆非所需。我要到山中修道，也是上师最殷实的嘱咐。道行要通过修法才能坚持，上师的愿望也要用修道去满足，利益佛法及众生的宏愿亦靠修道去完成。我除修道之外，其他事务既不会做，也办不到，连想也不想。

“特别是回到家乡后，看见父母置办的田地房屋，觉悟到：积存颇多财物，其结果都毫无意义。这使我更加坚定了修道之心，胸中如烈焰燃烧——这样的苦恼别人没有经历过，自然也就没有细细体察过死亡和恶道的痛楚，所以他们以世间逸乐之事为满足。我呢，不管吃穿，不求名声，只想修道。正是这些理由鼓动着我去实践自己的决心。”

他始终言辞款款，心下坚定不移。与塾师之子的这番对白，与其说是闲话，不如说是内心情感真实流露。他无疑认定了上师的指引，认定了自我的坚守，认定了佛途的光明。

是夜清寂，他的内心终得一派安宁，母亲有归，其魂有归。

前尘事未了

明月低低守夜，倒是照料了复归的离人，他的心间坚忍又难掩悲怆，镇定又满溢凄凉，直至倦意袭来，才真正在这故土家园近乡之地得到休息。没有梦境的追念，只有母骨佛像的守护，没有流离的蛰伏，只有热榻熟食的包围。

翌日晴朗，塾师之子赠予了一袋糌粑和一些酥油，并言道："请收下这些修行时需要的食物。请你在修法中也为我们祈福！"闻喜施礼致意，很快动身离开了。

他是自由的行者，一步一程皆有指引和深意。

首站修行之所是自家房屋后山上的岩洞里，他只一凝神入定便可轻易进入状态，静坐修持。意念仍是坚韧的，体力却大为消耗，到了后来，尽管过分节制还是到了粮食维持不下去的境地，当然，值得庆慰的是修持的收获还不错。此时距离入洞之初已过了几个月的光景。于是，他只得再想法子，到山下的牧场去乞讨点奶油、奶酪等吃食，往坝上的田庄去募化些酥油茶饮之类。只要能够勉强度日，就坚持修道，这是信仰赋予的力量。

身处明日食粮何在的窘境中，他渐渐习惯了乞讨的常态。这天，他来到一顶牛毛帐篷旁边，叫道：

"我乃瑜伽行者，请随意布施一些吃食吧。"

谁知，与往常受到的热情接待截然不同，回应他的是激烈而凶狠的狗吠声。他本能地拾起石头，继而又抓起木棍防身，才明了这里的主人正是久违的姑母。

“你这丧败祖德的不肖子，辱没亲朋的无赖儿，扰害地方的丧门星，你来干什么？有你那好老子，才生下你这种儿子！”

伴随着一顿破口大骂，向闻喜逼近的是姑母手持支帐篷的柱子，凶狠狠地乱打过来，他只得往外逃跑。无奈营养不良、四肢无力，踬石而倒，跌进水坳中，身上杖柱以击，耳中骂声聒噪，情况十分危险。他好容易伺机挣扎着离地，连滚带爬，站起身来，倚着木棍才恢复了二人对峙的局面，而非处于一味受欺的劣势。他知道辩白和强词都是无益的，于是歌道：

向慈父般的大恩人玛尔巴顶礼！
在嘉俄泽这不祥之地，
亲友成仇，母子受人欺，
好像一堆豌豆遭棍打——四散分离。
你叔父姑母也该想一想：
我流浪无涯去行乞，
我受苦受难的母亲被折磨死，
妹妹漂泊流落无消息。
我思念母妹心欲裂，
才回到家乡这牢笼里。
慈母竟然成永别，
妹妹遭难无处觅，
我满腹悲情向谁诉？
我母子三人的痛苦，
难道不是你们造成的？
苦难的煎熬难忍受，
我才回心修法去。
……
今次我误来姑母你的门，

猛兽般的狂犬充当你的使者，
来与我羸弱之躯相拼。
你口出恶语将我骂，
凄怆和悲愤藏在我心。
你把帐篷杆儿当利器，
打得我遍体鳞伤，
几乎葬送我宝贵生命。
我完全有理由把你嫉恨，
但我不愿违背师教胡乱行。
姑母你无须大发雷霆，
我只讨一点修道资粮来活命！
……[①]

啜泣着，歌越发不成曲调，只有那唱词坚硬如利刃，不仅让当事人回忆般地再沐悲苦，就连跟在姑母身后的一位姑娘竟也流下泪来。而姑母似乎先是被这一连串的歌声惊到，而后自觉惭愧地放下了手中的利器。两人默不作声转身进了帐篷，这一场争斗就算不了了之。接着那位姑娘受命送出一块酥油和一些坏奶渣，闻喜感恩致意，悻悻然离开了。

昔日亲人的重逢的确来得巧合，声嘶力竭是悲剧的延续，闻喜自然不愿再生是非，所以去往别处乞食时，竟还暗自庆幸无熟络面孔。但乡邻大多没有不认识他的，曾经的天灾人祸让他们对这个名字熟稔于心，却无一点还手的机缘，亦畏怯着不敢轻举妄动。如今再看这位凶手，身着绛红色袈衣，面容枯槁，竟难与旧时仇怨相关联，只叹世事无常。一番仔细打量后，他们终是施给了他很多东西。闻喜祷念着致谢，也算是对善良有情的回馈。

食粮收获得差不多，他准备往回走，心中惦记着方才姑母凶神恶煞的样

①桑杰坚赞著，刘立千译：《米拉日巴传》，北京：民族出版社，2000年版，第115-116页。

子，不由得感慨往昔的积怨到底未被岁月洗涤，他又想及这般大动干戈后，叔父一定会知晓，便暗下决定千万不可重蹈覆辙。此间，他的姿态是躲是逃已无所谓，沿着回程，顺道到各户农家里募化一些也就罢了。

“你这形状干瘪的死尸，活该这样！”

刚路经一院子，就感受到这样的暴力。他来不及反应，只见空中飞石已向他突袭而来，躲闪之间才知自己走到的竟是叔父才搬进去的老房子，而当自己与眼前这位长辈四目相对时，彼此间亲情的牵绊倒成了攻击加紧的契机：他没命似的逃跑，叔父则奋力抛来石头；他只得更加吃力地逃，而对方又取出弓箭，紧紧追赶并大骂：“败家子！混账东西！你还没把这地方害够吗？——乡亲们！仇人自投罗网了，赶快来追呀！”

叔父一面对之放箭，一面召唤众人。闻喜没有招架的余力，却也只能挺身应对。当时，乡中少数壮丁率先赶场似的加入阵仗中，身前的石头越发密集，他根本无力回击。在这个万分情急的时刻，人心没有再多慈悲，只有本能的求生意志。原本他对叔父挑起的话头不是没有考虑，毕竟过去自己放咒造孽的确属实，悔意犹存；但眼前即身遭不测，千钧一发也好，万不得已也罢，总之最后他只得拿放咒再去吓唬乡人一下。

纷乱中，闻喜端正坐势，聚众群起的乡人就惧而远之了。叔父仍显激进之态，却被大家围挡着，渐渐地，调停的人多了起来，他们投以同情的目光，有的还把闻喜扶起来，送上些吃食，再往后，先前投石以击的人为了请求宽恕，也献来一些供养。他的本意绝非报复、清算抑或给他们点颜色瞧瞧，甚至连警告的意思都没有，他只是本能地做出反应，然后带着求乞的食粮行往别处去了。叔父到底仍是怀恨在心的，没有一点施舍，反而叫骂声不止……

那晚天高月皓，白天争斗耗费的心力与精神，他终究是要用修习来调息和恢复，如此也需要多留几日，而这恰好与梦中预示相合。

漫漫日月，昼夜轮转，前尘事缠心，不了情如旧……

再见泽色

与姑母、叔父的冷面重逢相比，也许泽色的到来才是温情的常态。

美丽的姑娘似还是从前模样，闻喜从她带来的美酒美食中一眼看到了二人最初的光景。她是他的未婚妻，至少在很长的少年时光里，彼此早已如斯相伴。而今时隔多年，她大概已为人妻了吧?

闻喜还未想好开场问候，泽色拉着他已放声大哭，这般毫无芥蒂的方式，倒让他在一刹那的错觉中顿生欢喜，但转即，闻喜知道自己必须回到当下的真实里，虽然这并不妨碍他倾听她，而后安慰她。泽色将他的母亲死之经过和妹妹流落的情形事无巨细地娓娓道来，她说得悲痛难耐，闻喜听得更是感伤不已，泪流不止。他们又聊了些别的，才缓和了太过凄凉的气氛。

“你还未曾出嫁——真是情义深长啊！”

“人人都怕你的护法神，没有人敢娶我。纵然有人娶我，我也不去。你已修道了，真是难得。现在，房屋土地如何处置？”

他忍不住发出感叹，这是由衷的赞美也是诚意的关切。而她的话简明扼要，相比前一会儿的泪雨相倾，已经理智、果决很多，回答完毕后也就自觉转入了更为棘手的现实话题上。

但闻喜不能不考虑两人的关系，尤其是已经知道了她的心意。他暗下忖度：“我未结婚成家，全仰仗玛尔巴上师的恩德庇佑。就佛法而言，我可以为她好好发愿。但就世间法方面来说，我要明白告诉她，使她断绝这个想法才行。”于是对她说：“若找到我妹妹，土地自然归属于她；在未找到她之前，你可以做主管理。若妹妹真的死了，那么房屋土地，你都拿去好了。”

“你不要了吗？”

“现在，我正修苦行，要过同鸟、老鼠一样的生活，吃食都要自己寻觅，土地没有用处，住处是那些无人崖洞之内，也就不需要房屋。要知道，人啊，纵然你能统御整个南瞻部洲，到死时，还是要抛弃的。所以不如现在就舍弃，今生、来世都可得到安乐。因此，我现在的行径，就完全与常人相反。这下，你也不要希望我做一个普通人。”

他开诚布公，说道得明白，多年修行带来的灵魂的皈依确实让他做成了一个真正的自在者。他知道必须斩断泽色对自己的任何妄念，却不想这个好姑娘丝毫没有再纠缠的意思，也未以长久等待的心酸与无果的失落向他开炮。后来两人的交谈反而由她主导，他只需要追随答问就好。她是关心他的生活和现状的，这一点，无可厚非。他自觉不必回避，坦然相待就好。

“那么，你与一切佛徒都完全相反吗？”

“那些人一开始心里就充满世间荣华富贵，所做的呢，只是学讲几部经、会教些文字，自己占了上风就欢喜，别人失败了就高兴。这些现世的想法把心胸填塞满了，只知尽力求名逐利。他们号称佛教徒，只不过是身上穿着黄衣罢了。但是，我与他们是背道而驰的。除此以外的佛教徒，虽然在教派法门等表象上显示不同，如若没有上述心理和行为方面的差异，那么，事实上我与他们是一致的，再没有什么本质的相反之处。我说‘相反’，是指和我在事实上不一致者而言。”

“可是，你外表的打扮比乞丐还难看。这样的佛教徒，过去从未见过。这又是什么大乘的打扮呢？”

“这是一切乘中最上乘的：即身成佛，不为世间八风所动之乘。我这打扮就是在行这样的规矩。”

“正如你方才所说一样，你的打扮和行事，同他们的完全相反……无论怎样说，总有点不像佛法；若同样是佛法的话，还是他们那种好。”

“你所喜欢的世间的修法者，我不喜欢。即便是和我在事实上一致的佛教徒，也即那些身穿红黄色袈裟的人，似乎也稍染八风，就是没有沾染这恶俗，然而对成佛来说，还有快慢之分。此中有不可思议的道理，你不懂得。

要是可能的话，你最好也来修持佛法；若不能，土地房屋的相关处理就照我刚才说的办吧。”

“我不要你的土地房屋，可以给你妹妹。我也要学佛法，但是，像你这样我做不到。”

话题越深入，潜在的矛盾便不可避免地浮出水面。但好在两人都是温和性子，各抒已见，相互对谈，并不愿过多干涉和劝服对方，独立性仍让他们显露了各自的锋芒。在此过程中，闻喜不难发现泽色是有些许慧根的，他不放过一点教化的机会，但也对之保持言辞温柔而宽宏。而那姑娘胸中明显亦有自己的一方天地……这应该是喜幸之事吧？对闻喜而言是清净喜乐的结局，对泽色自身，亦如是。

不过但凡世人多想一点，就不免要担心或重新审视这个异常顺意的故事收尾。原本她跟着他是王子式富足华彩的生活，却不想自幼定亲就是相依为命甚至一味救济的角色，她毫无怨言；当他为求学、出走多年，她在家乡独自长大，为他做了不少体恤母亲、照顾妹妹的事，他不必查问便了然于心，而她丝毫没有向他索要回报；末了她终于盼得他归乡，热语详谈听得他修行有道，皈依佛法，并且此生没有结婚打算，她的等待无疑落空竟也如闻常事似的接受了……

而后，她平静地离开了。交谈的话似乎尚未说完，她业已转身别去。没有吵闹没有索求，甚至没有后话没有预兆或悬念，总之他们的结局便是平静与清净。

他不必为这红尘俗世费心劳神，她亦没有给他这个机会和负担，他应该或多或少生出一点必要的感念与欣慰，毕竟这个美好的姑娘那样温慧地与之相对，替之尽孝，他或者也在心中兜转着默念了一声：再见，泽色。

其实，纵然是无关前尘情事，这大千世界，人与人之间情缘难说，又难解……也许他们之间还真的存有不一样的故事片段呢——一切无常，谁都预料不准。

荒地虽坚硬，终究是能够开发的

乡土之地，任何一点家长里短的消息总是能轻易散满街巷，成为众人口中的谈资。更何况闻喜的威名让他们至今仍对他留有几分畏惧，生怕他一个不高兴就震天动地。而所谓血脉亲人，更是从来就无法割断彼此间的联系。

姑母听说他并不看重土地房屋，思量了好几日，还是放不下心中的企图。她想，既然他坚持遵照师教修行，自己不妨前去一试，看能不能把那片田地弄到手——到底有一层亲缘关系，修道之人的慈悲怎能不惠顾自家人？于是姑母提着酒肉和糌粑等物，专程前来拜访，面容俨然不是那日的冷冽："那天，我真是糊涂！侄儿，你是修道之人，一定会原谅我吧！现在姑母请求耕你的田，替你种地，收获的粮食给你做修法的资粮，你看如何？"

"那么，姑母，每月送我一斗青稞磨成的糌粑，其余的收成尽归姑母。土地就交给您打理了。"

思虑种种的姑母自然想不到此番谈判会如此顺利，她无疑是做足了准备：先赔不是，再好言抬高对方，最后提出要求和条件，大概这样的姿态之后，任谁都不会直接拒绝，可见她行事有度。而闻喜见惯了世间百态，亲疏聚散，对这样的请求自然无所谓，索性就应许了，双方达成协议，彼此互惠，各得所需，也称得上完满。此后的两个月，姑母如约送来食粮，这对亲人至此才算改善了关系。当然，如果姑母还有什么顾虑的话，她对侄子再提要求也未尝不可，闻喜照单全收，只要自己可以办到。

"人们都说，种了你的地，你的护法神要作怪。你不会放咒吧？"

“干吗放咒？这是只会生功德的好事。姑母尽管耕种，按月给我送来口粮就好。”

“侄儿，既然如此，我也就安心了。但是，你要起个誓……”

他的语气不疾不徐，却也不失刚正，大抵对她而言还是有些许镇定的威吓之力。而如她一样的乡人对于那咒术仍敬畏有余，不能真正舒展身心，自得地生活。尽管按他如今的觉悟势必不会行不善之举，走不利的弯路，但益利有情是他此后一生所为都无法穷尽之事，现在，既然起誓能让姑母高兴，他也就视作行善积德，为佛法正业添一份功劳。如此，姑母果然欢喜而满足地回去了。

他的日常照旧有着勤奋观修、不眠不休的精进势头，但也有坎坷困窘之时，他不由得想起玛尔巴上师在身旁的日子，于是不过分执着，只管静修等待，亦不轻易放弃，只是如常修习。及时的昭示是他日有所思夜有所梦的结果，他在一天晚上梦到欲图开垦一片荒地，几度努力却因其太坚硬而无济于事，正想作罢时，忽见玛尔巴尊者从天空示现而出，对他说道：“徒儿！要勤恒精进，努力去开垦吧！荒地虽坚硬，终究是能够开发的。”说罢，上师便在前领着他耕犁，正如引导他踏上正途那样，结果教育有方，荒地终于开垦出来，长出很好的禾苗。

梦，终在渴望的圆满中醒了，但他的欢喜只搁浅几秒便转瞬即逝了。在理性的澄清和主观的梦境之间，他越是陷入深思，头脑便越为前者所占据：梦是习气迷乱所致，即使是愚者也不会特别相信它，我难道比愚人还愚吗？又想到，这也可能是由于勤奋观修，生起了功德的预兆吧？思来想去，至此悲欣交织，才算通明起来。

没过多久，姑母再来探访，他欢喜迎接。其实，自从与姑母达成交易，这样的来往自然就频繁了起来，先前的仇怨、纠葛显然已经翻篇。自己的饮食再无空缺，便不必受饥挨饿，修习的后备条件也就更为丰足了。这一日，她又送来三斗青稞磨成的糌粑，一件破烂的皮披风，一件好衣料，以及酥油和牛油混合的食物。

“这些东西，作为侄儿你卖地的代价——请你往我们看不见、听不到的地方去吧。此外，本乡的人都对我说：‘当初闻喜那样祸害我们，现今，你又这样敬重他，还想把乡中剩下的人都害死吗？我们要把你俩都杀了。’侄儿，你最好离开本乡，逃往别处去。假若你执意不走，杀我倒未必，至于杀你，恐怕是毋庸置疑的吧！”

乍一听，姑母有自私顾忌之虑，但直到听完这一席善言相劝，闻喜明了其中利他多于利己。而她的话，他不能不听进去——不是全盘吸收，而是要重新审度。其实，所谓的危险是不存在的，如若乡人对自己起了杀心，他完全可以再以咒术自卫，如若他不依教奉行，即便发誓了也可以选择不遵循——何况瑜伽行者的盟誓，如梦如幻。所以，一切轻而易举，出口尽在。但核心问题在于，他不愿意这样背信弃义，与正法再有一丝离散：这是他对自己的要求。

若无憎恨对象，那么自己需要对谁修忍辱观①？假使自己今夜死了，不单是土地，就连这一切都是要舍弃的啊。经书上说成佛的方法，以忍耐最为重要。眼下姑母所言即在考验他的忍耐力，而话又说回来，当初正是由于她与叔父的不善，自己才与无上妙法相遇，如此他们对他恩德莫大，自己因报恩之故，应常常为他们祈祷，愿他们将来也成就佛果。一番沉着思量以后，他势必要做出决定：“我修菩提，除了上师的口诀，别的什么对我都没用。不单是土地，就连房子姑母也一起拿去吧！”

“侄儿这样做，真不愧是顶好的修行者。值得称赞，值得称赞啊！”

世俗之人如姑母，在日常财物间兜转劳累，但好在能勤奋耕耘，自给自足。而这些琐碎的纠缠，使得闻喜这样的行道之人更生强烈的厌世之心，直至土地房屋事宜处理完毕后，他的心才较为坦然。这时，他的心中重又生起优游的念头：去往扎迦达苏，履行当初修行的誓愿。

言必行，行必果。他的云游生涯就这样开始了。

此后，在家乡嘉俄泽，他驻居过的这个岩窟，便被命名为岗楚浦，意为起始修习禅定之处。

①忍辱观：佛教讲究忍，“忍辱”是六度之一，被修行者视为一种美德而追求之。

第十二章

天人师：化度从亲人开始

生命的旅途因跌宕而横生妙趣，因浮沉而收获意外。在欲望和愿景之间，只有失而复得的心才能永远满足：通过它放弃的一切，为它的自主而欣喜。近千年前，在东方大地上，一位叫米拉日巴的密宗大师便已为这撞击心灵的证悟附上了实相。但与诗人的艺术才华有所不同的是，米拉日巴在佛法的感召下，善用一种超乎寻常的平和给予世间一切有情以化度——降伏神鬼、教化弟子、超度凡人，为后世藏族人提供了极大的精神慰藉和榜样力量。同时，于他自己，这不单是个人仇怨的彻底解脱，更是身为藏传佛教“形象代言人”的职责与义务之所在。

在扎迦达苏的精进日夜

夜的蒙昧备受心的光明导引，他在做出决定后的第一个清晨就踏上了旅途。这次离乡，平静多于愁绪，静寂重于欢喜。对于故乡，他毫无眷恋，从此那便是回不去的地方。对于资粮，他亦不再做充足准备，只带了所剩一点余物，就起身前往了。

至于路途辛苦，有天地自然相伴、砥砺，饮食不足，有身体意志支撑、鼓励，这一切他早已习惯。数度行走，让他练就的正是独立于世间的能力，而扎迦达苏就是他探寻之路的开始。这里不乏岩窟，他选择在背山一处安居下来，整理与收拾极为迅速：铺上一个结实的小软垫，即是卧榻，打坐修行、日常休息全在这至简的安适上得以满足。他对自己立了一个不往村落去的誓言：

“在我未生起殊胜证悟之前，就住在此山中。纵然饿死，也不为讨布施而下山；纵然冻死，也不为寻找衣服而下山；纵然寂寞苦闷至死，也不为贪图热闹逸乐而下山；纵然病死，也不为求取一剂药而下山。不为谋求今生成就，妄动这个身体，要身语意三业全不散乱，一心修习佛道。祈请本尊上师加持，使我的誓愿得以实现；空行护法们，请你们成全我的誓愿并为之行以助力。我若违此誓言，与其留着这不称心的人身，不如以死谢罪！”

如此严苛至极，真是下了狠心。在日夜修行的进程中，他只靠吃一点糌粑粉末和野菜稀粥补给身子，量自然不会多，仅存的一点余物反倒要供给较长时日，这与前一时期的境况相比落差非常大，但这正是他要完成的自我挑战。支撑他修习的，不仅有自制的所得，而且心灵之上对大手印的自信也开始获得启迪，唯独身体衰弱，不能控制风息——由于得不到能量补充，他感到山中寒冷日益加剧，只得靠心志努力维持，以保证修习不断。

每每这样的时刻，他无形中总会想起往日同上师和师母一起度过的时光，默默冥想，尽量调息，做到最不费体力的平衡状态。如此凝神保持，心绪渐次摒去焦躁，恢复平和。慢慢地，精神得到舒缓，他在入定的光明境界中，开始能看见很多妇女，围了一圈，摆着一个很是盛大的集轮会供，并申明皆由玛尔巴上师派遣而来："米拉日巴，玛尔巴上师指示，若未生起更高觉知，应调整三业之方便，照这样去做才合适。

"请听好，此有三个要诀：一是'六灶诀（噶举派的一个重要密法）'，用端直坐法的窍要，寻找身中的安乐；二是'印结诀'，用命勤风息的窍要，寻找语中的安乐；三是'蛇结诀'，用自然解脱的窍要，寻找心的舒缓安乐。"

一心求教的弟子，适逢迷津，上师却及时将要法传送，闻喜顾不及感激万分，只管把一切指点熟记于心，而当他心满意足地顶礼，抬首睁眼以后，空中却如若虚无，一时间，他竟才明了刚刚的情形该是自己证验的觉受吧？无论如何，他都不介意将前一瞬的收获跟尊敬的上师联系在一起，他深谙上人对自己的恩泽，于是再次虔诚礼拜，面对着坚硬而沉默的山川，俯身于阔大而无垠的天地之间。

于是，他的信心恢复，依循着上师的指点，坚忍修行，身心果然明朗了不少。此后漫漫光阴，昼夜交替，都是与他无关的，因得着信念的契机和乘胜追击的阶梯，他一以贯之地向上求索，必要时诵念或唱歌以鞭策自我，勤恳非常，功夫自然又见增长。这样的光阴大抵过了三年有余，而究竟是怎样把一点余粮妥善而珍惜着分配于这长长时日中，就成了一个不可破解之谜……世人无法想象他的意志力到底修炼到哪种级别和高度。

当然，借由困局被迫生出的选择终归还是到来了。

随着最后一点糌粑粉的消耗殆尽，他必须正视并郑重思量当下的现实问题：

如果生活的来源一丁点都没有了，可能对生命产生威胁；而世间凡夫，如果得着一钱、两钱的金子，便欢喜得不得了；如果失去了，那种苦恼是无法言喻的。——这样比较来说，修道者在未成佛之时，便舍弃人身就不应该了。因为，纵然黄金充满这三千大千世界[①]，也不及这修佛之身宝贵呀。

可他转念又被誓言拦挡：与其违背从前誓言，倒不如在未修成前死了的好……究竟怎样才算对呢？这大概就是舍得命题在生活中最稀松平常的例证了吧。小舍小得，大舍大得，不舍不得——任一动念都是选择。对他而言，一面是正法的终结胜利，一面是誓言的阶段考验，他必须也只能有所决断。

他想起上师对自己的教诲：我们用布施、持戒、忍辱、精进、禅定、智慧这六种有力的方法摄持自己的言行，以帮助实现愿望，这便是行菩提心。他自省所作所为并不偏离上师的期望，却在之后的一刹那被一句话警醒：别人骗你是小骗，自己骗自己才是大骗。他明白，本心的志愿仍是向着即身成佛的正法坚定不移的，何况自己并非白白下山，是为继续修道而去，或许这也不能算违背誓言吧？还是得去找一点修苦行时的吃食……

他继而镇定心念，对自己默祷鼓励：自己度自己最重要，在自己有能力时，应该好好地修行。如此一番和解，这才往山下走去。

①三千大千世界：佛经中以须弥山为中心，以铁围山为外廓，同一日月所照的四天下为一“小千世界”；一千“小千世界”为一“中千世界”；一千“中千世界”为一“大千世界”。

荨麻草的苦行

经历物质与精神的持久挣扎以后，对于吃食的体悟和态度，闻喜明显又进到了一个更高亦更朴素的境界。而荨麻草就是在这时段开始在他的修行生命中出现的，并自此陪伴了他终生。

据说后来的米拉日巴不但摒弃了人间的华饰，只赤身露体坚实修行，而且摒弃了人间的美味，只吃草本植物荨麻叶，所以身形日渐消瘦：他伸出手来，从前胸可以触摸到后背，从后背，又可以触摸到肋骨，样子可谓十分嶙峋。相传他的皮肤还泛着青绿的光……[①]

究竟多少日月的累积，他才会将身体也修炼到那般境地？常人实在难以想象，只能从他的苦行历程中试图求解。而他自己只一下山，就发现眼前简直是另一个绝美的世界。

与枯冷的山上不同，这里日光和煦、河水甘美，长着很多茂盛的荨麻——也许正因为这食物首先入眼，才奠定了它与他此后致密的联系。只随手抓起几把，便是一顿饱餐。他当即确认这是一个眼界极为开阔又使人心神安静的好地方，于是索性搬家至此，简易的行囊铺陈开来，他当即开始继续修道，一切柳暗花明得如此迅疾且简单。

日子依然过得平静而朴素，修行的境界随之再度提升。他过起了外无衣穿，内无糌粑或其他主餐养料，仅靠荨麻维生的生活，身体瘦如骷髅，肤色

①马丽华：《风化成典：西藏文史故事十五讲》，北京：中国藏学出版社，2009年版，第160页。

亦由荨麻浸染，就连毛孔中也长出了绿油油的毛来。而他自己纹丝不动，只顾凝神静息，但凡需要提点信念之际便用手触摸一下上师赐予的密封纸卷——平常时候这宝物多在枕上供着，状若上师近在身边。有时候，因为实在没有其他可吃的东西，又无法解决胃腹的不适，几度想拆开密封纸卷寻求救助，但终是作罢了……

隐忍的时月一晃就是一年。他自持而节制着，向着未知之境修行而去。天地似乎只他一人存在，佛陀幸得此一弟子苦行精进。

“有鬼！啊——”

习惯了山中寂寞，忽地被这一尖叫打破，不知谁比谁更害怕？几个吉隆的商人打猎经过，见到这一尊青绿色人体，本能地喊出了声，惊慌之余，又吓得转身就跑。闻喜反倒乐了，几年不与人谋面，这下碰着了又适逢荨麻已染身，难免吓人，赶忙对之解释：我是人，且为修道之人——简明的辨正之辞毫不奏效，于是又添了些介绍的话。

“咦！恐怕不是，且去看看。”

几人绕行岩洞，巡视几遍，一无所获。闻喜不急不忙，来了精神，倒想听听他们有何说辞，多半是觅食的企图吧：

“你修道的粮食藏在哪里？借点给我们，日后重重偿还。若是不借，就把你杀掉！”

料定的威胁果然近至眼前，他笑着回应：

“我的食物，除了荨麻，什么也没有。要说有，你们就得供着我这修行者，我身系其中，是不怕被抢走的。”

“我们不抢你。供养你这修行者，有何好处？”

“会有福德。”

“好吧，那就供上。”

几个后生说着，互相使了个眼色就用两臂将他抬起，可接下来做的却是往地上频频摔掷。他们怎知数日得不到营养的身子骨在接受地面硬生生的洗礼时，是多么疼痛，难以忍受，他们怎知他的心中为这突袭的灾难感到无限悲怆，不禁流出了眼泪。

当局者迷，旁观者清。在这场闹剧尚未休停之时，有一个人说话了：“诸位！此人可能是一个很好的修行者。如若不是，我们欺负这样一个骨瘦如柴的人，实在算不得好汉。你我腹中饥饿，也不是他造成的。不要这样！”闻喜身上的折磨渐渐平息了，他注意到这大抵是个小头目：他不仅自始至终没有直接参与其中，而且他的话明显奏效，很快喝止住了其他年轻人。

“瑜伽行者，多有冒犯。我未曾扰乱尊心，请您为我加持！”

“我们大家都供上你了，请你也为我们加持……”

“除了加持的方法有所不同，加持是肯定无疑的啊。”

几个青年哄笑一阵，似乎对加持并无实际兴趣，嬉闹着结伴继续往前走了。刚恢复一点元气的闻喜，止不住哀叹几声，望着他们渐行渐远的背影暗暗为天下众生祈祷，他并不打算给他们点教训，人在做，天在看，更有佛祖的光明照见着人世的善恶美丑，悲欢种种。

年岁仍如水流逝，他的欲念逐日消解，对食物的需求比先前更少，修进的境界依然是他追求的功课。只是日头向前，他手边能抓的所有衣服都破烂不堪，姑母给的那件皮披风只剩了些破片，这时几个空的糌粑口袋和一些碎布头对他来说无疑也是宝贝，因而正想着缝缀起来给坐垫做些外包的修补——在不多的物件中，坐垫的重要性当然不言而喻。

在无常的命途和修法的证境中，他不知哪一个先到来。所以几乎每时每刻都在竞赛之中，与身体的耐力、自我的意志一并竭诚往前赶着，平静却也不安。于是，他采取简洁的办法，把那能铺成较大面积的破皮披风展开如垫子形状，尽量遮蔽下身，那口袋破片则缠于上身或只是挎在肩头，掩盖必要部分，如此勉强度过一段时日，直至碎如琐屑。

他的心头时有踌躇，却无太多时间自暴自弃，只能奋力寻求解决。针线是妄想，他于是拾起茅草，捆了三个布袋，放在腰部等处，或者把茅绳接长，夹杂布带挽成结子，拴在腰间……白日总是将就过去，寒夜却着实尤为艰难，如此大约又修持了一两年工夫。

他的修证仍得跟上，他在上师与佛陀前继承的使命仍在践行。他不时被外来或经过的凡众当作鬼，却也在这样不多的机缘中得到一些供养和启迪。

与世俗温润交锋

“有鬼！”

“大白天，哪来的鬼！好好看一下，还在不在？”

“还在呀！”

“我不是鬼，是在这山中修道的行者，因为没有吃的，只食荨麻，身体才变成了这个样子。”

“让我们看看真假如何。”

来人是猎人扮相，和闻喜对话的是一位老者，自然没有多少莽撞之词。几人进洞瞧了又瞧，感到凄凉极了，除却荨麻，别无他物。见状，在老者的带领下，他们颇为慷慨，把很多肉和剩余的口粮、糌粑一并送给了苦行的闻喜：

“这样修行，实在了不得！请您为被我们杀害的那些众生超度一程吧，也令我们清净罪孽！”

他们一起恭敬顶礼后，便静默离开了。也许片刻的精神震撼，让人心生敬畏而反省身心，也许一瞬间的相识机缘，将改变彼此往后的人生命运……迷人的未知，有时就是这般神秘又美好。对于长日弹尽粮绝的闻喜来说，偶得的礼物让他非常欣喜，及时煮肉过后，身体安适自如，精神饱满，神智清楚，功夫也大为进步，生起了美妙证见，可说与从前大不相同。

这样的时分，他不能不有所感慨：从无到有是短暂的满足与安宁，从有到无却是漫长的充实与残酷。他参悟到：供养享乐者一百种东西，不及供养山林中的修行者一点酒食的福报大。因而，对于希图除去罪恶的猎人的食物供养，他格外节省，以至于后来肉都腐败长虫了……他眼见着那肉虫蠕动，心生悲悯，想把虫子拣开再吃，但又想到，自己已无福受用这些肉食，与虫相争其应得之份，形同抢劫，即便再好吃，也不是修行人该有的举动。于是，难得的肉块成了虫子的盛宴，而他自己仍以荨麻苦度日月。

再往后，他还会不时遇上些寄生野行之人，大多都是来觅食，所以丢一句“我自己在白天尚且找不出东西，看你黑夜还能找出什么来？”也就送客了。若是碰上流浪在外的同乡，倒是能多交流几句，兴之所至也会以荨麻盛情款待一番。

“咦，你是闻喜吗？”

“哈哈！正是！”

“今天请你借给我们一点吃的，以后必定加倍奉还。自听说你回乡后，这又过了不少年头。从那以后，你一直住在这里吗？”

“是的，是的！可是我这儿没有你们可以吃的东西。”

“你吃的什么，给点就行。”

“好！那你们就生火煮荨麻吧。”

顿时，同乡人竟因这遍地触手可及的荨麻而轻易满足，围火而坐，既有苦中作乐的意味，也有惺惺相惜的妙趣。有人提议说：

“请给点酥油放里头！”

“若有酥油，那食物就更有营养了。我呢，没有酥油已经很多年了，撒点荨麻当酥油吧！”

“那就请给点作料吧！”

“若有作料，那食物就更鲜美了。我呢，没有作料已经很多年了，撒点荨麻当作料吧！”

“添点盐吧！盐总有吧？”

“若有盐，那食物就更有味了。我呢，没有盐已经很多年了，还是撒点荨麻当盐吧！”

早已习惯粗陋吃食的闻喜笑呵呵地一一回应，并不觉得烦琐，反而感到有趣。人的身体潜力与精神的矿藏同样是无底洞，未到绝境，永远有贪图的欲念。几位乡人无奈之余面面相觑，把注意力转移到他的身上：

“你的衣食不过是个影子挂个虚名，不能穿也不能吃。你还是男子汉大丈夫吗？就是随便给人当奴仆，也可以混个温饱。世上像你这样悲惨又可怜的人怕是没有了！”

最末一句，闻喜听得耳熟，一如当初母亲教诲自己不能贪图酒饮之乐，而要铭记母子三人的厄运时时常念叨的话。此时，世俗的乡人好意直言，鞭策也好，激励也罢，他的内心清醒至极：

“各位，请不要这样说。我是人身修证者中最为殊胜的一个。我既亲近了像玛尔巴那样的大译师，又得到了一生即身成佛的口诀。在寂静山林中，舍弃今生一切享乐，专心修道，以求达到人生的终极目标。对于衣、食、名声三者，甘愿吃亏，即于此生，降伏烦恼之敌，因此世人中除了我有这样的勇气和志向，恐怕再也找不到一人了。

“然而，像你们这些生在佛法昌明之地，莫说修行，就连去听法的念想也没有的人，只追求那去往地狱至深处和受苦最持久的办法，而为此急急忙忙，积集罪孽，到头来怎会有安乐可享？我呢，不但将来可以获得永久的安稳快乐，而且现下已经有了获得安乐自在的把握了！”

说着，他唱了一首五乐之歌：

……

一为下有结实的坐垫而安乐，

二为上有尼泊尔的木棉衣而安乐，

三为有抱膝禅定带而安乐，

四为有饥饱适中的幻化躯而安乐，

五为有抛去了情识的本性而安乐。

我无不乐而安乐，

……

你们这怜悯实在不妥！

斜阳已经西下，
请你们各自转回程。
人生短促何时死去说不定，
为了修成圆满佛，
我没有说空话的闲情，
抓紧时间打坐要紧！①

“你说了一大篇安乐的话，你很安乐，嗓子也好使得很。我们固然可以学你那样，但何必呢！”

这一句回应已经明显表现出闻喜在对牛弹琴，他有教化众生的心愿，但也无意强人所难。他始终欢颜相对，而他们草草吃了几口荨麻以后，便告辞而去。

彼此之间无寒暄客套之语，不言恩谢，不说再见。大抵这就是人生的相遇吧，陌路必定各行其道，唯有同类才有机缘再度相见。

①桑杰坚赞著，刘立千译：《米拉日巴传》，北京：民族出版社，2000年版，第128–129页。

白达与泽色

闻喜保持修行，在寂寞中自得其乐。几位乡人离开，倒是出现在了嘉俄泽每年一度的塑泥像宴会上。他们随口拟了几句听来的五乐之歌，他们唱念得无意，倒是有人有心听了进去。

“说这样话的人，一定是个佛菩萨。”

“哈哈！姑娘，你倒自已称赞起你的哥哥来了！”

比起出走多年的闻喜，这个曾为阔绰之家的女儿的白达，显然更轻易为众人所熟知。有乡人一时间认出了她，便直截了当地告诉了她久别的哥哥的动向：“是佛还是凡夫，我们不知道。反正这是你哥哥饿得要死时的挽歌。”

“我的父母早死，亲戚成仇，哥哥又流落异乡，不能相见。你们何必捉弄我这乞女寻开心呢！”

破衣烂衫的白达号啕大哭，仅存的亲人的信息就那么被耍笑着向她砸来，戳中了心坎上的痛处，她怎能不伤悲？而在这众人集会的场合，大概寻亲的可能性也大大增加了吧。泽色就是在这个节骨眼上看到白达的，她下意识地疾步走上前来，安慰道：

“不要哭了，也许真是你哥哥呢。前些日子我曾见到过他。你可往扎迦达苏去，看他还在不在那里？若是在呢，我们俩同去看他吧。”

她仍是这样可人，带给白达以希望——或者不仅仅是希望，还有引导。而白达郑重带上乞讨来的一桶酒和一小罐和着米饭的糌粑，即时就踏上寻亲之路了。路途或长或短，伴着猜测和渴望，她很快抵达了扎迦达苏，且几乎不放过任何一个岩洞，直到有动静的那一个。

她从洞口探着身往里看，只见一副备受折磨的身体，双目深陷，一根根骨头突起得老高，脸色发青，枯瘦如柴，肉和骨头几近割离，皮肤上长了很多绿茸茸的长毛，头发蓬松得直叫人悚然，手脚等也细得快要断了似的。猛地一看，疑心见了活鬼，吓了一跳！

白达的视线纷乱地扫视着眼前这具身骨，惊觉之余想起乡人好像曾说“你哥哥饿得快要死了”，于是不禁犹疑起来，忐忑不安地问道：“你是人还是鬼呢？”

“我是米拉闻喜呀！”

对于妹妹的声音，他怎能不在第一时间就辨认出来呢！久别重逢的喜悦，即时像一股热流充盈在他体内，而他仍在下一秒就让自己恢复了平静，只以平静的声音回答。为了表示对她的想念，他还会像小时候那样调皮地逗弄她。而与此同时，他的回答也让白达在心里有了确证，兴冲冲地喊着：“哥哥！哥哥！”

她仍像个孩子，朝着哥哥跑来，却在拉到他手的那一刻晕厥了。大概太久的流离让她面对这突然到来的团聚时无法不雀跃，激动得忘形；大概漫长的分别让她在母亲亡故后日日辛酸乞讨的生活中毫无喜悦可言，直到这一刻来临，她才尝到了多一分的甜味。而闻喜见到妹妹的脸庞，喜悲交集。

不一会儿，白达慢慢睁开眼睛，先是端详了哥哥几秒，而后就把头埋进他的两膝之间，双手捂住脸悲痛地哭号起来，大声述说道：

“母亲在想念你的痛苦折磨中死去了，没有别人来照顾。我自己苦不堪言，在家无法生活，只好漂流异乡乞讨。我以为你多半是死了；若要活着的话，可能是比较幸福的。谁知你的遭遇竟是这样！妹妹我的境况亦是如此！这世上恐怕没有比我们兄妹俩再苦的人了吧？”

骨肉亲情，原是这般朴素而动人。闻喜听得妹妹一席话，像极了当初自己离家时的情境，俗世的苦楚竟让她有种经历世事却回到原点的无力感，而今在哥哥面前终于有机会一吐心绪。而身为兄长，他走上追随正法的佛途，既未行兄长之责，也未尽为子之孝，自然无言辩驳，只好尽力安慰，但丝毫不奏效。她仍在叩问天地，祭奠爹娘，他则束手无策，心下戚戚然之余，就给妹妹唱了支歌：

妹妹怀着世俗之情，
其实一切苦乐都是无常。
……
我为报答众生父母恩，
才走入了如来法门。
看我的住处如野兽巢穴，
他人见了都会憎恨；
看我饮食如猪狗食一样，
他人见了会恶心；
看我的身体如骷髅，
即使仇敌见了也会泪珠滚滚；
看我的行径如狂人，
使妹妹你也惭愧和灰心；
可是看我思想却如真佛，
如来见了也高兴。
座下石板冷冰冰，
能激发皮肉生勤奋。
体内都有了荨麻本性，
青青的肤色不会变更。
在荒无人烟的岩窟中，
我厌世之心无穷尽。
三世如来大上师，
我心与之不分离。
凭我勤奋的修习力，

必得善果生验证。
……①

以歌相倾，互诉衷肠。白达看看一旁的泽色，面容沉静，像是他们兄妹俩重逢的守护人，心中大抵对哥哥的追求和现状有了了解："这样固然很好，但这不会是真的吧？别人虽有和你相似的做法，但完全像你这样苦修的，我没有见过……"

平复心情后，她赶紧将酒食取出，以滋养哥哥枯槁的身子。闻喜补充能量后，自觉精神清明，当晚修炼功夫时就得到了很大的助益。

往后几日，他奋力修持，妹妹和泽色二人陆续带来很多干肉、陈酿的酥油和上好的糌粑，酒水也供应得足，可以说日常饮食改善了不少。他在心中感念着分外满足，却不知白达目睹着哥哥青苍苍的身子羞得不敢抬头，只一会儿工夫，她和泽色已经把酥油、肉和糌粑通通整点着弄好，酒也已斟好，不为一起用餐，就想好好地看他饱腹一顿。

"哥哥，不管从哪方面看，你现在连人都不及。所以请你还是去化点斋，吃点人的食物，我尽力设法给你再弄一件衣服来。"

"无论如何请你以募化为生，我也决定要供养一件衣服给你。"泽色亦是心有不忍。

"我不知何时死去，没有募化求生的空暇和意义。我纵然冻死，为了佛法，也死而无悔。现在我正拼命励精求道。如果专门为追求精美的饮食，穿着华丽的衣服去会聚亲友、纵情酒食娱乐，非我所愿！"他出言沉着，语气却越发坚定，"我不要你们的衣服，你们的话我也不听，募化我更不会去！"

听着哥哥这般倔强，白达的话头反倒较刚才委婉了下来："那么，哥哥，你的心愿要如何才能满足呢？难道还要比这更苦就满足了？"

---

①桑杰坚赞著，刘立千译：《米拉日巴传》，北京：民族出版社，2000年版，第130-131页。

“比这更苦的是那三恶道。……我的志愿只是如当下这般坚持苦修就可以达成！”

泽色不由得称赞道：“你先前的言语和现在的行为，果然一致，实在难得呀！”

三人各执一词。白达望着哥哥随时即可合目冥想的样子，陷入了沉思之中。她关心的是，他怎样才能更幸福呢？她疑惑的是，他怎会不因她们的真情而动摇呢？

自达成为有缘人

“随便哥哥怎么说，但没有衣食，我心中实在过意不去。我一定会尽力为你弄件衣服的。你生活得好一点，道果也不会跑掉。

“你不想乞食，那就不做好了，想怎样就怎样吧，恐怕最后就如你所料一个人在这深山中凄凄惨惨地苦死了。但凡不死，我就一定尽力去弄件衣服送来。”

面对哥哥，白达或者出于母性的关怀认为自己一定得为他做点什么，这苍茫人世间，她唯与他的联结最为紧密，所以铆足了劲儿为改善他的生活做些努力。她刚一说完，便拉着泽色走了，她们两个从来都是一样的立场，对他持着一致的爱意。而他继续单调而重复地保持修习。

进食过好的东西后，身体中逸乐的刺激加剧，并由此带来不小的苦痛，以至于思维不畅，观修不能顺利进行……他顿感惊恐，该不会是生出什么大障碍了吧？

他几乎就在第一时间想到了敬奉在枕边的来自上师的恩赐——密卷，开启一看，其中写着除障碍得益处的精要和把过患转化为功德的秘诀，他赶忙细细阅读，悉心铭记，犹如抓住救命稻草一般。他注意到在上师的教旨和警语中，特别提到在此时期全靠好的饮食辅佐修行。

闻喜随即开始反思，过去精勤修习的力量本来快要摄界归脉[①]了，可是因为食物太坏，未能出现，原来如此。思路通达的片刻，他立即明白要多少喝

①摄界归脉：无上密法中一种修气脉的方法。

一点白达送来的酒，吃点泽色带来的食物才行，及时补充能量，总该还来得及。而后当他依照着密卷中有关身体和风息的操练要点和观想方法进行刻苦修习时，全身细脉脉结都解开了，继而肚脐以下中脉的脉结也都解开了，各种内证境界依次现出，正和从前从上师那里领教过的说法相同。

他了悟到，这次心中所生功德，是以过去的修持为因，以美好的食物和甚深要诀为缘起，因缘和合产生的结果。于此说来，白达和泽色二人对自己就有很大恩德，因而必以所修作为报答，以其善根回向菩提。

再往后，随着修习的上进与升华，闻喜的身心开始出现百种不同变幻，每一个形象都能去往一片佛土听佛说法，又能为无量众生传道。他自己也充盈着能够起火、出水等多种新异本领的喜悦，勇气大增。快乐总是有着无穷的魔力，他继续勤奋修持，后来真的可以在空中飞行……他思忖着自己以现在的实力应该可以做佛事，能利益众生了？

盘定好坐姿，他决定一试。忽地本尊现身严加点拨："今生你主要应遵师教修习，取得成就。没有比维护佛教和造福有情更为重要的事情了。"

这些日子堆积的信心，好似一下子就消融在这警示之中了。虔敬的弟子即便修证再高，对于佛陀仍愿保持仰望，这很难得。他随即舍弃内心的虚妄，到曲洼修行，再往定日走去。

沿路所遇世人或以怜悯相视，或以虔诚相待，闻喜早已习惯，对这一切处之淡然，轻轻一笑便继续行路了。他也遇见过一个少年猎人，对方一番好言相劝，着实让他印象深刻，只是人世幸福的细枝末节他早就见怪不怪了。

"我看你这个人面带福相，还挺伶俐的，与其这样受苦，不如做回世俗之人。运气好的话，可以骑着狮子般的骏马，佩戴上好的弓箭宝刀，牛羊牲畜排列成群。如此降伏怨敌，积集财宝，有众多亲友为你奔走奉事，那是多大的快活！

"要不然就去经商，出人头地，乐在其中；最不济，给人做奴仆，也可得到好一点的衣食——总比你现在这样身心受苦强得多呀！你以前不明白，那么现在知道了，这样去做也不晚啊！"

萍水相逢，自有归宿。他的方向是镇地，不久就在基浦——吉隆县河谷底部接近聂拉木的马尼宗住了下来，继续修持。在他停居于此的几个月里，人们几次带来吃食以供养他——这尊行走的菩萨，仰仗于精神圣地的藏族各地方人民，灵魂深处仍对各种神祇充满本能的敬畏，他们认为敬拜总归没什么坏处。

他的勤勉修习自然带来功夫的长进，而紧密的证境日程中，他还必须时刻提防妨碍的滋生，他必须在每一个阶段都做足功课，才能如愿向着无上正法有效修进。荒芜寂静之地，始终有其必要，让岩洞变成待客之所，恐怕易生魔障，于是在供养充沛之余，他又开始琢磨：这样会不会生出反作用？大抵又要到转移的时候了。

白达恰是在这个时候赶来的。她用搜集而得的羊毛，为哥哥织了一件氆氇，一路带在身边，一路找寻了过来。

“有一位上贡塘的瑜伽士，像一只荨麻虫一样，已从北库[①]往拉堆洛[②]方向去了。”

经多方打听，她总算找到些许线索，一路追踪而来，想必周折不少，再闻讯往镇地、基浦走去，其意志和闻喜相比应该有几分相似吧。

“哥哥，你的佛法，口里没吃的，身上没穿的，若是知道羞耻的人，绝对不可能这样做。给，你拿这条氆氇把下体围上吧！”说着，白达无奈地递上这些日子的全部心意，她乘机说道：

“我在来路上，碰到一个叫八日大译师的——本名仁钦扎，萨迦派多继承其法统，他下坐高座，上张伞盖，身穿绫罗，口中喝的是香茶美酒，僧俗弟子们都吹法螺，聚了一大群人，其供养之丰盛更无法想象。像他这样，不仅亲眷沾光，人前也可以夸耀。这才是一位体面的佛徒。我想看他能否收留

①北库：即佩枯雪山，在佩枯湖南面介于吉隆与聂拉木之间。参见桑杰坚赞著，刘立千译：《米拉日巴传》，北京：民族出版社，2000年版，第155页。

②拉堆洛：即南拉堆，是今定日县协噶和其周围一带地方的古老称谓。

你做侍者？若是可行的话，即使做个地位低下的徒弟也好啊，这样生活会舒适一些。否则靠哥哥你的这个佛法和我的能力，我们兄妹的苦难何时是个头啊？”

“白达，不要这样说。你看我无衣蔽体，住于山窟，便说不顾羞耻。事实上，我的一切所有，本来就是为人所共有的，我自己感到满足，因此才能与法相遇。尤其是从母亲生下就有的东西，更没有可耻的道理。比较起来，那些明知是罪过还无所顾忌，扰乱父母恩赐的身心，盗取上师和三宝的财物，为了满足一己私欲，不惜用种种卑劣和欺诈手段伤害众生的人，害己害人，那才是圣贤天人都耻笑的。

“……你是不是以为，我甘受衣食方面的损失前来修道，所以才永无财物的享受？不是这样的。总的说来，我因为害怕轮回恶趣的苦恼，以及活人被投入水火中一般的恐怖，所以当我看到在光怪陆离的世间八法中进行取舍时，就像患呕吐症的病人看到饮食一样恶心；又如看到杀父凶手一样，心中很不痛快，于此才避而远之。玛尔巴上师的教诲亦是同样的旨意，我的作为正是秉承师教而行。

“由于我谨遵师命进行修持，不但使自己身边少数有情今生能够得到安乐，还能使自他一切有情，有朝一日得到长远的安乐。对于荣华富贵，若是想做，不要说做八日大师身边一个卑下的侍者，就是如他本人一样，我也可以。但我立志今生成佛，所以只着意于认真勤修。

“现在，白达，你也舍了世间八法，跟随哥哥一道往拉契雪山修行去吧！若能舍去八法修道，今生来世，都有快乐的日子！”

他的答语娓娓道来，如谆谆教诲，白达神情安然，毫无反驳之态，似乎是听进去了。

姑母的化度

“哥哥，你说的是真的吗？这个世间八法像是快乐的呀？我们兄妹用得着抛弃它吗？”

闻喜是从解答这个问题开始对妹妹进行教化的。他看出了机缘，而她的确有入佛的根基。这段日子里，妹妹不时好奇地找他闲聊，闻喜就耐心作陪，刚开始她还为俩人的生活添些粮食、酥油、肉类等出去乞讨，直到闻喜觉得时机成熟，对她说：

“先前讨来的东西还有，在未用完以前，你即使不修道也不要去造罪，就跟我一起住下来吧。”

白达答应得爽快。此后，功夫不负有心人，他将因果报应等教理讲说给她听，而她对于佛法的认知也渐渐转变、改观了，对尘世的贪念也便逐日淡薄……

闻喜对妹妹的变化乐见其成，父母离世，唯一的妹妹也皈依佛法，如若有些许世俗的善念，那就是关于泽色，但人生各有选择，他只能默念一句：好自为之。而对于叔父、姑母，因纠葛重重，更是越发看淡了。

他完全没有想过此生还能再见到姑母，没有想过她会来主动投奔他，更没有想到后来发生的故事。

那天，白达是突然提起姑母的。“姑母使我们母女兄妹受尽折磨，不见她为好。”闻喜听后立即劝解：“白达，不可这样想……”只是闻喜刚说了半句，便看到姑母已经站在住处那端的岩崖上——山中鲜少有人，出现一个身影着实显眼得很。俩人所在山窟前要塞处架立的桥，是由闻喜变幻身之能力所为，白达此时正往回拉。姑母见状，急忙喊道："侄女呀！不要拆桥，姑母来了！"

"就是因为你来，我才把桥收起来的！"

"侄女啊，怨不得你。我现在非常后悔，所以特地前来见你们兄妹。快把桥搭起。若是不愿搭，那也请告诉你哥哥，说我来了。"

其实，此时的闻喜正端坐于岩石上静修。姑母一察觉闻喜的存在就立即恭敬地向他顶礼，并讲述了到访的理由。她说叔父死后，自己心中才真正悔悟过来，担心自己罪孽深重，不能承担，便用一头无角牦牛驮了东西，一路打听到了镇地这里，而后将大部分东西和牦牛寄放好，自己尽力背了一些东西慢慢找过来的……闻喜听着，先是心中一默哀，而后想着若是不见，恐怕也不合教法，就和她讲讲道理吧，于是隔岸对姑母说：

"总的说来，我现在已经断绝对叔父、姑母修好的念头。当初是你们把我们害得很苦，并且在我修道以后乞讨布施之时也加害我，所以我对叔父、姑母已完全绝情了。这里有首歌，你听听吧。"

……

在家乡嘉俄泽，
贤父抛下了我们母子三人，
家产全被侵夺受尽苦辛，
母子如同被击的豆堆四散离分，
这全是你叔父和姑母造成。
从此，我对亲属产生绝望，
特别是我四方漂泊，举目无亲，
思念母妹又重返家门，
谁料母亲去世妹妹飘零，
伤心和悲愤无法忍受，

这才促使我专心修道行。
只因生计无着受饥馑，
才来到亲姑母你的家门。
你认出我这贫穷的瑜伽士，
憎恨使你起伤害之心，
放出恶犬来咬我，
又用支撑帐篷的木棍，
如打场一样毒打我身。
把我打晕倒在那水坑内，
几乎丧失宝贵的生命。
你凶恶地骂我不肖子，
疯狂地骂我现世丢人，
唇枪舌剑伤我心，
使我悲痛、失望又愤恨，
……
你身为姑母却怀一颗魔鬼心，
从此后我对姑母绝了情。
……
他身为叔父却怀一颗阎王的心，
从此后，我对叔父绝了情。
我穷困，亲属对我比仇人还凶狠，
此后我便坐山修道行。
多亏那钟情的泽色姑娘，
旧情难断，把我探寻。
说了很称心的话，
来安慰我这痛苦的心。
她送来精美的食物，

解除我的贫穷和饥馑。
深知她对我有情有义，
奇男子岂能放弃修行？
泽色来了我也不见，
更无必要把姑母欢迎。
现在请你立即回去，
趁天色还早快请回程！[①]

姑母听后泪流不止，顶礼了又顶礼，说道："你说得对，从前的事，请你原谅！我诚心诚意向你悔罪。我非常后悔，也正是为了我们之间的亲族关系不致断绝，特地来会见侄儿。无论如何，我一定要和你们兄妹见面；如你们不遂我愿，我只好自杀了！"

闻喜于心不忍，正准备搭桥，妹妹仍执意不见，他劝道："固然和破三昧耶戒的人，同饮一地之水，也要受破戒蔽障的影响。但现在未到那般严重地步，我身为修行者，一定要会会她。何况，佛家教旨有言：'不往内观照，无法真正消除迷惑；不心怀温柔，修行便只剩下受苦。只有不放弃自己，才会不放弃他人；只有尊重自己内心的感受，才会愿意去体念他人的感受；只有相信自己觉悟的潜力，才会相信他人觉悟的潜力，并因此走上大乘菩提道。'"

听闻一席训诫，白达的态度才有所缓和，她接受哥哥的教导，凝望着他把桥架起，满足了姑母的愿望，并自然为之讲说了些因果之道，使她心向佛法。

此后，姑母也开始跟随闻喜学法，修习口诀，成就为一位自然解脱的瑜伽母。而对闻喜自身而言，他的态度始终如一：

①桑杰坚赞著，刘立千译：《米拉日巴传》，北京：民族出版社，2000年版，第149-151页。

在开放的心中怀着敬意看待自己当下的体验，尊重自己的洞见，不否认自己的缺点和过失，也不认为自己一无是处而失去内心的庄严。即使面对自己的狭隘、冷漠、混乱，依然不忘记知足和感恩。

化度的有情和修行的处所

于人一生，幸福感源自内心的安宁，而仅仅克制负面情绪尚不足以建立强大、平和的内心世界，我们还需要主动去培养正面、积极的心态和情感。每个人都有善良的一面，关键是我们要知道怎样去激发和培养这些会给自己和其他人带来幸福感的品质。

布施是突破自我局限性的有效方法。

佛法中有法布施，就是为人讲解佛法，让人获得利益。其实从更广泛的意义上理解，就思想而言，凡是符合四法印①的思想都可以纳入佛教思想的范畴；就行为而言，凡是弃恶扬善的行为都是佛教倡导的行为。

所以，劝人行善，在别人困难的时候给予安慰、鼓励，帮助他们树立积极的价值观、人生观，使他们成为更有爱心和责任感、人格更完整的人，都是法布施的有效表现。

布施让我们学会放松，不再把一切都紧紧抓在手中，也不再只关注自己。我们惊奇地发现，原来给予是会让人感到丰足而不是贫乏的。

布施的目的是学习放下对自我的执着，从而更好地帮助别人，所以布施的发心很重要……

时过境迁，前尘事清净，闻喜的布道传法修证境界可谓一步步往更高深处进展。对于妹妹白达和姑母琼察巴，他的引导和化度功劳着实不小，而她

①四法印：指诸行无常、有漏皆苦、诸法无我、涅槃寂静。

们亦成为众多有情中的善缘之人，打通了各自与佛祖的识见的征途。事实上，他教化的弟子远不止于此。而他讲说道法的历程却在不自觉中开启了。

不论人或鬼怪，只要是有善根福德的众生，都是他行以助益的对象。

多年后他自己回忆，只有起初是非人即鬼怪来试道的，往后会集的都是众人弟子们，其中间有长寿天女显示神通。他的教法主要由那非人的长寿天女和属于人的塔波拉杰来弘扬。

至于传法修行的道场，除了曲洼和拉契雪山，还有尼泊尔的约摩岗惹；有很出名的六外宗（宗即寨堡的意思）、不出名的六内宗和六秘密宗，共十八大宗，再加上其他二宗，合二十处。另外，声名或大或小的岩窟十多个。所及圣地，大的区域不外普兰、吉隆、定日、聂拉木等一带地方，其中一些小城古名至今犹存，有的却已更改，想必无从一一查证，再有就是僻静的石洞和深山之中了。

值得庆幸的是，当他成就为万众瞻仰的大德时，这些原本极可能无法在后世为已正名的修行之所，倒由于他的弟子等人的追问而被代代传世了。

那出名的六外宗是：扎迦达苏的伍马宗，冈穹的至马宗，林安的扎玛宗，饶马的降秋宗，江澎的朗喀宗，扎加的多吉宗；

不出名的六内宗是：琼隆的卬格宗，吉坝的尼玛宗，库足的温巴宗，协普的曲新宗，白泽的邓月宗，孜巴的岗梯宗；

六秘密宗有：甲扎的朗喀宗，打浦的僧格宗，北浦的玛摩宗，拉普的白马宗，朗阁的鲁堆宗，濯甲的多吉宗；

别的二宗即：基浦的尼马宗与博托的朗喀宗两者。

很出名的四大浦（浦即岩窟、石洞）是：聂拉木的赘巴浦，拉契的杜兑浦，镇日的直吉浦，冈底斯醉楚浦；

不出名的四浦是：嘉俄泽的岗楚浦，润的俄色浦，饶拉的萨俄浦，古塘的普润浦。[①]

---

①桑杰坚赞著，刘立千译：《米拉日巴传》，北京：民族出版社，2000年版，第157页。

……

如果说化度妹妹和姑母是他为了斩断尘世的联结，继而顺接着纯粹而完全地归宿于佛法的节点，那么他在世俗中的名字——闻喜也就在这阶段完结以后，悄然遁形了。他的名号从此只有米拉日巴，正如他在后来的生命里只剩踏往拉契雪山这一重信念了。

玛尔巴上师是幸运的，因为师有所承，法有所续，得着了米拉日巴等四位心传弟子，而米拉日巴自己又何尝不是如此？上善的佛陀怎能不为他坚修的正法安排合适的后继者？

彼时，金刚瑜伽母前来授记时，他身处扎加的多吉宗，数年饶益广大众生，终于偶得新的眷顾——想来也是必然的契机或嘉奖。预言指示说，诸弟子将至，并特别提到了取得空行耳传教授的弟子热穹巴将要到来。他即时想起自己与玛尔巴上师相遇前，也是有祖师那若巴大班智达的梦示指引，心下欢喜十分，于是往贡塘饶拉沟的萨俄浦住下，与心传弟子热穹巴适时相会。而后，热穹巴为治病前往印度，回来之后，师徒二人重又相会。

相似的故事比比皆是：在润沟的俄色浦遇到咱普热巴；到了饶巴的降秋宗，遇到热巴桑吉加；再在前往聂拉木的赘巴浦期间，给早就虔信自己的觉敦释迦谷那传授了灌顶和口诀，使其成熟解脱……

然而在与弟子相遇，引带其入境修行的这一过程中，米拉日巴作为上师，不但要辨识和确认弟子的根基，而且其自身也要经受不小的考验——这个环节不可忽视，亦不能以其他方式替代。因为作为合格的上师，他至少应该满足以下条件：

第一，具有无伪的菩提心；第二，精通教法，能应弟子的需要完整传授某一解脱法门；第三，戒律清净。而判断一位修行人是否具备金刚上师的资格，其密乘清净与否就要摆在第一位。

“金刚上师”并不像“堪布”“活佛”“仁波切”那样是一种头衔或称谓，它代表的其实是上师与弟子之间的一种关系。

当上师为另一个体灌顶、讲解续部教言或传授密法窍诀时，他与他之间的关系便成为金刚上师与弟子的关系。如果上师本人密乘戒不清净，法脉传承到他那里就中断了，他又拿什么来为他人灌顶、讲解和传授呢？

同理，一个人会遇到怎样的上师，这既取决于个人的发心及与上师的因缘，又与同时代众生的共同业力相关。

藏传佛教尤其强调观察上师，也是观察自心。我们到底是以什么样的心去拜师求法的？是为了解脱还是为了别的目的？是希望所有众生都今生得安乐、来世得解脱，还是只想自己早日脱离轮回的痛苦？是想了解和证悟宇宙人生的真谛，还是想获得某种灵修体验或者拥有某种新的身份？

米拉日巴究其后半生都在不断检证这样的历程，正如他的前半生面对着自我重复修进、次第绽放一样。

往后的激荡年月间，他踏足了太多的雪山境地，留下了一条神秘且为后人无法复制的证境之路，在继续化度芸芸众生的日常中，谱写了跌宕人生最壮丽的尾篇。

当善根深厚的弟子塔波拉杰[①]在要与老师分离的时候问："什么时候我才可以开始指导学生呢？"

米拉日巴回答："当你不再像现在的你，当你全部的认知已经转化，当你能够看到，真正看到在你面前的这位老人与佛陀无差时，当虔敬心把你带到这个认知时，你就可以开始传法了。"

①塔波拉杰：与热穹巴并为米拉日巴的两大心传弟子，尊称为"冈波巴"。

主要参考文献

[1] 桑杰坚赞．米拉日巴传［M］．刘立千译．北京：民族出版社，2000．

[2] 乳毕坚瑾．米拉日巴尊者传记［M］．释寂凡译．北京：宗教文化出版社，2011．

[3] 米拉日巴．米拉日巴大师集［M］．张澄基译．北京：民族出版社，2001．

[4] 乳毕坚金．米拉日巴传［M］．王沂暖译．拉萨：西藏人民出版社，1980．

[5] 曾国庆，郭卫平．历代藏族名人传［M］．拉萨：西藏人民出版社，1996．

[6] 王尧．走近藏传佛教［M］．北京：中华书局，2013．

[7] ［法］石泰安．西藏的文明［M］．耿昇译．北京：中国藏学出版社，2012．

[8] 廓诺·迅鲁伯．青史［M］．郭和卿译．拉萨：西藏人民出版社，1985．

[9] ［英］罗伯特·比尔．藏传佛教象征符号与器物图解［M］．向红笳译．北京：中国藏学出版社，2007．

[10] 才让．藏传佛教信仰与民俗［M］．北京：民族出版社，1999．

[11] 尕藏加．密宗：藏传佛教神秘文化［M］．北京：中国藏学出版社，2012．

[12] ［意］图齐．西藏宗教之旅［M］．耿昇译．北京：中国藏学出版社，2012．

[13] 土观·罗桑却吉尼玛．土观宗派源流［M］．刘立千译注．北京：民族出版社，2000．

[14] 丁汉儒等．藏传佛教源流及社会影响［M］．北京：民族出版社，1991．

[15] 恰白·次旦平措，诺章·吴坚，平措次仁．西藏简明通史［M］．陈庆英等，译．北京：五洲传播出版社，2012．

[16] 张鹰．人文西藏·传统建筑［M］．上海：上海人民出版社，2009．

[17] 马丽华．风化成典：西藏文史故事十五讲［M］．北京：中国藏学出版社，2009．

[18] 索甲仁波切．西藏生死书［M］．郑振煌译．杭州：浙江大学出版社，2011．

[19] 刘立千．刘立千藏学著译文集·杂集［M］．北京：民族出版社，2000．

[20] 季羡林．禅与文化［M］．北京：中国言实出版社，2006．

[21] 杨恩洪．藏族妇女口述史［M］．北京：中国藏学出版社，2006．

[22] 智观巴·贡却乎丹巴绕吉．安多政教史［M］．吴均，毛继祖，马世林译．兰州：甘肃民族出版社，1989．

[23] 平措．《格萨尔》的宗教文化研究［M］．拉萨：西藏人民出版社，2009．

[24] 索南坚赞．西藏王统记［M］．刘立千译注．北京：民族出版社，2000．

[25] 周锡银，望潮．藏族原始宗教［M］．成都：四川人民出版社，1999．

[26] ［英］凯伦·阿姆斯特朗．佛陀［M］．贤祥译．北京：生活·读书·新知三联书店，2014．

[27] 希阿荣博堪布．寂静之道［M］．北京：世界图书出版公司，2012．

[28] 希阿荣博堪布．次第花开［M］．海口：海南出版社，2011．

[29] 希阿荣博堪布．透过佛法看世界：给寻找答案的人［M］．北京：中信出版社，2014．

[30] 希阿荣博堪布．生命这出戏［M］．北京：华文出版社，2013．

[31] 唐韵．一个人的藏地［M］．西宁：青海人民出版社，2007．

[32] 祝勇. 西藏·远方的上方 [M]. 沈阳: 辽宁教育出版社, 2006.

[33] [俄] 别尔嘉耶夫. 俄罗斯的命运 [M]. 汪剑钊译. 昆明: 云南人民出版社, 1999.

[34] 张锐锋. 蝴蝶的翅膀 [M]. 北京: 解放军文艺出版社, 1999.

[35] 巴珠仁波切. 普贤上师言教 [M]. 佐钦熙日森五明佛学院译. 拉萨: 西藏人民出版社, 2006.

[36] [德] 恩斯特·卡西尔. 人论 [M]. 甘阳译. 上海: 上海译文出版社, 1985.

[37] [法] 拉法格. 思想起源论 [M]. 王子野译. 北京: 生活·读书·新知三联书店, 1963.

[38] [法] 阿贝尔·加缪. 西西弗的神话 [M]. 杜小真译. 北京: 生活·读书·新知三联书店, 1987.

[39] [澳] 考琳·麦卡洛. 荆棘鸟 [M]. 曾胡译. 北京: 文化艺术出版社, 1990.